De uren

Vertaald door Servaas Goddijn

Michael Cunningham

DE UREN

2003 Uitgeverij Bert Bakker Amsterdam

Eerste druk 1999
Zesde druk 2003

Oorspronkelijke titel *The Hours*

Omslagontwerp Marieke Oele

ISBN 90 351 2509 X

Uitgeverij Bert Bakker is onderdeel van Uitgeverij Prometheus

Dit boek is voor Ken Corbett

We zullen nu op zoek gaan naar een derde tijger, maar net als de andere zal ook deze een vorm zijn van wat ik droom, een bouwsel van woorden, en niet de tijger van vlees en bloed die aan alle mythes ontsnapt de aarde bewandelt. Ik ben me dit alles zeer bewust, maar niettemin is er een bepaalde kracht die me voortdrijft bij deze onduidelijke, redeloze en aloude zoektocht, en ik blijf door de uren heen een andere tijger zoeken, het dier dat niet in dichtregels te vinden is.

J.L. Borges, *The Other Tiger*, 1960

Ik heb nu geen tijd om mijn plannen te ontvouwen. Eigenlijk zou ik ook van alles moeten vertellen over *The Hours* en mijn grote ontdekken: hoe ik achter de mensen die ik beschrijf holtes uitgraaf; ik geloof dat ik daarmee bereik wat ik zoek: menselijkheid, stemming en diepgang. De bedoeling is dat de holtes met elkaar in verbinding staan en aan het daglicht komen in het heden.

Virginia Woolf in haar dagboek, 30 augustus 1923

Proloog

Ze haast zich het huis uit in een jas die te dik is voor het weer. Het is 1941. Er is een nieuwe oorlog uitgebroken. Ze heeft een briefje voor Leonard achtergelaten en een ander voor Vanessa. Ze loopt doelbewust naar de rivier, zeker van wat ze zal doen, maar zelfs nu wordt ze nog bijna afgeleid bij het zien van de heuvels, de kerk, en de schapen die onder een donkere lucht her en der grazen, wit oplichtend, met in het wit een vleugje zwavel. Ze staat stil, kijkt naar de schapen en de lucht, loopt dan door. Achter haar prevelen de stemmen; in de lucht dreunen bommenwerpers, maar als ze omhoogkijkt, ziet ze niets. Ze passeert een van de boerenknechten (heet hij niet John?), een forse man met een klein hoofd en een aardappelkleurig hemd, die de sloot in de griend schoonmaakt. Hij kijkt naar haar op, knikt en richt zijn blik weer op het bruine water. Als ze hem op weg naar de rivier passeert, bedenkt ze hoe geslaagd hij is, hoe gelukkig, dat hij de sloot in de griend schoonmaakt. Zelf heeft ze gefaald. Ze is eigenlijk helemaal geen schrijfster; ze is niet meer dan een begaafde zonderling. Flarden lucht spiegelen zich in de plassen die de regen van de afgelopen nacht heeft achtergelaten. Haar schoenen zakken lichtjes weg in de zachte grond. Ze heeft gefaald, en nu zijn de onverstaanbaar prevelende stemmen terug, net buiten haar gezichtsveld, achter haar, hier, nee, als je je omkeert zijn ze naar elders vertrokken. De stemmen zijn terug en de hoofdpijn komt gegarandeerd, de hoofdpijn die wat ze ook is zal verpletteren en haar plaats zal innemen. De hoofdpijn komt op en het lijkt (heeft ze ze nu wel of niet zelf opgeroepen?) of de bommenwerpers opnieuw in de lucht zijn verschenen. Ze komt bij de verhoogde oever, klimt ertegen op en daalt af naar de rivier. Een heel eind stroomopwaarts vist iemand; hij zal haar vast niet zien. Ze gaat op zoek naar een steen. Ze doet het snel maar systematisch, alsof ze een voorschrift volgt dat, wil ze al slagen, strikt in acht moet worden genomen. Ze kiest er een uit met ongeveer de vorm en de grootte van een varkensschedel. Als ze de steen oppakt en in een van de zakken van haar mantel propt (de bontkraag kietelt in haar nek), merkt ze onwillekeurig het koele krijtachtige en de kleur van de steen op, melkachtig bruin met groene spikkels. Ze staat vlak voor de rivier die schuimend tegen de oever klotst en de oneffenheden in de modder met een helder water vult dat van een heel andere substantie lijkt dan het geelbruine, gevlekte spul dat de vastigheid van een weg lijkt te hebben en dat zich gelijkmatig van oever tot oever uitstrekt. Ze doet een stap naar voren. Ze trekt haar schoenen niet uit. Het water is koud, maar niet ondraaglijk. Ze blijft staan, tot haar knieën in het koude water. Ze denkt aan Leonard. Ze denkt aan zijn handen en zijn baard, de diepe lijnen om zijn mond. Ze denkt aan Vanessa, aan de kinderen, aan Vita en Ethel – zo veel mensen. Hebben die niet allemaal gefaald? Ze loopt ineens over van medelijden met ze. Ze denkt erover om te keren, de steen uit haar zak te halen, terug naar huis te gaan. Ze zou waarschijnlijk op tijd zijn om de brieven te vernietigen. Ze zou verder kunnen leven; die laatste goedheid zou ze kunnen opbrengen. Kniediep in het stromende water besluit ze dat niet te doen. De stemmen zijn er, de hoofdpijn komt opzetten, en als ze zich weer aan de zorg van Leonard en Vanessa toevertrouwt, zullen ze haar immers niet meer laten gaan. Ze besluit ervoor te zorgen dat ze haar zullen moeten laten gaan. Ze waadt onbeholpen verder (de bodem is drabbig) tot het water tot aan haar middel komt. Ze kijkt stroomopwaarts naar de visser die een rood jack aanheeft en haar niet ziet. Het gele, troebele oppervlak van de rivier (van zo dichtbij gezien eerder geel dan bruin) weerspiegelt de lucht. Dit is dus het laatste moment van echte waarneming: een man in een rood jack die vist, en een bewolkte lucht weerspiegeld door het troebele water. Bijna ongewild (zij ervaart het als ongewild) stapt of struikelt ze verder, en de steen trekt haar mee onder water. Heel even lijkt het nog niets voor te stellen, lijkt het op het zoveelste falen, gewoon koud water waaruit ze makkelijk kan terugzwemmen, maar dan omhelst de stroming haar en trekt haar met zo'n onverwachte, gespierde kracht mee dat het lijkt of een sterke man van de bodem is opgestegen, haar bij de benen heeft gepakt en tegen zijn borst gedrukt houdt. Het heeft iets intiems.

Ruim een uur later komt haar man terug uit de tuin. 'Mevrouw is weggegaan,' zegt het dienstmeisje, een armoedig kussen opkloppend waaruit een miniatuurstorm van dons vrijkomt. 'Ze zei dat ze zo terug zou zijn.'

Leonard gaat boven in de woonkamer naar het nieuws luisteren. Op tafel vindt hij een aan hem geadresseerde blauwe envelop. Er zit een brief in.

Liefste,
Ik weet zeker dat ik weer
gek word; ik vind dat we niet nog eens
zo'n verschrikkelijke tijd moeten doormaken.
En dit keer zal ik niet genezen. Ik begin
stemmen te horen en kan me niet concentreren. Daarom doe ik

wat me het beste lijkt. Je hebt
me het grootst mogelijke geluk geschonken. Je
bent in alle opzichten alles geweest wat iemand
kan zijn. Ik denk niet dat twee
mensen gelukkiger konden zijn geweest tot
deze verschrikkelijke ziekte begon. Ik kan
me er niet langer tegen verzetten; ik weet dat ik
je leven verziek en dat je zonder mij zou
kunnen werken. En ik weet dat je dat ook zult doen.
Zoals je ziet kan ik zelfs dit niet meer fatsoenlijk schrijven.
Ik kan niet lezen. Wat ik wil zeggen is dat
ik alle geluk in mijn leven aan jou te danken heb gehad.
Je bent bijzonder geduldig met me geweest &
ongelooflijk lief. Dat is wat ik wil zeggen –
iedereen weet dat. Als iemand me had
kunnen redden dan was jij dat wel.
Alles is me ontglipt behalve het zekere besef
van jouw goedheid. Ik
wil je leven niet langer bederven. Ik geloof niet dat twee
mensen
gelukkiger kunnen zijn geweest dan wij.
V.

Leonard vliegt de kamer uit en rent naar beneden. Hij zegt tegen het dienstmeisje: 'Ik denk dat Mrs. Woolf iets is overkomen. Ik denk dat ze een zelfmoordpoging heeft gedaan. Welke kant ging ze op? Heb je haar het huis zien verlaten?'

Het dienstmeisje raakt overstuur en begint te huilen. Leonard rent naar buiten en gaat, langs de kerk en de schapen, langs de griend naar de rivier. Aan de oever treft hij slechts een vissende man in een rood jack aan.

Ze wordt met grote vaart door de stroming meegesleurd. Ze lijkt te vliegen, een mythische verschijning met wijd gespreide armen, wapperend haar, de panden van haar bontjas achter haar aan golvend. Ze zweeft, zwaar, door bundels bruin, korrelig licht. Ze komt niet ver. Af en toe raken haar voeten (de schoenen zijn weg) de bodem, en als ze dat doen, veroorzaken ze een trage wolk van prut – vol met de zwarte contouren van bladskeletten – die, nadat zij uit het zicht is verdwenen, nagenoeg stil in het water blijft hangen. Slierten groen-zwart wier blijven in haar haar en het bont van haar jas haken, en even worden haar ogen geblinddoekt door een brede strook wier, die uiteindelijk loslaat en verderzweeft, zich ineendraait, uiteendraait en weer ineendraait.

Uiteindelijk komt ze tot rust tegen een van de pijlers van de brug bij Southease. De stroming oefent druk op haar uit, laat haar niet met rust, maar ze ligt stevig verankerd aan de basis van de brede, vierkante pijler, met haar rug naar de rivier en haar gezicht tegen de steen. Daar krult ze zich op, met één arm tegen haar borst gedrukt en de ander zwevend boven de welving van haar heup. Op enige afstand boven haar bevindt zich het heldere, rimpelende wateroppervlak. Daar wordt flakkerend de lucht weerspiegeld, bleek en zwaar van wolken, doorkliefd door de zwarte silhouetten van roeken. Er denderen auto's en vrachtwagens over de brug. Een jongetje, niet ouder dan drie, dat met zijn moeder over de brug loopt, blijft bij de brugleuning staan, hurkt neer en schuift een stok tussen de spijlen door, zodat hij in het water zal vallen. Zijn moeder maant hem tot doorlopen, maar hij wil per se nog even blijven kijken hoe de stroming de stok meevoert.

Op een dag in het begin van de Tweede Wereldoorlog zijn daar: het jongetje en zijn moeder op de brug, de stok die op het wateroppervlak drijft, en Virginia's lichaam op de bodem van de rivier, alsof ze droomt van het wateroppervlak, de stok, het jongetje en zijn moeder, de lucht en de roeken. Een legergroene truck rijdt over de brug, afgeladen met soldaten in uniform die zwaaien naar het jongetje dat zojuist de stok heeft gegooid. Hij zwaait terug. Hij vraagt of zijn moeder hem wil optillen zodat hij de soldaten beter kan zien, zodat zij hem beter kunnen zien. Dit alles dringt door in de brug, weerklinkt in haar hout en steen, en dringt Virginia's lichaam binnen. Haar gezicht, zijdelings tegen de pijler gedrukt, neemt het allemaal op: de truck en de soldaten, de moeder en het kind.

Mrs. Brown ***Mrs. Dalloway*** Mrs. Woolf

Er moeten nog bloemen worden gekocht. Clarissa doet of ze het vervelend vindt (hoewel ze dergelijke boodschappen graag doet), laat het schoonmaken van de badkamer aan Sally over, haast zich naar buiten terwijl ze belooft over een halfuur terug te zijn.

Dit is New York City. Het is het eind van de twintigste eeuw.

Clarissa opent de voordeur op een ochtend in juni die zo mooi en fris geboend is dat ze op de drempel blijft staan zoals ze zou blijven staan aan de rand van een zwembad, kijkend naar het turkooizen water dat tegen de tegels kabbelt, met vloeibare netten trillend zonlicht in de blauwe diepte. Alsof ze aan de rand van een zwembad staat, aarzelt ze voor de sprong, voor het doorbreken van de vliesdunne kou, de plotselinge schok van het kopje-onder gaan. New York met zijn gejaagdheid en grimmige bruine afgeleefdheid, zijn bodemloze verval, zorgt altijd voor een paar zomerochtenden als deze; ochtenden die zo doordrongen zijn van een belofte van nieuw leven dat het bijna komisch is, zoals een stripfiguurtje dat eindeloos, genadeloos op zijn donder krijgt en steeds weer ongeslagen, ongedeerd opstaat, in voor nog meer. Ook deze junimaand hebben de bomen in West Tenth Street vanuit hun vierkantje vol hondenpoep en weggegooide snoepwikkels volmaakte blaadjes voortgebracht. Opnieuw is uit de bloembak van de oude vrouw van hiernaast, zoals altijd gevuld met in de aarde gestoken, verschoten, rode plastic geraniums, een enkele paardebloem ontsproten.

Wat een sensatie, wat een schok, op een ochtend in juni in leven te zijn, welvarend, bijna schandelijk bevoorrecht, en een gewone boodschap te moeten doen. Zij, Clarissa Vaughan, een doodgewoon mens (waarom zou ze het op deze leeftijd nog ontkennen?), moet bloemen kopen en een feest geven. Als Clarissa naar buiten stapt, maakt haar schoen een schurend contact met het roodbruine, met glimmertjes gespikte steen van de bovenste stoeptree. Ze is tweeënvijftig, net tweeënvijftig, en op een bijna onnatuurlijke manier gezond. Ze voelt zich net zo gezond als die dag in Wellfleet toen ze, achttien jaar oud, door de serredeuren naar buiten liep op een dag die weinig verschilde van deze, fris en bijna pijnlijk helder, vol welig tierend groen. De libellen zigzagden tussen de lisdodden. Er hing de geur van gras, versterkt door die van dennenhars. Na haar kwam Richard naar buiten, legde een hand op haar schouder en zei: 'Hé, hallo, Mrs. Dalloway.' De naam Mrs. Dalloway was een idee van Richard geweest; een dwaze inval die hij uit zijn mouw schudde op een campusfeest met veel drank, nadat hij haar had verzekerd dat Vaughan geen passende naam voor haar was. Ze zou, zei hij, genoemd moeten worden naar een beroemd personage uit de literatuur, en terwijl zij pleitte voor Isabel Archer of Anna Karenina, bleef Richard volhouden dat Mrs. Dalloway de enige en meest voor de hand liggende keus was. Om te beginnen vanwege haar voornaam, een teken dat te duidelijk was om te negeren en, wat nog belangrijker was, de gewichtiger kwestie van het lot. Zij, Clarissa, was duidelijk niet voorbestemd om een slecht huwelijk aan te gaan of onder de wielen van een trein te komen. Ze was voorbestemd om betoverend te zijn, succes te hebben. Daarom moest het Mrs. Dalloway zijn en blijven. 'Is het niet schitterend?' zei Mrs. Dalloway die ochtend tegen Richard. Hij antwoordde: 'Schoonheid is een hoer; geef mij maar geld.' Hij was graag geestig. Clarissa, die de jongste was en de enige vrouw, vond dat ze een beetje sentimenteel mocht zijn. Als het eind juni was geweest, waren zij en Richard al geliefden. Dan zou het bijna een volle maand geleden zijn geweest dat Richard Louis' bed (Louis, de pseudo-boerenzoon, de vleesgeworden, loomogige zinnelijkheid) had verruild voor het hare.

'Toevallig houd ik van schoonheid,' zei ze. Ze pakte zijn hand van haar schouder en beet in het topje van zijn wijsvinger, iets harder dan ze had bedoeld. Ze was achttien, had een nieuwe naam. Ze kon doen en laten wat ze wilde.

Als Clarissa de treden van de stoep afloopt om bloemen te gaan kopen, maken haar schoenen een zacht schurend geluid. Waarom is ze niet somberder over Richards pervers samenvallende geluk ('Een gekwelde, profetische stem in de Amerikaanse literatuur') en zijn aftakeling ('Voor zover we kunnen nagaan, hebt u in het geheel geen T-cellen meer'). Wat mankeert haar toch? Ze houdt van Richard, ze denkt voortdurend aan hem, maar misschien houdt ze iets meer van de dag. Ze houdt van West Tenth Street op een gewone zomerochtend. Ze voelt zich als een lichtzinnige weduwe die, pas geblondeerd onder haar zwarte sluier, bij de dodenwake voor haar echtgenoot een oogje heeft op de beschikbare mannen. Van hun drieën – Louis, Richard en Clarissa – is Clarissa altijd de hardvochtigste geweest en degene die het gevoeligst was voor romantiek. Daar wordt ze al ruim dertig jaar mee geplaagd; ze heeft dan ook lang geleden besloten zich er niet meer druk om te maken en te genieten van haar eigen zinnelijke, ongedisciplineerde reacties die, zoals Richard het stelt, ertoe neigen net zo onsympathiek en onweerstaanbaar te zijn als die van een bijzonder irritant, vroegrijp kind. Ze weet dat een dichter als Richard dezelfde ochtend streng tegemoet zou treden, hem zou redigeren, de toevallige lelijkheid en de toevallige schoonheid zou schrappen, op zoek naar de economische en historische waarheid achter deze oude bakstenen huizen, het sobere complex van het anglicaanse kerkgebouw en de magere man van middelbare leeftijd die zijn Jack Russellterriër uitlaat (in de buurt van Fifth Avenue zie je ze ineens overal, deze uitbundige hondjes op hun kromme poten), terwijl zij, Clarissa, zonder enige reden gewoon geniet van de huizen, de kerk, de man en de hond. Ze weet dat het kinderlijk is. Het mist diepgang. Als ze haar liefde in het openbaar zou belijden (nu, op haar leeftijd), dan zou ze worden verwezen naar de wereld van verliezers en onnozelen, christenen met akoestische gitaren, of echtgenotes die zich erbij hebben neergelegd ongevaarlijk te zijn in ruil voor hun levensonderhoud. Deze kritiekloze liefde ervaart ze echter als volkomen serieus, alsof alles in de wereld deel uitmaakt van een veelomvattend, ondoorgrondelijk plan en alles in de wereld zijn eigen, geheime naam heeft, een naam die niet in taal kan worden gevat, maar gewoon de aanblik en aanraking van het ding zelf is. Deze uitgesproken, duurzame fascinatie beschouwt ze als haar ziel (een gênant, sentimenteel woord, maar hoe zou je het anders moeten noemen?), dat deel dat mogelijk de dood van het lichaam overleeft. Hierover praat Clarissa nooit met iemand. Ze is geen dweper of flapuit. Ze laat zich alleen weleens spontaan uit over de voor de hand liggende manifestaties van schoonheid, en dan nog ziet ze kans een zekere volwassen terughoudendheid te betrachten. Schoonheid is een hoer, zegt ze weleens. Geef mij maar geld.

Vanavond zal ze haar feest geven. Ze zal de kamers van haar woning vullen met bloemen en hapjes, met mensen die geestig en belangrijk zijn. Ze zal Richard erdoorheen loodsen, zorgen dat hij niet te moe wordt, en daarna zal ze met hem meegaan naar het stadscentrum om zijn prijs in ontvangst te nemen.

Terwijl ze op de hoek van Eighth Street en Fifth Avenue voor rood licht staat te wachten, recht ze haar schouders. Kijk, daar heb je haar, denkt Willie Bass, die haar op sommige ochtenden daar in de buurt tegenkomt. De oude schoonheid, de oude hippie op haar ochtendronde, haar haar nog steeds lang en uitdagend grijs, in spijkerbroek en een katoenen mannenoverhemd, met aan haar voeten een soort exotische mocassins (India? Midden-Amerika?). Ze heeft nog steeds een bepaalde seksuele aantrekkelijkheid, die onconventionele charme van een goede heks, maar toch biedt ze deze ochtend een trieste aanblik, zo recht als ze daar staat in haar te ruime overhemd en exotische schoenen, weerstand biedend aan de zwaartekracht, een vrouwtjesmammoet die al tot haar knieën in de teer is weggezakt, rustend tussen haar pogingen te ontkomen, kolossaal en trots, bijna onverschillig voorwendend dat ze zich interesseert voor het jonge gras dat haar op de andere oever wacht, terwijl het zekere besef doordringt dat ze hier zal moeten blijven, gevangen en alleen, tot na het vallen van de nacht de jakhalzen komen. Ze wacht geduldig voor het stoplicht. Ze moet er vijfentwintig jaar geleden spectaculair hebben uitgezien; mannen moeten gelukzalig in haar omhelzing zijn gestorven. Willie Bass is trots op zijn gave om het verleden van een gezicht te kunnen aflezen, te begrijpen dat degenen die nu oud zijn ooit jong zijn geweest. Als het licht verspringt, loopt hij verder.

Clarissa steekt Eighth Street over. Ze houdt, ongewild, van het kapotte televisietoestel dat langs de stoeprand naast een enkele witte, lederen pump staat. Ze houdt van de groentekar met de bergen broccoli, perziken en mango's, elk voorzien van een prijskaart met een overvloed aan punctuatie: '$1.49!!' '3 voor EEN dollar!?!' '50 cents p/st.!!!!!' Verderop, onder de

Arch, staat zo te zien een oude vrouw te zingen in een donkere goed gesneden jurk; ze staat precies tussen de tweelingbeelden van George Washington, als militair en als staatsman, beide gezichten aangetast door het weer. Je voelt je ontroerd door het gedrang en de bedrijvigheid van de stad, zijn gecompliceerdheid, het niet aflatende leven. Je kent het verhaal van Manhattan als woestenij die voor kralensnoeren werd verkregen, maar vindt het tegelijk onmogelijk te geloven dat het niet altijd een stad is geweest, dat je eronder de resten zou kunnen opgraven van een oudere stad, en dan nog een en nog een. Onder het plaveisel en het gras van het park (ze is nu het park binnengegaan, waar de oude vrouw haar hoofd in haar nek gooit en zingt) liggen de beenderen van degenen die op het armenkerkhof werden begraven dat honderd jaar geleden zonder pardon werd bestraat om Washington Square aan te leggen. Clarissa loopt over de stoffelijke resten van de doden terwijl mannen fluisterend drugs aanbieden (niet aan haar), en drie zwarte meisjes op rolschaatsen voorbijzoeven en de oude vrouw een toonloos *iiiiii* zingt. Clarissa is opgetogen en vol vreugde over haar succes, haar goede schoenen (in de uitverkoop bij Barney's, maar toch); hier is immers, ondanks zijn mantel van gras en bloemen, de onmiskenbare treurnis van het park zichtbaar; hier vind je de drugsdealers (zouden ze je vermoorden als het ze zo uitkwam?) en de gekken, de verdoofden en verdwaasden, de mensen voor wie aan het geluk, als ze dat al hadden, een eind is gekomen. Toch houdt ze van de wereld om zijn vulgariteit en onverwoestbaarheid, en ze weet dat ook andere mensen ervan moeten houden, zowel arm als rijk, hoewel niemand precies zegt waarom. Waarom zouden we anders de moeite doen om verder te leven, hoe gecompromitteerd we ook zijn, hoe beschadigd? Zelfs als we verder heen zijn dan Richard, zelfs als we vel over been zijn, onder de wonden zitten, in bed poepen, willen we toch koste wat het kost leven. Het heeft met dit alles te maken, denkt ze. Het zoeven van wielen op beton, de gejaagdheid en schrik die het veroorzaakt; ijle sluiers verstuivend water die van de fontein aanwaaien, terwijl jongemannen elkaar een frisbee toewerpen en de opgelapte, verzilverde karretjes van de venters (uit Peru, uit Guatemala) een kruidige, vettige rook verspreiden; oude mannen en vrouwen zich op banken in bochten wringen om wat zon mee te pikken en zachtjes met elkaar praten, hun hoofd schudden; het blaten van claxons en het tokkelen van gitaren (het lijkt wel of het haveloze groepje daarginds, drie jongens en een meisje, 'Eight Miles High' speelt); bladeren die schitteren aan de boom; een gevlekte hond die achter de duiven aanjaagt en een passerende transistor die 'Always love you' speelt terwijl de vrouw in de donkere jurk onder de Arch *iiiii* zingt.

Ze steekt het plein over, wordt heel even besproeid door het water van de fontein, en dan ziet ze Walter Hardy, gespierd in een korte broek en een mouwloos, wit T-shirt, die zijn kwieke, atletische tred voor Washington Square Park tentoonspreidt. 'Hallo, Clare,' roept Walter enthousiast, en dan een ongemakkelijk moment bij het kussen. Als Walter zijn lippen naar die van Clarissa toekeert, wendt zij haar mond instinctief af en houdt hem haar wang voor. Dan herneemt ze zich en draait ze haar hoofd een halve seconde te laat terug, zodat Walters lippen slechts haar mondhoek raken. Ik ben zo preuts, denkt Clarissa, net een omaatje. Ik zwijmel over de schoonheid van de wereld, maar ben, domweg door een reflex, niet in staat een vriend op de mond te kussen. Richard vertelde haar dertig jaar geleden al dat ze onder haar rebelse vernisje alle eigenschappen bezat van een braaf huisvrouwtje, en nu ziet ze wat een kleinzielig mens ze is, veel te conventioneel, de oorzaak van veel leed. Geen wonder dat haar dochter een hekel aan haar heeft.

'Leuk je te zien,' zegt Walter. Clarissa weet – ze kan het als het ware zien – dat Walter op dat moment bezig is met een reeks ingewikkelde berekeningen over haar persoonlijke betekenis. Ze is weliswaar de vrouw in het boek, het onderwerp van een roman waarvan veel werd verwacht, geschreven door een bijna legendarische schrijver, maar het boek was toch geflopt? Het werd summier besproken en verdween stilletjes onder de golven. Walter komt tot de slotsom dat ze op een onttroonde aristocrate lijkt, interessant zonder echt belangrijk te zijn. Ze ziet hem tot zijn slotsom komen. Ze glimlacht.

'Wat doe jij op een zaterdag in New York?' vraagt ze.

'Evan en ik blijven dit weekeinde in de stad,' zegt hij. 'Evan voelt zich dankzij die nieuwe cocktail een stuk beter; hij zegt dat hij vanavond wil gaan dansen.'

'Is dat niet wat te veel van het goede?'

'Ik houd wel een oogje op hem. Ik zorg ervoor dat hij niet overdrijft. Hij wil gewoon weer eens onder de mensen zijn.'

'Denk je dat hij zich goed genoeg voelt om vanavond bij ons langs te komen? We geven een feest voor Richard, om de Carrouthers Prize te vieren.'

'O, leuk.'

'Dat had je toch wel gehoord?'

'Uiteraard.'

'Het is niet zo'n prijs die jaarlijks wordt toegekend. Ze zijn niet verplicht hem regelmatig toe te kennen, zoals bij de Nobelprijs en al die andere. Ze kennen hem alleen toe als ze iemand hebben ontdekt van wie het werk ontegenzeglijk belangrijk is.'

'Dat is geweldig.'

'Ja,' zegt ze. Even later voegt ze daaraan toe: 'Hij werd het laatst aan Ashbery toegekend. En daarvoor aan Merrill, Rich en Merwin.'

Walters brede, naïeve gezicht betrekt. Clarissa vraagt zich af waarom. Vraagt hij zich af wie dat zijn? Of zou het zijn, zou het kunnen dat hij jaloers is? Vindt hij dat hij zelf voor die eer in aanmerking zou kunnen komen?

'Het spijt me dat ik je niet eerder over het feest heb verteld,' zegt ze. 'Ik heb er gewoon geen moment aan gedacht dat je in de stad zou zijn. Jij en Evan zijn in het weekeinde nooit in de stad.'

Walter zegt dat hij uiteraard zal komen, en dat hij Evan meebrengt als die zich goed genoeg voelt, hoewel Evan zijn krachten misschien wil sparen voor het dansen. Als Richard hoort dat ze Walter heeft uitgenodigd, zal hij woedend zijn, en Sally zal ongetwijfeld zijn kant kiezen. Clarissa begrijpt dat. Er is niets zo begrijpelijk als de minachting die de mensen vaak koesteren voor Walter Hardy, die ervoor gekozen heeft zesenveertig te worden met een baseballpetje en Nikes, die krankzinnig veel verdient met het schrijven van boeken over liefde en dood onder prachtig gespierde jongemannen; die de hele nacht op housemuziek kan dansen, gelukzalig en onvermoeibaar als een Duitse herder die een stok apporteert. Mannen als Walter zie je overal in Chelsea en de Village, mannen die zich er op hun dertigste of veertigste of nog ouder op laten voorstaan dat ze altijd al zo kwiek, zelfverzekerd en een en al lichaamskracht zijn geweest; dat ze zich als kind nooit een buitenbeentje hebben gevoeld, nooit zijn geplaagd of veracht. Richard beweert dat eeuwig jonge homo's de zaak meer schaden dan mannen die jongetjes verleiden, en inderdaad is er bij Walters interesse voor glans en glitter, het nieuwste restaurant, geen tikkeltje volwassen ironie of cynisme te bespeuren, niets wat op enige diepgang lijkt. Het is echter juist deze gretige naïviteit die Clarissa kan waarderen. We houden immers van kinderen omdat ze buiten het rijk van cynisme en ironie leven. Is het voor een man dan zo erg als hij langer jong wil zijn, meer plezier wil hebben? Bovendien is Walter niet gecorrumpeerd, niet echt gecorrumpeerd. Hij schrijft de beste boeken die binnen zijn vermogen liggen – boeken vol romantiek en opoffering, vol moed bij tegenslag – en het kan niet anders of ze moeten een aantal mensen echte troost bieden. Zijn naam prijkt voortdurend op uitnodigingen aan geldinzamelaars en onder protestbrieven; hij schrijft gênant lovende flapteksten voor aankomende schrijvers. Hij zorgt trouwhartig goed voor Evan. Volgens Clarissa beoordeel je de mensen tegenwoordig vooral naar hun goedheid en vermogen tot toewijding. Je wordt soms zo moe van gevatheid en intellect, van de manier waarop iedereen zijn genialiteit wil tentoonspreiden. Ze weigert haar plezier om Walter Hardy's onbeschaamde oppervlakkigheid op te geven, ook al wordt Sally er stapelgek van en heeft het Richard er zelfs toe gebracht zich hardop af te vragen of zij, Clarissa, zelf niet een beetje ijdel en dom zou zijn.

'Goed,' zegt Clarissa. 'Je weet waar we wonen? Om vijf uur.'

'Vijf uur.'

'We moeten het vroeg houden. De uitreiking begint om acht uur; we houden het feest ervoor in plaats van erna. Richard kan het niet zo laat maken.'

'Goed. Vijf uur. Tot straks.' Walter geeft Clarissa een hand en gaat ervandoor met een zwierige two-step, een demonstratie van krachtige vitaliteit. Het is in zekere zin een wrede grap om Walter voor Richards feest uit te nodigen, maar Walter is tenslotte springlevend, net als Clarissa, op een ochtend in juni, en hij zou zich bijzonder onheus bejegend voelen als hij erachter zou komen (en hij schijnt overal achter te komen) dat Clarissa hem op de dag van het feest had gesproken en het bewust voor hem had verzwegen. De wind beroert de bladeren en laat de lichtere, grijsgroene onderkant zien, en Clarissa wenst, ineens en met een verrassende noodzaak, dat Richard op dit moment bij haar was – niet Richard zoals hij is geworden, maar de Richard van tien jaar geleden; Richard de onvervaarde, onvermoeibare prater; Richard de rustverstoorder. Ze verlangt naar de woordenwisseling die zij en die Richard over Walter gehad zouden hebben. Voor Richards aftakeling had Clarissa vaak ruzie met hem. Richard wond zich oprecht op over vraagstukken van goed en kwaad, en hij had in die twintig jaar nooit helemaal afstand genomen van het idee dat Clarissa's besluit met Sally te gaan samenwonen - vooropgesteld dat het geen alledaagse uiting van verregaande verdorvenheid was - op zijn minst getuigde van een zwakheid harerzijds die zo kenmerkend was voor de vrouw in het algemeen (hoewel Richard dit nooit zou toegeven), want hij had al vroeg besloten dat Clarissa niet op zichzelf stond, maar voor de gaven en zwakheden van haar hele sekse. Richard was altijd Clarissa's meest onbuigzame en gekmakende metgezel geweest, haar beste vriend, en als Richard nog de oude was geweest, onaangetast door ziekte, hadden ze nu samen kunnen zijn, ruziënd over Walter Hardy en het najagen van de eeuwige jeugd, en over wat homo's ertoe dreef de jongens te imiteren die hen op de middelbare school hadden getreiterd. De oude Richard zou in staat zijn een halfuur of langer te praten over de verschillende mogelijke verklaringen voor de onbeholpen kopie van Botticelli's Venus die een zwarte jongen met krijt op het plaveisel had getekend, en als diezelfde Richard de weggewaaide plastic zak had gezien die bollend tegen de witte lucht afstak, lillend als een kwal, zou hij hebben doorgezaagd over chemicaliën en torenhoge winsten, en wie er baat bij hebben. Hij zou hebben willen praten over hoe de zak (misschien dat er chips en overrijpe bananen in hadden gezeten; misschien dat hij gedachteloos was weggegooid door een vermoeide, armlastige moeder op het moment dat ze te midden van haar drom bekvechtende kinderen de winkel verliet) in de Hudson zal worden geblazen en helemaal naar de oceaan drijft, waar uiteindelijk een zeeschildpad, een schepsel dat honderd jaar kan worden, hem voor een kwal aanziet, de zak opeet en sterft. Het zou voor Richard niet onmogelijk zijn op de een of andere manier van dit onderwerp naadloos op Sally over te gaan en met nadrukkelijke beleefdheid te informeren of ze gezond en gelukkig was. Hij had de gewoonte om na een van zijn tirades te informeren hoe het met Sally ging, alsof Sally een uiterst banale, veilige haven was, alsof Sally zelf (Sally de stoïcijn, de gekwelde, de scherpzinnig wijze vrouw) onschuldig en nietszeggend was zoals een huis in een rustige straat dat kan zijn, of een goede, degelijke, betrouwbare auto. Richard zal zijn afkeer van haar niet toegeven noch ervan terugkomen, nooit; hij zal nooit zijn persoonlijke overtuiging laten varen dat Clarissa in haar hart een society-echtgenote is geworden, ongeacht het feit dat zij en Sally hun liefde voor niemand proberen te verbergen, of dat Sally een toegewijde, intelligente vrouw is, producente bij een publieke televisiezender, nota bene – moet ze dan nog harder werken en sociaal voelender zijn, moet ze daarvoor nog minder betaald krijgen? Om maar te zwijgen over de goede, schandelijk slecht verkopende boeken die Clarissa blijft uitgeven naast de sensationelere onderwerpen die haar kosten dekken. En over haar politieke werk, haar inzet voor de aids-patiënten.

Clarissa steekt Houston Street over en bedenkt dat ze een kleinigheid voor Evan zou kunnen kopen, ter ere van zijn langzaam verbeterende gezondheid. Geen bloemen; bloemen zijn voor overledenen al een beetje ongepast, maar voor zieken zijn ze rampzalig. Maar wat dan? De winkels in SoHo puilen uit van feestkleding, sieraden en prullaria; niets voor een dominante, intelligente jongeman die met behulp van een heel arsenaal van medicijnen misschien wel, misschien ook niet zijn tijd zal uitdienen. Wat wil een mens eigenlijk? Clarissa komt langs een winkel en overweegt een jurk voor Julia te kopen; ze zou er verrukkelijk uitzien in die korte, zwarte jurk met de Anna Magnani-bandjes, maar Julia draagt geen jurken; ze staat erop haar jeugd, die korte periode waarin je alles kunt dragen, te verslijten in mannenhemden en rond te stampen in veterlaarzen zo groot als betonblokken. (Waarom vertelt haar dochter haar zo weinig? Waar is de ring gebleven die Clarissa haar heeft gegeven toen ze achttien werd?) Daar heb je die goede, kleine boekwinkel in Spring Street. Misschien vindt Evan een boek leuk. In de etalage ligt er een van Clarissa (slechts één), de Engelse versie (verschrikkelijk, als je bedenkt hoe ze heeft moeten vechten voor een oplage van tienduizend exemplaren, en nog erger, dat het ernaar uitziet dat ze blij mogen zijn er vijfduizend van te verkopen) naast die Zuid-Amerikaanse familieroman die naar een grotere uitgeverij was gegaan, en die duidelijk niet rendabel zal zijn omdat het boek om onbegrijpelijke redenen meer gerespecteerd dan geliefd is. Er is een nieuwe biografie van Robert Mapplethorpe, de gedichten van Louise Glück, maar niets lijkt haar gepast. Ze zijn allemaal zowel te algemeen als te specifiek. Je zou hem het boek over zijn eigen leven willen geven, het boek dat hem zou plaatsen, zou beschermen, hem zou wapenen tegen wat komen gaat. Je kunt toch niet met geroddel over beroemdheden aankomen? Je kunt toch niet aankomen met het verhaal van een verbitterde Engelse schrijver, of een boek over het lot van zeven zussen in Chili, hoe mooi ook geschreven, maar het is net zo onwaarschijnlijk dat Evan poëzie leest als dat hij porseleinen borden zal gaan beschilderen.

Er is zo te zien geen troost in de materiële wereld, en Clarissa vreest dat kunst, zelfs de grootste (zelfs Richards drie delen poëzie en zijn enige, onleesbare roman), hardnekkig tot de materiële wereld blijft behoren. Nu ze zo voor de etalage van de boekwinkel staat, komt er een oude herinnering bij haar boven, een tak die tegen het raam tikt, terwijl elders (beneden?) op een platenspeler vaag muziek te horen is, de droeve klacht van een jazzband. Het is niet haar oudste herinnering (die betreft een slak die over de rand van de trottoirband glijdt) en zelfs niet haar tweede (de strosandalen van haar moeder; het kan echter ook andersom zijn), maar deze herinnering is meer dan welke ook volhardend en intens, bijna bovennatuurlijk vertroostend. Clarissa zal waarschijnlijk in een huis in Winconsin geweest zijn, een van de vele die haar ouders zomers huurden (zelden tweemaal hetzelfde; stuk voor stuk bleken ze een mankement te hebben dat haar moeder kon opnemen in haar doorlopende verslag: de trieste rondgang van de familie Vaughan door Winconsins tranendal). Clarissa zal drie of vier zijn geweest, in een huis waarnaar ze nooit zou terugkeren en waarvan ze zich niets herinnert behalve, heel duidelijk, duidelijker dan bepaalde gebeurtenissen van gisteren: een tikkende tak tegen het raam terwijl trompetten begonnen te spelen, alsof de boom, door de wind in verwarring gebracht, zelf deze muziek had voortbracht. Het is net alsof ze op dat moment deel van de wereld is gaan uitmaken, de beloften ging begrijpen die tot een niveau behoren dat het menselijk geluk overstijgt, hoewel het naast alle andere emoties ook menselijk geluk bevatte. De tak en de muziek zeggen haar meer dan alle boeken in de etalage. Ze wil voor Evan en voor haarzelf een boek waarin hetzelfde ligt besloten als in die ene herinnering. Ze staat naar de boeken te kijken en naar haar weerspiegeling in de ruit (ze ziet er nog steeds goed uit, eerder aantrekkelijk dan mooi; wanneer zullen de rimpels en het hoekige, de invallende mond zich op haar oudevrouwengezicht gaan aftekenen?), daarna loopt ze door, met spijt over het leuke, zwarte jurkje dat ze niet voor haar dochter kan kopen omdat Julia een excentrieke theoretica naloopt en erop staat T-shirts en soldatenkistjes te dragen. Je hebt respect voor Mary Krull, want daarin laat ze je gewoon geen keuze: ze leeft op de armoedegrens, belandt voor tal van goede zaken waarvoor ze zich inzet in de gevangenis, doceert enthousiast aan de NYU over de treurig stemmende maskerade die sekse heet. Je wilt van haar houden, je doet er je best voor, maar uiteindelijk is ze te despotisch met haar intellectuele en morele diepgang, haar eindeloze vertoon van drammerige, leren-jackenarrogantie. Je weet dat ze stiekem de draak met je steekt om je welstand en je eigenaardige (ze moet ze wel eigenaardig vinden) opvattingen over je lesbische identiteit. Je krijgt er genoeg van als de vijand te worden behandeld om de eenvoudige reden dat je niet jong meer bent, omdat je je normaal kleedt. Je zou tegen Mary Krull willen uitschreeuwen dat het niet zoveel uitmaakt; je zou willen dat ze een paar dagen in jouw hoofd kon kijken en de zorgen en het verdriet kon meebeleven, de ondefinieerbare angst. Je denkt – je wéét – dat jij en Mary Krull aan dezelfde dodelijke ziekte lijden, dezelfde overgevoeligheid van de ziel, en voor hetzelfde geld had je vriendinnen kunnen zijn, maar nu komt ze je dochter opeisen en zit je haar in je comfortabele appartement te haten alsof je de eerste de beste republikeinse vader was. Clarissa's vader, zo zachtmoedig dat hij bijna doorschijnend was, zag vrouwen graag in korte, zwarte jurken. Haar vader raakte uitgeput; hij gaf zijn overtuiging op zoals hij vaak discussies opgaf, gewoon omdat het makkelijker was om in te stemmen. Verderop, op MacDougal, is een productiemaatschappij een film aan het opnemen te midden van de gebruikelijke chaos van trailers, vrachtwagens met apparatuur en lichtinstallaties. Dit is de gewone wereld; er wordt een film opgenomen, een Puertoricaanse jongen laat met een zilverkleurige stang de markies van een restaurant zakken. Dit is de wereld; je maakt er deel van uit en bent dankbaar. Je probeert dankbaar te zijn.

Ze duwt de deur van de bloemenzaak open die altijd een

beetje klemt, en gaat naar binnen – een grote vrouw, breedgeschouderd tussen de bossen rozen en hyacinten, de mossige zaaibakken met witte narcissen, de op hun stelen trillende orchideeën. Barbara, die al jaren in de winkel werkt, komt haar begroeten. Na enige aarzeling biedt ze haar wang aan voor een kus.

'Dag,' zegt Clarissa. Haar lippen beroeren Barbara's huid; het moment is plotseling onverwacht volmaakt. Ze staat in het schemerige, heerlijk koele winkeltje dat iets van een tempel weg heeft, plechtig in zijn overdaad, met bossen droogbloemen die aan het plafond hangen en de standaard met linten tegen de achterwand. Er was de tak geweest die tegen het raam tikte en er was nog een andere, hoewel ze toen ouder was, vijf of zes, in haar eigen slaapkamer, die tak vol rode bladeren, en ze herinnert zich dat ze zelfs toen met eerbied terugdacht aan die eerdere tak, die welke de muziek van beneden leek op te roepen; ze weet nog dat ze van de herfsttak hield omdat hij haar herinnerde aan die eerdere tak, die tegen het raam tikte van dat huis waarnaar ze nooit meer zou terugkeren, waarvan ze zich verder ook geen details meer herinnert. Nu is ze hier, in de bloemenzaak, waar witte en abrikooskleurige papavers op hun lange, harige stengels wiegen. Haar moeder, die in haar tasje een blikje hagelwitte Franse pepermuntjes had, tuitte haar lippen en zei dat Clarissa gek was, een gekke meid, op een toon van flirtzieke bewondering.

'Hoe gaat het?' vraagt Barbara.

'Goed, heel goed,' zegt ze. 'We geven vanavond een feest, voor een vriend aan wie pas een grote literaire prijs is toegekend.'

'De Pulitzer?'

'Nee, de Carrouthers Prize.'

Barbara kijkt haar aan met een wezenloze blik waarvan Clarissa begrijpt dat het een glimlach moet voorstellen. Barbara zal een jaar of veertig zijn, een bleke, gezette vrouw die naar New York was gekomen om opera te zingen. Iets in haar gezicht – de vierkante kin of de harde, uitdrukkingsloze ogen – doet je eraan denken dat mensen er een eeuw geleden in wezen hetzelfde hebben uitgezien.

'We hebben op dit moment niet zoveel,' zegt ze. 'We hebben deze week een stuk of vijftig trouwpartijen gehad.'

'Ik heb niet zoveel nodig,' zegt Clarissa. 'Gewoon een paar bossen van het een of ander.' Clarissa voelt zich er op een onbegrijpelijke manier schuldig over dat ze niet beter bevriend is met Barbara, hoewel ze elkaar slechts als klant en verkoopster kennen. Clarissa koopt al haar bloemen bij Barbara, en toen ze een jaar geleden hoorde dat Barbara bang was dat ze borstkanker had, had ze haar een kaart gestuurd. Barbara's leven verliep niet naar verwachting; ze moet op de een of andere manier rondkomen van haar uurloon (waarschijnlijk in een huurflat met een badkuip in de keuken) en is dit keer aan kanker ontsnapt. Even verschijnt Mary Krull boven de lelies en rozen, klaar om ontzet te zijn over wat Clarissa zal uitgeven.

'We hebben schitterende hortensia's,' zegt Barbara.

'Laat eens zien.' Clarissa loopt naar de koelcel en kiest bloemen uit, die Barbara uit de emmers haalt en druipend in haar armen houdt. In de negentiende eeuw zou ze een plattelandsvrouw zijn geweest die vriendelijk, onopvallend en ontevreden in haar tuin staat. Clarissa kiest pioenrozen, stargazerlelies en crèmekleurige rozen, maar wil geen hortensia's (schuldgevoel en nog eens schuldgevoel, het lijkt wel of je het nooit ontgroeit), en ze overweegt irissen te kopen (zijn irissen niet een beetje... ouderwets?) als er buiten op straat een luid gekletter klinkt.

'Wat was dat?' zegt Barbara. Ze loopt met Clarissa naar het raam.

'Ik denk die mensen van de film.'

'Kan zijn. Ze zijn daar de hele ochtend al aan het filmen.'

'Weet je wat voor film?'

'Geen idee,' zegt ze, en ze keert zich met de vastberaden directheid van een ouder iemand en met haar armen vol bloemen af van het raam, zoals de geest van haar vroegere zelf zich een eeuw geleden zou hebben afgekeerd van het ratelen en kraken van een passerend rijtuig vol keurig geklede picknickers uit een verre stad. Clarissa blijft staan kijken naar de chaos van vrachtwagens en trailers. Plotseling gaat de deur van een van de trailers open en verschijnt er een beroemd hoofd om de hoek. Het is het hoofd van een vrouw, een behoorlijk eind weg, van opzij gezien, als het profiel op een munt, en hoewel Clarissa haar niet meteen kan thuisbrengen (Meryl Streep? Vanessa Redgrave?) weet ze zonder enige twijfel dat de vrouw een filmster is. Ze weet het door het aura van zelfverzekerdheid en door de gretigheid waarmee een van de rekwisiteurs (voor Clarissa onverstaanbaar) met haar praat over de oorzaak van het lawaai. Het hoofd van de vrouw trekt zich snel terug en de deur van de trailer gaat weer dicht, maar ze laat een onmiskenbare sfeer van oplettend protest achter, alsof een engel met een in een sandaal gestoken voet heel even het aardoppervlak had aangeraakt, had gevraagd of er problemen waren en, na te zijn gerustgesteld, met sceptische ernst weer haar plaats in hogere sferen had ingenomen, maar niet nadat ze de aardkinderen eraan had herinnerd dat ze maar net in staat werden geacht hun eigen boontjes te doppen en dat verdere slordigheid niet onopgemerkt zal blijven.

Mrs. Dalloway **Mrs. Woolf** Mrs. Brown

Mrs. Dalloway zei iets (wat?), en haalde de bloemen zelf.

Het is een voorstad van Londen. Het is 1923.

Virginia wordt wakker. Dit zou een andere mogelijkheid kunnen zijn om te beginnen, zeker, met Clarissa die op een dag in juni een boodschap gaat doen, in plaats van soldaten die afmarcheren voor de kranslegging op Whitehall. Maar is dat het juiste begin? Is het niet wat te alledaags? Virginia ligt stil in bed, en de slaap overmant haar weer zo snel dat ze zich er totaal niet van bewust is dat ze weer inslaapt. Ineens lijkt het alsof ze niet in haar bed, maar in een park is; een onmogelijk groen park, groener dan groen – een platonisch visioen van een park, zowel alledaags als een bron van mysterie dat, zoals dat bij parken gebruikelijk is, de indruk wekt dat iets levends en oerouds, iets wat vriendelijk noch onvriendelijk is, slechts verheugd over de continuïteit, de groene wereld van boerderijen en weiden, bossen en parken aaneenbreit terwijl de oude vrouw met de sjaal op de lattenbank zit te doezelen. Virginia beweegt zich door het park zonder echt te lopen; ze zweeft erdoor, een waarnemende veer, lichaamloos. Het park toont haar zijn glooiingen vol lelies en papavers, zijn met crèmekleurige rozen omzoomde grindpaden. Aan de rand van een heldere vijver staat een verweerde stenen maagd bedachtzaam in het water te staren. Virginia beweegt zich door het park als op een luchtkussen; ze wordt zich ervan bewust dat zich onder dit park een ander park bevindt, een park van de onderwereld, nog schitterender en verschrikkelijker dan dit; het is de bron waaruit deze gazons en struiken voortkomen. Het is de onvervalste idee van het park dat het begrip schoonheid overstijgt. Nu ziet ze mensen: een Chinees die zich bukt om iets van het gras op te rapen, een klein meisje dat wacht. Verderop, op een rond, pas omgespit stuk aarde, staat een vrouw te zingen.

Virginia wordt opnieuw wakker. Ze is in haar slaapkamer in Hogarth House. Grauw licht stroomt de kamer binnen, gedimd, metalig van kleur; het ligt met een grijs-wit, vloeiend leven op haar beddensprei. Het geeft de groene wanden een zilverachtige tint. Ze heeft gedroomd over een park en ze heeft gedroomd over een zin voor haar nieuwe boek – wat ook alweer? Bloemen – het had iets te maken met bloemen. Of had het te maken met een park? Nee, de zin is weg, maar het doet er eigenlijk niet toe, want ze heeft nog steeds het gevoel dat hij achterliet. Ze weet dat ze kan opstaan en schrijven.

Ze staat op en gaat naar de badkamer. Leonard is al op; hij is misschien al aan het werk. In de badkamer wast ze haar gezicht. Ze kijkt niet rechtstreeks in de ovale spiegel die boven de wasbak hangt. Ze is zich bewust van haar gereflecteerde bewegingen in de spiegel, maar mag er niet naar kijken. De spiegel is gevaarlijk; hij toont soms de dreigende manifestatie van lucht die met haar lichaam overeenkomt, haar vorm aanneemt, maar achter haar blijft staan, een vochtige, rustige ademhaling heeft en haar met kleine varkensoogjes begluurt. Ze wast haar gezicht en kijkt niet, vooral deze ochtend niet, niet nu het werk op haar wacht en ze ernaar verlangt het tegemoet te treden zoals ze een feest tegemoet zou treden dat beneden al in volle gang was, een feest vol esprit en schoonheid, maar vooral vol van iets veel verfijnders dan geestigheden of pracht; iets mysterieus en waardevols; een vonk van het absolute feest, van het leven zelf, terwijl over gladgeboende vloeren de zijde ruist en onder de muziek fluisterend geheimen worden uitgewisseld. Zij, Virginia, zou een meisje in een nieuwe jurk kunnen zijn dat klaarstaat om naar het feest te gaan, dat elk moment boven aan de trap kan verschijnen, fris en vol verwachting. Nee, ze zal niet in de spiegel kijken. Ze droogt haar gezicht af.

Als ze klaar is in de badkamer, gaat ze de trap af naar de schemerige ochtendrust van de hal. Ze heeft haar lichtblauwe ochtendjas aan. Hier heerst nog de nacht. Hogarth House is altijd nachtelijk, ondanks zijn chaos van paperassen en boeken, zijn vrolijke poefen en Perzische tapijten. Op zich is de hal niet donker, maar het is net of er altijd licht brandt om het donker te verdrijven, zelfs als het fletse, vroege zonlicht tussen de gordijnen door schijnt en op Paradise Road de auto's en rijtuigen voorbijdenderen.

Virginia schenkt zichzelf in de eetkamer een kop koffie in, loopt rustig naar het souterrain, maar gaat niet naar Nelly in de keuken. Vanochtend wil ze meteen aan het werk zonder het risico te lopen met Nelly's bezwaren en grieven te worden geconfronteerd. Het zou een goede dag kunnen worden; hij moet voorzichtig worden benaderd. Met het kopje op het schoteltje balancerend gaat ze de drukkerij binnen. Leonard zit aan zijn bureau en corrigeert een drukproef. Het is nog te vroeg voor Ralph en Marjorie.

Leonard kijkt naar haar op, met op zijn gezicht nog heel even de verontwaardiging waarmee hij de drukproef corrigeert. Het is een uitdrukking die ze vertrouwt en vreest; zijn ogen fel en ondoordringbaar donker onder zijn zware wenkbrauwen, zijn mondhoeken die naar beneden wijzen als blijk van een beoordeling die streng, maar op geen enkele manier nukkig of pietluttig is – de frons van een godheid die alziend en vermoeid is, die het beste van de mensheid hoopt terwijl hij maar al te goed weet wat hij kan verwachten. Het is de uitdrukking waarmee hij al het geschrevene tegemoet treedt, ook en vooral dat van haarzelf. Als hij naar haar kijkt, vervaagt echter deze uitdrukking om onmiddellijk plaats te maken voor het mildere, vriendelijker gezicht van een echtgenoot die haar door haar ergste perioden heen heeft geholpen, die niet het onmogelijke van haar vraagt en die haar, soms met succes, op het hart drukt elke ochtend om elf uur een glas melk te drinken.

'Goedemorgen,' zegt ze.

'Goedemorgen. Hoe ging het met slapen?'

Hoe ging het met slapen, vraagt hij, alsof slapen niet een handeling, maar een schepsel is dat volgzaam of kwaadaardig zou kunnen zijn. Virginia zegt: 'Probleemloos. Is dat de drukproef van Tom?'

'Ja.'

'Hoe ziet het eruit?'

Hij kijkt meteen weer bedenkelijk. 'Ik heb al een fout gevonden, en ik ben pas op de tweede pagina.'

'Een fout aan het begin is waarschijnlijk niet meer dan dat. Vind je het niet wat voorbarig om je al zo op te winden?'

'Heb je al ontbeten?' vraagt hij.

'Ja.'

'Leugenaar.'

'Ik heb koffie met room als ontbijt. Dat is genoeg.'

'Dat is helemaal niet genoeg. Ik zal Nelly vragen je een broodje en wat fruit te brengen.'

'Als je Nelly stuurt om me te storen, sta ik niet in voor mijn gedrag.'

'Je moet eten,' zegt hij, 'al is het maar een beetje.'

'Ik eet straks wel. Ik ga nu aan het werk.'

Hij aarzelt, knikt dan met tegenzin. Hij zal zich niet, wil zich niet met haar werk bemoeien. Maar het is geen goed teken dat Virginia weigert te eten.

'Je moet wel lunchen,' zegt hij. 'Een echte lunch, met soep, pudding, en de rest. Zo nodig gedwongen.'

'Ja, ik zal lunchen,' zegt ze, ongeduldig, maar zonder echt kwaad te zijn. Daar staat ze: lang, broodmager, majestueus in haar ochtendjas, met in haar hand de dampende koffie. Zo nu en dan verbaast hij zich nog over haar. Ze is misschien wel de intelligentste vrouw van Engeland, denkt hij. Mogelijk worden haar boeken nog eeuwenlang gelezen. Hij is daar vuriger dan wie ook van overtuigd. En ze is zijn vrouw. Ze is Virginia Stephen, bleek en lang, indrukwekkend als een Rembrandt of een Velázquez, die twintig jaar geleden in Cambridge in een witte jurk in de kamer van haar broer verscheen, en ze is Virginia Woolf, die nu voor hem staat. Ze is schrikbarend oud geworden, alleen al dit jaar, alsof er een laag lucht vanonder haar huid is weggestroomd. Ze ziet er hoekig en uitgeput uit. Ze is er gaan uitzien alsof ze uit zeer poreus, grijswit marmer is gehouwen. Ze heeft nog steeds iets koninklijks, heeft nog steeds dat prachtige figuur, heeft nog steeds die krachtige lunaire uitstraling, maar ze is ineens niet meer mooi.

'Goed,' zegt hij, 'ik ga maar weer eens aan de slag.'

Ze gaat stilletjes terug naar boven, zodat Nelly haar niet hoort (waarom voelt ze zich altijd zo ongemakkelijk tegenover het personeel, zo schuldig aan vergrijpen?). Ze bereikt haar werkkamer en sluit zachtjes de deur. Veilig. Ze schuift de gordijnen open. Buiten, achter de ruit, volhardt Richmond in zijn keurige, vreedzame droom over zichzelf. Bloemen en heggen worden verzorgd; luiken worden overgeschilderd nog voordat het nodig is. De buren, die ze niet kent, doen ongeacht wat achter de markiezen en luiken van hun villa van rode baksteen. Het roept niets anders bij haar op dan schemerige kamers en een lusteloze, overgare geur. Ze wendt zich af van het raam. Als ze sterk en helder kan blijven, als ze minstens zestig kilo blijft wegen, zal ze Leonard overhalen terug te gaan naar Londen. De rustkuur, deze jaren tussen de perken met ridderspoor en de rode, kleinburgerlijke villa's, zal tot een succes worden verklaard, en ze zal weer geschikt voor de stad worden bevonden. Lunch, ja, ze zal lunchen. Ze zou moeten ontbijten, maar kan de onderbreking die het met zich meebrengt, de confrontatie met Nelly's humeur, niet verdragen. Ze zal een uurtje schrijven en dan iets eten. Niet eten is een slechte gewoonte, net een stimulerend middel – met een lege maag voelt ze zich opgewekt en schoon, helder denkend, strijdbaar. Ze drinkt van haar koffie, zet het kopje neer, strekt haar armen. Dit is een van de meest bijzondere ervaringen: wakker worden op een dag die goed lijkt, zich voorbereiden op het werk, maar nog niet beginnen. Op dit moment zijn er oneindig veel mogelijkheden, hele uren in het vooruitzicht. Haar geest draait op volle toeren. Vanochtend zou ze de duisternis, de geblokkeerde mijngangen, kunnen binnendringen om het goud te bereiken. Ze kan het in zich voelen, een vrijwel onbeschrijflijk tweede zelf, of liever een parallel, zuiverder zelf. Als ze godsdienstig was, zou ze het de ziel noemen. Het is meer dan de som van haar intellect en haar emoties, meer dan de som van haar ervaringen, hoewel het als aderen van schitterend metaal door alle drie heen loopt. Het is een innerlijk vermogen dat de bezielde geheimen van de wereld herkent omdat het uit hetzelfde materiaal bestaat, en als ze veel geluk heeft, is ze in staat direct vanuit dat vermogen te schrijven. In die geestesgesteldheid schrijven geeft haar de diepste bevrediging die ze kent, maar de mogelijkheid daar binnen te gaan komt en gaat zonder waarschuwing. Ze kan haar pen oppakken en hem met haar hand volgen terwijl hij zich over het papier beweegt; ze kan haar pen oppakken en erachter komen dat ze slechts zichzelf is, een vrouw in een ochtendjas met een pen in haar hand, angstig en onzeker, slechts matig begaafd, die geen notie heeft waar te beginnen of wat te schrijven.

Ze pakt haar pen op.

Mrs. Dalloway zei dat ze zelf de bloemen zou kopen.

Mrs. Woolf **Mrs. Brown** Mrs. Dalloway

Mrs. Dalloway zei dat ze zelf de bloemen zou kopen.

Want Lucy had haar handen vol. De deuren zouden uit hun hengsels gelicht worden; de mannen van Rumpelmayer kwamen. En bovendien, dacht Clarissa Dalloway, wat een morgen – puur alsof hij aan kinderen op een strand was geschonken.

Het is Los Angeles. Het is 1949.

Laura Brown probeert zichzelf te verliezen. Nee, dat is het niet precies – ze probeert zichzelf te hervinden door een parallelle wereld binnen te gaan. Ze legt het boek met de tekst naar beneden op haar borst. Nu al lijkt haar slaapkamer (nee, hún slaapkamer) dichter bevolkt, reëler, omdat een personage dat Mrs. Dalloway heet weg is om bloemen te kopen. Laura kijkt naar de klok op het nachtkastje. Het is ver over zevenen. Waarom heeft ze deze klok toch gekocht, dit lelijke ding met zijn groene, vierkante wijzerplaat in een rechthoekige, zwarte bakelieten sarcofaag – hoe kon ze hem ooit mooi hebben gevonden? Ze zou zichzelf niet moeten toestaan te lezen, zeker niet vanochtend, niet op de verjaardag van Dan. Ze had uit bed moeten zijn, gedoucht en aangekleed een ontbijt voor Dan en Richie moeten klaarmaken. Ze kan ze beneden horen, haar man die zijn eigen ontbijt klaarmaakt en voor Richie zorgt. Daar hoort ze immers te zijn? Ze zou in haar nieuwe jurk voor het fornuis moeten staan, eenvoudig en bemoedigend babbelend. Toen ze echter een paar minuten geleden haar ogen opende (over zevenen al) – toen ze nog half in haar droom verkeerde, een soort bonkende machine heel ver weg, een aanhoudend stampen als van een enorm mechanisch hart dat steeds dichterbij leek te komen – voelde ze de klamme aanwezigheid om haar heen, dat gevoel van absolute leegte, en wist ze dat het een moeilijke dag ging worden. Ze wist dat ze moeite zou hebben in zichzelf te geloven en in de kamers van haar huis, en toen ze naar het nieuwe boek op haar nachtkastje keek, boven op het boek dat ze de vorige avond had uitgelezen, greep ze er automatisch naar, alsof lezen de enige en meest voor de hand liggende taak van de dag was, de enig mogelijke manier om de overgang van slaap naar plicht te overbruggen. Omdat ze in verwachting is, zijn zulke dwalingen toegestaan. Het is haar, voorlopig, toegestaan buitensporig veel te lezen, in bed te blijven liggen, om niets in huilen of woede uit te barsten.

Ze zal het ontbijt compenseren door een volmaakte verjaardagstaart voor Dan te maken, door het zondagse tafellaken te strijken, door een groot boeket bloemen (rozen?) midden op tafel te zetten en daaromheen de cadeautjes te schikken. Dat zou het toch wel voldoende compenseren?

Ze zal nog één bladzijde lezen. Nog één bladzijde, om tot rust te komen en zich te oriënteren, daarna zal ze opstaan.

Wat een feest! Wat een duik! Want zo had het haar altijd geleken, als ze, met een licht geknars van de scharnieren, dat ze nu nog kon horen, de glazen deuren had opengegooid en op Bourton in de open lucht was gedoken. Hoe fris, hoe kalm, stiller dan dit natuurlijk, was de lucht in de vroege morgen; als het omslaan van een golf; de kus van een golf; koel en doordringend en toch (voor een meisje van achttien, wat ze toen was) plechtig omdat ze voelde, zoals ze daar stond aan de open deuren, dat er dadelijk iets verschrikkelijks zou gebeuren; ter-

wijl ze stond te kijken naar de bloemen, naar de bomen waaruit de damp zich los wond en naar de kraaien, die stegen en daalden; en bleef kijken tot Peter Walsh zei: 'Peinzend tussen de groente?' – was het dat? 'Ik verkies mensen boven bloemkool' – was het dat? Hij moest het op een morgen bij het ontbijt hebben gezegd, toen ze naar buiten naar het terras was gegaan – Peter Walsh. Hij zou een dezer dagen uit India terugkomen, in juni of juli, ze was vergeten wanneer, want zijn brieven waren verschrikkelijk saai; het was wat hij zéi dat je je herinnerde; zijn ogen, zijn zakmes, zijn glimlach, zijn humeurigheid en, terwijl miljoenen dingen totaal verdwenen waren – wat was dat vreemd! – een paar zinnen, zoals die over kool.

Ze haalt diep adem. Dit is zo mooi; dit is zoveel meer dan... ach, dan eigenlijk vrijwel al het andere. In een andere wereld zou ze haar hele leven lezend hebben doorgebracht. Maar dit is de nieuwe wereld, de behouden wereld – veel ruimte voor nietsdoen is er niet. Er is zoveel geriskeerd en verloren; zovelen zijn gestorven. Nog geen vijf jaar geleden werd van Dan aangenomen dat hij was gesneuveld, bij Anzio, en toen twee dagen later bleek dat hij nog leefde (hij en een of andere arme jongen uit Arcadia hadden dezelfde naam), was het alsof hij uit de dood was opgestaan. Hij leek te zijn teruggekeerd uit het rijk der doden (de verhalen die je toen hoorde over de bergen in Italië, over Saipan en Okinawa, over Japanse moeders die nog eerder zichzelf en hun kinderen doodden dan zich gevangen te laten nemen), nog steeds goedmoedig, nog steeds met zijn eigen geur, en toen hij naar Californië terugkwam, werd hij binnengehaald als meer dan een gewone held. Hij had (in de woorden van zijn verontruste moeder) iedereen kunnen krijgen, elke schoonheidskoningin, ieder opgewekt en meegaand meisje, maar had door een onbegrijpelijke en mogelijk balorige inval de oudere zus van zijn beste vriend gekust, het hof gemaakt, ten huwelijk gevraagd – de boekenwurm, met haar buitenlandse voorkomen en de donkere, dicht bij elkaar staande ogen en de Romeinse neus, die nog nooit mee uit gevraagd was of aanbeden, die altijd alleen was gelaten om te lezen. Wat kon ze anders doen dan ja zeggen? Hoe had ze de knappe, goedmoedige jongen, die min of meer een lid van hun gezin was, die uit de dood was opgestaan, hebben kunnen weigeren?

Nu is ze dus Laura Brown. Laura Zielski, het eenzelvige meisje, de boekenwurm, is verdwenen, en hier in haar plaats is Laura Brown.

Eén bladzijde, besluit ze, niet meer dan een. Ze is er nog niet klaar voor; de taken die haar wachten (haar kamerjas aantrekken, haar haar borstelen, naar de keuken beneden gaan) zijn nog steeds te vaag, te vluchtig. Voor ze de dag begint, gunt ze zichzelf nog een minuut in bed. Ze gunt zich nog iets meer tijd. Ze wordt opgenomen door een golf van gevoel, een deining van de zee, die oprijst vanonder haar borst en haar optilt, haar vriendelijk voortstuwt, alsof ze een zeewezen is dat wordt teruggevoerd van het strand waar ze was aangespoeld – alsof ze is teruggekeerd uit het rijk van de verpletterende zwaartekracht naar haar ware element, het rijzen en dalen van zout water, die gewichtloze schittering.

Ze bleef een ogenblik stilstaan op de stoeprand en wachtte om de vrachtwagen van Durtnall te laten passeren. Een charmante vrouw, dacht Scrope Purvis (die haar kende zoals je iemand kent die in Westminster naast je woont); ze had iets van een vogel, van de Vlaamse gaai, blauwgroen, licht, levendig, hoewel ze over de vijftig was en erg grijs was geworden sinds haar ziekte. Daar was ze neergestreken, ze zag hem helemaal niet, terwijl ze kaarsrecht stond te wachten om over te steken.

Want als je in Westminster hebt gewoond – hoeveel jaar nu? Meer dan twintig – voel je zelfs midden in het verkeer of als je 's nachts wakker werd, daar was Clarissa van overtuigd – een bijzondere stilte of plechtigheid; een niet te beschrijven pauze; een angstige spanning (maar dat was misschien haar hart dat, zeiden ze, was aangedaan door de influenza) vóór Big Ben slaat. Daar! De dreunende slag. Eerst een muzikale waarschuwing; dan het uur – onherroepelijk. De loden cirkels losten op in de lucht. Wat zijn we toch dwaas, dacht ze, terwijl ze Victoria Street overstak. Want de hemel mag weten waarom je er zoveel van houdt, hoe je het zo ziet, zo maakt, het om je heen opbouwt, het laat instorten, het ieder ogenblik opnieuw creëert; maar de slonzigste stumpers, de meest verworpen stakkers die op de drempels zitten (de drank is hun ondergang) doen hetzelfde; daar kan door wetten van het parlement, daar was ze zeker van, niets aan gedaan worden, om de eenvoudige reden dat ze van het leven houden. In de ogen van de mensen, in de beweging, het gestamp en gedraaf, in het gebrul en het lawaai; de rijtuigen, auto's, omnibussen, vrachtwagens, de schuifelende, slingerende sandwich-mannen, fanfarekorpsen; draaiorgels; in de triomf en het gerinkel en het vreemde hoge zingen van een of ander vliegtuig boven haar, was wat zij liefhad; het leven; Londen; dit ogenblik van juni.

Hoe is het mogelijk, vraagt Laura zich af, dat iemand die in staat was zo'n zin te schrijven – die in staat was alles te voelen wat een zin als deze bevat – ertoe kon komen zelfmoord te plegen? Wat mankeert mensen in godsnaam? Besluitvaardigheid afdwingend, alsof ze op het punt staat in koud water te duiken, sluit Laura het boek en legt het op het nachtkastje. Ze heeft geen hekel aan haar kind, heeft geen hekel aan haar man. Ze zal opstaan en opgewekt doen.

Ze leest in elk geval geen detectives of romannetjes, denkt ze. Ze verrijkt in elk geval haar geest. Op het moment leest ze Virginia Woolf, alles van Virginia Woolf, boek na boek – ze is gefascineerd door de gedachte aan een vrouw als zij, een vrouw die zo briljant was, zo vreemd, zo onmeetbaar triest; een vrouw die geniaal was, maar niettemin een steen in haar jaszak stopte en de rivier in waadde. Zij, Laura, verbeeldt zich graag (het is een van haar best bewaarde geheimen) dat ze zelf over enige genialiteit beschikt, een klein beetje maar, hoewel ze weet dat de meeste mensen waarschijnlijk met dezelfde hoopvolle veronderstellingen rondlopen, als gebalde vuistjes in hun binnenste die nooit naar buiten komen. Terwijl ze het karretje door de supermarkt duwt of bij de kapper zit, vraagt ze zich af of de andere vrouwen tot op zekere hoogte niet allemaal hetzelfde denken: zie hier een briljante geest, de vrouw van smarten, de vrouw van alles overtreffende vreugde, die liever ergens anders zou willen zijn, die erin heeft toegestemd eenvoudige en in wezen belachelijke taken te vervullen - tomaten keuren, onder een haardroger zitten - omdat ze de kunst verstaat en het haar plicht is. Omdat de oorlog voorbij is, de wereld behouden is, en we hier, wij allemaal, huizen bouwen, kinderen krijgen en opvoeden, niet alleen boeken of schilderijen creëren, maar een hele wereld - een wereld van orde en harmonie waarin kinderen veilig zijn (zo niet gelukkig), waarin mannen die onvoorstelbare verschrikkingen hebben meegemaakt, die dapper en juist hebben opgetreden, thuiskomen naar verlichte ramen, naar parfum, naar borden en servetten.

Wat een feest! Wat een duik!

Laura stapt uit bed. Het is een warme, heldere ochtend in juni. Ze hoort haar man beneden rondscharrelen. Een metalen deksel kust de rand van de pan. Als ze haar lichtturkooizen chenille ochtendjas van de onlangs opnieuw beklede stoel pakt, komt de stoel te voorschijn, breed en log, met afhangende bekleding, zijn bobbelige, zalmkleurige bekleding door koord en zalmkleurige knopen in een ruitpatroon bijeengehouden. In de warmte van een junimorgen, nu de kamerjas is weggegrist, lijkt de stoel met zijn opvallend nieuwe bekleding verrast een heuse stoel te zijn.

Ze poetst haar tanden, borstelt haar haar en gaat naar beneden. Voor de laatste paar treden blijft ze even staan luisteren, wacht; ze wordt opnieuw overvallen (het lijkt erger te worden) door een dromerig gevoel, alsof ze in de coulissen staat, klaar om op te komen en een rol te spelen in een stuk waarvoor ze niet de juiste kleding aanheeft en waarvoor ze niet genoeg heeft gerepeteerd. Wat mankeert haar toch? vraagt ze zich af. Het is haar man die in de keuken is; het is haar zoontje. Het enige wat de man en de jongen verwachten is haar aanwezigheid en, uiteraard, haar liefde. Ze overwint de wens stilletjes terug naar boven te gaan, naar haar bed en haar boek. Ze onderdrukt haar irritatie bij het horen van de stem van haar man, die iets tegen Richie zegt over servetten (waarom doet zijn stem haar soms denken aan een aardappel die wordt geraspt?). Ze gaat de laatste treden af, loopt de smalle hal door en gaat de keuken binnen.

Ze denkt aan de taart die ze zal maken, de bloemen die ze zal kopen. Ze denkt aan rozen omringd door cadeautjes.

Haar man heeft koffie gezet, cornflakes voor hemzelf en zijn zoon klaargezet. Op het tafelblad prijkt een tiental witte rozen met hun complexe, enigszins sinistere schoonheid. Door de vaas van helder glas ziet Laura de luchtbelletjes, fijn als zandkorrels aan hun stengels kleven. Naast de rozen staan het pak cornflakes en het pak melk met hun tekst en afbeeldingen.

'Goedemorgen,' zegt haar man, waarbij hij zijn wenkbrauwen optrekt, alsof hij verrast maar blij is haar te zien.

'Hartelijk gefeliciteerd,' zegt ze.

'Dankjewel.'

'O, Dan. Rozen. Op jóuw verjaardag. Je overdrijft, echt.'

Ze ziet dat hij ziet dat ze ontstemd is. Ze glimlacht.

'Het zou zonder jou een stuk minder leuk zijn, nietwaar?' zegt hij.

'Maar je had me moeten wekken. Ik meen het.'

Hij kijkt naar Richie, trekt zijn wenkbrauwen nog een centimeter hoger op, zodat er rimpels in zijn voorhoofd komen en zijn glanzende haar iets opwipt. 'Het leek ons beter dat je nog wat bleef slapen, hè Richie?' zegt hij.

Richie, drie jaar oud, zegt: 'Ja.' Hij knikt enthousiast, meer dan blij.

Hij heeft een blauwe pyjama aan. Hij is blij haar te zien; hij is gered, leeft op, een en al liefde. Laura tast in de zak van haar ochtendjas naar een sigaret, bedenkt zich, gaat in plaats daarvan met haar hand naar haar haar. Het is bijna volmaakt, het is bijna genoeg een jonge moeder te zijn in een gele keuken die haar volle, zwarte haar aanraakt, in verwachting van een tweede kind. Op de gordijnen vallen bladschaduwen; er is verse koffie.

'Goedemorgen, knul,' zegt ze tegen Richie.

'Ik eet cornflakes,' zegt hij. Hij grinnikt. Je zou kunnen zeggen dat hij verlekkerd kijkt. Hij is duidelijk weg van haar; hij is zowel komisch als tragisch in zijn wanhopige liefde. Hij doet haar soms denken aan een muis die liefdesliedjes zingt onder het raam van een reuzin.

'Uitstekend,' antwoordt ze. 'Heel goed.'

Hij knikt opnieuw, alsof ze een geheim deelden.

'Maar heus,' zegt ze tegen haar man.

'Waarom zou ik je wakker maken?' antwoordt hij. 'Waarom zou je niet uitslapen?'

'Omdat het je verjaardag is,' zegt ze.

'Je hebt rust nodig.'

Hij klopt voorzichtig, maar met enige kracht op haar buik, alsof het de dop van een zachtgekookt ei was. Er is nog niets te zien; de enige voorboden zijn een lichte misselijkheid en een vage, maar duidelijke onrust vanbinnen. Zij en haar man en haar zoon wonen in een huis waar, voor hen, nog niemand heeft gewoond. Buiten het huis is een wereld waarin de schappen gevuld zijn, waar radiogolven vol muziek zijn, waar jongemannen weer op straat lopen, mannen die ontbering hebben gekend en een angst die erger is dan de dood, die vrijwillig de periode van begin twintig hebben opgeofferd en nu, denkend aan dertig jaar en ouder, geen tijd meer hebben te verliezen. Hun oorlogstraining komt ze goed van pas. Ze zijn lenig en sterk. Ze staan bij het krieken van de dag op, zonder te klagen.

'Ik zou graag je ontbijt maken,' zegt Laura. 'Ik voel me uitstekend.'

'Ik kan ook ontbijt maken. Dat ik bij het krieken van de dag op moet wil nog niet zeggen dat jij dat ook moet doen.'

'Maar ik wil het.'

De koelkast bromt. Een bij botst hard en herhaaldelijk tegen een ruit. Laura pakt haar pakje Pall Mall uit de zak van haar ochtendjas. Ze is drie jaar ouder dan hij (dat heeft iets licht onfatsoenlijks, iets lichtelijk gênants); een breedgeschouderde vrouw, hoekig, donker, met een buitenlands uiterlijk, in weerwil van het feit dat haar familie er al meer dan een eeuw niet in is geslaagd het te maken in dit land. Ze laat een sigaret uit het pakje glijden, bedenkt zich, duwt hem weer terug.

'Goed,' zegt hij. 'Als je het per se wilt, zal ik je morgenochtend om zes uur wakker maken.'

'Goed.'

Ze schenkt zich een kopje in van de koffie die hij heeft gezet. Met de dampende koffie in haar hand gaat ze naar hem terug, kust zijn wang. Hij klopt op haar achterste, vriendelijk en afwezig. Hij denkt al niet meer aan haar. Hij denkt aan de dag die voor hem ligt, de rit naar de stad, de lome, verrukkelijke rust van Wilshire Boulevard, waar alle winkels nog dicht zijn en alleen de monterste en meest toegewijde types, jonge vroege vogels zoals hij, zich verplaatsen door zonlicht dat nog vrij is van de dagelijkse smog. Het zal stil zijn op zijn kantoor; de schrijfmachines in de typekamer zullen nog zijn afgedekt, en hij en nog een paar andere mannen van zijn leeftijd zullen nog voordat de telefoons gaan rinkelen een vol uur of nog langer de tijd hebben hun papierwinkel af te werken. Dat hij dit alles heeft lijkt soms te mooi om waar te zijn: een bureau en een nieuw huis met twee slaapkamers, verantwoordelijkheden en besluiten, snelle, geanimeerde lunches met andere mannen.

'Die rozen zijn schitterend,' zegt Laura tegen hem. 'Hoe ben je er op dit uur aangekomen?'

'Mrs. Gar is vanaf zes uur in haar winkel. Ik heb net zolang op de ruit getikt tot ze me binnenliet.' Hij kijkt op zijn horloge, hoewel hij weet hoe laat het is. 'Zeg, ik moet ervandoor.'

'Maak er een fijne dag van.'

'Jij ook.'

'Een fijne verjaardag.'

'Dank je.'

Hij staat op. Een tijd lang worden ze allemaal in beslag genomen door het ritueel van zijn weggaan: zijn jasje en het koffertje pakken, de uitwisseling van kussen, zwaaien, hij over zijn schouder terwijl hij de oprijlaan afloopt, Laura en Richie vanachter de hordeur. Hun overdadig besproeide gazon heeft een heldere, bijna onwerkelijk groene kleur. Laura en Richie staan als toeschouwers bij een parade als de man zijn ijsblauwe Chevrolet over de oprijlaan manoeuvreert en de straat oprijdt. Hij wuift nog eens vanachter het stuur, zelfverzekerd.

'Mooi,' zegt ze, nadat de auto uit het zicht is verdwenen. Haar zoon kijkt haar adorerend, verwachtingsvol aan. Zij is het bezielende principe, het leven in huis. De kamers zijn soms groter dan ze behoren te zijn; soms bevatten ze, plotseling, dingen die hij nog niet eerder heeft gezien. Hij kijkt naar haar en wacht af.

'Mooi, juist,' zegt ze.

Dit nu is de dagelijkse overgang. Zolang haar man er is, is ze nerveuzer maar minder angstig. Ze weet wat ze moet doen. Alleen met Richie voelt ze zich soms op drift – hij is zo volledig en overtuigend zichzelf. Wat hij wil, wil hij zo gretig. Hij huilt om onbegrijpelijke redenen, stelt onbegrijpelijke eisen, verleidt haar, smeekt haar, negeert haar. Hij lijkt bijna voortdurend af te wachten wat ze nu weer gaat doen. Ze weet, of veronderstelt in elk geval, dat andere moeders van kleine kinderen er een hoeveelheid regels op na houden en, wat nog belangrijker is, een permanent moeder-zelf hebben om hen te helpen de dag alleen met een kind door te brengen. Als haar man er is, kan ze het wel aan. Als ze hem naar haar ziet kijken, weet ze bijna instinctief hoe ze de jongen streng maar vriendelijk moet aanpakken, met een liefdevolle, moederlijke nonchalance die moeiteloos lijkt. Als ze echter alleen met het kind is, raakt ze de kluts kwijt. Ze kan zich niet altijd herinneren hoe een moeder zich zou gedragen.

'Je moet je ontbijt nog opeten,' zegt ze tegen hem.

'Goed,' zegt hij.

Ze gaan terug naar de keuken. Haar man heeft zijn koffiekop omgespoeld, afgedroogd en opgeborgen. De jongen begint te eten met een zekere machinale gestaagheid die meer met gehoorzaamheid dan met eetlust te maken heeft. Laura schenkt voor zichzelf een nieuwe kop koffie in en gaat aan tafel zitten. Ze steekt een sigaret op.

... de triomf en het gerinkel en het vreemde hoge zingen van een of ander vliegtuig boven haar, was wat ze liefhad; het leven; Londen; dit ogenblik van juni.

Ze blaast een volle, grijze rookwolk uit. Ze is zo moe. Ze heeft tot na tweeën liggen lezen. Ze voelt aan haar buik – zou het slecht zijn voor het nieuwe kind dat zij zo weinig slaap krijgt? Ze heeft de dokter er niet naar gevraagd; ze is bang dat hij haar een totaal leesverbod zal opleggen. Ze neemt zich voor dat ze die avond minder zal lezen. Ze zal tegen middernacht gaan slapen, op zijn laatst.

Ze zegt tegen Richie: 'Raad eens wat we vandaag gaan doen? We gaan een taart voor je vaders verjaardag maken. Tjonge, dat wordt nog een hele klus.'

Hij knikt ernstig, voorzichtig. Hij lijkt niet helemaal overtuigd.

Ze zegt: 'We gaan de mooiste taart voor hem maken die hij ooit heeft gezien. De allermooiste. Vind je dat geen goed idee?'

Richie knikt nog eens. Hij wacht af wat er nu gaat gebeuren.

Laura kijkt naar hem door de kringelende sliert sigarettenrook. Ze zal niet naar boven gaan om verder te lezen in haar boek. Ze zal blijven. Ze zal alles doen wat nodig is, en meer.

Mrs. Brown *Mrs. Dalloway* Mrs. Woolf

Clarissa loopt met een arm vol bloemen Spring Street op. Ze stelt zich voor dat Barbara, nog in de koele schemer aan de andere kant van de deur, voortgaat te leven in wat Clarissa nu niet anders meer kan zien als het verleden (het heeft op de een of andere manier te maken met Barbara's verdriet en de standaard met linten tegen de achterwand) terwijl ze zelf in het heden loopt, te midden van dit alles: de Chinese jongen die op een fiets voorbijraast; het nummer 281 in goud op donker glas; een paar duiven met pootjes in de kleur van potloodgummetjes (er was eens een vogel door het raam van de vierde klas komen binnenvliegen, paniekerig, beangstigend); Spring Street; en hier loopt ze dan met haar enorme boeket bloemen. Ze zal bij Richards appartement langsgaan om te zien hoe het met hem gaat (het heeft geen zin te bellen; hij neemt nooit op), maar eerst gaat ze verlegen, verwachtingsvol, niet te dicht bij de trailer staan van waaruit het beroemde hoofd te voorschijn was gekomen. Er heeft zich daar een kleine menigte verzameld, voornamelijk toeristen, en Clarissa gaat naast twee meisje staan, een met kanariegeel geverfd haar en de ander platinablond. Clarissa vraagt zich af of het hun bedoeling was zo duidelijk op de zon en de maan te lijken.

Zon zegt tegen Maan: 'Het was Meryl Streep; zeker weten dat het Meryl Streep was.'

Clarissa voelt zich ongewild opgewonden. Ze had gelijk. Het geeft een verrassend diepe voldoening te weten dat haar visie door een ander werd gedeeld.

'Hoe kom je erbij,' zegt Maan. 'Het was Susan Sarandon.'

Het was Susan Sarandon niet, denkt Clarissa. Het zou Vanessa Redgrave geweest kunnen zijn, maar beslist niet Susan Sarandon.

'Nee,' zegt Zon, 'het was Streep. Geloof me nou maar.'

'Het was Meryl Streep niet.'

'Wel waar. Het was haar verdomme wel.'

Clarissa blijft schuldbewust staan met haar bloemen in de hoop dat de ster zich nog eens zal vertonen, zich generend voor haar nieuwsgierigheid. Het is niet haar gewoonte met beroemdheden te dwepen, niet meer dan de meeste mensen, maar ze kan er niets aan doen dat ze wordt aangetrokken door de aura van roem – en meer dan roem, onsterfelijkheid eigenlijk – zoals die werd opgeroepen door een filmster in een trailer op de hoek van MacDougal en Spring Street. Deze twee meisjes die naast Clarissa staan, twintig of misschien nog jonger, uitdagend stoer, tegen elkaar aan hangend, beladen met felgekleurde tassen van discountwinkels, deze twee meisjes zullen de middelbare leeftijd bereiken en dan hoogbejaard worden, verschrompelen of opzwellen; de begraafplaatsen waar ze begraven worden zullen ten slotte vervallen; het gras zal er verwilderen en 's nachts door honden worden bezocht, en als er van de twee meisjes niet meer resteert dan een paar verdwaalde zilveren vullingen, zal de vrouw in de trailer, of het nu Meryl Streep was of Vanessa Redgrave of desnoods Susan Sarandon, nog steeds bekend zijn. Ze zal voortbestaan in archieven en in boeken; een opname van haar stem zal worden bewaard met andere kostbare en aanbeden voorwerpen. Clarissa staat zichzelf toe nog een paar minuten te blijven staan, als een domme fan, in de hoop dat de ster zich alsnog zal laten zien. Ja, een paar minuten nog, voor de vernedering echt ondraaglijk wordt. Ze blijft met haar bloemen voor de trailer staan. Ze houdt de deur in de gaten. Nadat er nog een paar minuten zijn verstreken (bijna tien, hoewel ze dat niet graag toegeeft) gaat ze plotseling weg, verontwaardigd, alsof ze een blauwtje heeft gelopen, en loopt de paar straten richting centrum naar Richards appartement.

Ooit was deze buurt het centrum van iets nieuws en gedurfds, iets onfatsoenlijks; een stadswijk waar de hele nacht gitaarmuziek uit de cafés en koffieshops klonk, waar de winkels die boeken en kleding verkochten roken zoals ze zich voorstelt dat Arabische bazaars ruiken: naar wierook en een zware, mestachtige geur, een bepaalde soort hout (ceder? kamfer?), iets wat fruitachtig, vruchtbaar wegrot, en waar het mogelijk, heel goed mogelijk leek, dat het slecht met je zou aflopen als je de verkeerde deur binnenging of de verkeerde steeg inliep: niet de gebruikelijke dreiging te worden bestolen of in elkaar geslagen, maar iets wat veel verdorvener en ingrijpender is, iets veel definitievers. Hier, precies hier op de hoek, had ze met Richard gestaan toen Richard negentien was – toen Richard nog een jongen was met een krachtig getekend gezicht, een scherpe blik, een niet al te aantrekkelijke donkerharige jongen met een onmogelijk lange, elegante en ongewoon bleke nek hadden ze hier staan ruziemaken... over wat? Een kus? Had Richard haar gekust, of had zij, Clarissa, alleen gedacht dat Richard haar zou kussen en had ze zich afgewend? Of ze elkaar nu wel of niet hadden gekust op deze hoek (voor wat ooit een *headshop* was geweest en nu een delicatessenzaak was), ze hadden in elk geval ruziegemaakt en hadden hier of ergens anders, niet lang daarna, afgezien van hun kleine experiment omdat Clarissa haar vrijheid en Richard, nou ja, zoals altijd bij hem, te veel wilde. Hij wilde veel te veel. Ze had hem verteld dat wat er die zomer was gebeurd niet meer was dan wat er 's zomers weleens gebeurt. Waarom wilde hij haar, een wrokkig en schuchter meisje dat nauwelijks borsten had (hij kon toch niet van haar verwachten dat ze zijn begeerte vertrouwde?), terwijl hij net als zij zijn diepgewortelde voorliefde kende en hij Louis had, de toegewijde Louis, zwaar van leden, bepaald niet dom, een jongen die Michelangelo maar wat graag zou hebben getekend? Was Richards voorstelling van haar in feite niet gewoon de zoveelste poëtische gril? Ze hadden geen diepgaande of spectaculaire ruzie gehad, niet meer dan wat gekibbel op een hoek – er was ook toen geen sprake geweest van een onherstelbare schade aan hun vriendschap – maar als ze erop terugkijkt, lijkt het beslissend; lijkt het het moment waarop een mogelijke toekomst eindigde en een nieuwe begon. Die dag na de ruzie (of misschien wel ervoor) had Clarissa een pakje wierook en een grijze alpaca-jas gekocht, tweedehands, met roosvormige, uit been gesneden knopen. Richard was uiteindelijk met Louis naar Europa vertrokken. Wat, vraagt Clarissa zich nu af, is er met die alpacajas gebeurd? Het is net of ze hem jaar in jaar uit heeft gedragen, en hem ineens niet meer had.

In Bleecker slaat ze af en loopt Thompson in. De buurt is tegenwoordig een imitatie van zichzelf, een verwaterde kermisattractie voor toeristen, en Clarissa, nu tweeënvijftig, weet dat er zich achter deze deuren en aan het eind van deze stegen niets anders afspeelt dan dat mensen er hun leven leiden. Sommige cafés en koffieshops zijn er gek genoeg nog steeds, inmiddels gerestaureerd om ter wille van Duitsers en Japanners op zichzelf te lijken. De winkels verkopen feitelijk allemaal dezelfde dingen: T-shirts voor toeristen, prullerige zilveren sieraden, goedkope leren jacks.

Bij het gebouw waar Richard woont gaat ze de deur van de

hal door en zoals gewoonlijk komt het woord 'erbarmelijk' bij haar op. Het is bijna komisch hoe volmaakt de entree van het gebouw waar Richard woont het begrip erbarmelijk illustreert. Het is zo duidelijk, zo vreselijk erbarmelijk dat het haar zelfs na al die jaren nog steeds een beetje verrast. Het verrast haar zoals een bijzonder en opvallend voorwerp, een kunstvoorwerp, kan blijven verrassen: gewoon omdat het al die tijd zo mooi en absoluut zichzelf is gebleven. Daar heb je verrassend genoeg weer de verschoten geelbeige wanden, zo ongeveer de kleur van een arrowrootkoekje; daar heb je het fluorescerende paneel aan het plafond dat zijn flikkerende, waterige schijnsel uitstraalt. Erger nog – veel erger – is dat deze benauwde kleine hal een tiental jaren geleden goedkoop en halfslachtig is gerenoveerd. Met zijn smoezelige witte linoleum met baksteenmotief en zijn kunstficus ziet de hal er heel wat ontmoedigender uit dan in zijn oorspronkelijke vervallen staat. Slechts de antieke marmeren lambrisering – van palominokleurig marmer, blauw en grijs geaderd, met een donkergeel, rokerig deklaagje, als een zeer verfijnde oude kaas, dat nu op een afschuwelijk manier terugkomt in de gele wanden – duidt erop dat dit ooit een gebouw van enig belang was, dat hier verwachtingen werden gekoesterd, dat mensen geacht werden bij het betreden van de hal het gevoel te krijgen dat ze zich ordelijk voortbewogen naar een toekomst die iets behelsde wat de moeite waard zou zijn.

Ze stapt in de lift, een kleine ruimte met hard, bleek licht, bekleed met metalen platen met houttextuur, en drukt op de knop voor de vierde verdieping. De liftdeur zucht ratelend dicht. Er gebeurt niets. Uiteraard. Hij doet het maar zo nu en dan; eigenlijk is het een opluchting hem te verlaten en in plaats daarvan de trappen op te lopen. Clarissa drukt op de knop met de afgeschilferde 'o', en na een nerveuze aarzeling ratelt de deur weer open. Ze is altijd bang in deze lift tussen twee verdiepingen te blijven steken – ze kan zich maar al te goed het lange, lange wachten voorstellen, het roepen om hulp naar bewoners die al dan niet Engels zouden kunnen spreken en die al dan niet te hulp zouden willen schieten; de vreemde, verlammende, op de dood lijkende angst er een behoorlijk lange tijd te staan, alleen, in die helder verlichte, muf ruikende leegte, wel of niet kijkend naar haar vervormde spiegelbeeld in de doffe ronde spiegel die in de rechterbovenhoek is bevestigd. Het is eigenlijk beter de lift zonder meer defect aan te treffen en de vijf trappen te beklimmen. Het is beter vrij te zijn.

Ze loopt de trap op en voelt zich, met haar arm vol bloemen, zowel vermoeid als bruidsachtig – maagdelijk. De treden van de gebutste trap, in het midden uitgesleten, zijn van een bijzonder, dofzwart, rubberachtig materiaal gemaakt. Op elk van de vier overlopen biedt een raam een ander uitzicht op lijnen vol wasgoed: gebloemde lakens, babykleding, trainingsbroeken, schreeuwerig door hun goedkope nieuwigheid, in geen enkel opzicht als het ouderwetse wasgoed – donkere sokken en rijk bewerkte dameslingerie, verschoten jasschorten, stralend witte overhemden – dat de luchtkoker een alledaagse maar bijzondere sfeer zou geven, iets uit vroeger tijden. Erbarmelijk, denkt ze weer. Zonder meer erbarmelijk.

Richards overloop, geschilderd in dezelfde beige koekkleur, is nog steeds betegeld zoals tijdens de eeuwwisseling het geval moet zijn geweest (op de eerste verdieping houdt het linoleum op een onverklaarbare manier op); op de vloer, omrand met een mozaïek van geometrische, lichtgele bloemen, ligt een enkele sigarettenpeuk met rode lippenstift. Clarissa klopt aan Richards deur, wacht en klopt opnieuw.

'Wie is daar?'

'Ik ben het maar.'

'Wie?'

'Clarissa.'

'O, Mrs. D. Kom toch binnen.'

Wordt het geen tijd om die oude bijnaam eens te laten vallen? denkt ze. Als hij een beetje goede dag heeft, zal ik het aankaarten: Richard, vind je het niet tijd worden me gewoon Clarissa te noemen?

Ze opent de deur met haar sleutel. Ze kan Richard in de andere kamer met een zachte, geamuseerde stem horen praten, alsof hij onfatsoenlijke geheimen onthult. Ze heeft geen idee wat hij zegt – ze verstaat het woord 'werpen', gevolgd door een lage, rollende lach, een enigszins smartelijk geluid, alsof het lachen iets scherps is dat in zijn keel is blijven steken.

Goed, denkt Clarissa, is het weer een van die dagen – duidelijk geen dag om het onderwerp namen aan te snijden.

Ze kan er niets aan doen dat ze Evan en al die anderen die op tijd het nieuwe medicijn hebben gekregen benijdt; al die gelukkige mannen en vrouwen ('gelukkig' uiteraard in relatieve zin) van wie de hersens nog niet door het virus tot kant zijn gevreten. Ze kan er niets aan doen dat ze razend is vanwege Richard, wiens spieren en organen dankzij de nieuwe ontdekkingen weer wat hersteld zijn, maar voor wiens hersens geen ander herstel mogelijk was dan weer goede dagen van de slechte te kunnen onderscheiden.

Zijn appartement is zoals altijd slecht verlicht en benauwd, potdicht afgesloten en oververhit, verzadigd van de salie- en jeneverbeswierook die Richard brandt om de ziekenlucht te verdrijven. Het is een onbeschrijflijk rommelig appartement, her en der verlicht door een zwakke cirkel van verstoft licht, afkomstig uit de schemerlampen met hun bruine kappen waarin Richard slechts peertjes van vijftien watt toestaat. Zijn appartement heeft iets van een onderwatertafereel. Clarissa beweegt zich er zoals ze door het ruim van een gezonken schip zou lopen. Het zou haar amper verbazen als er in het halfduister een school zilverkleurige visjes zou voorbijschieten. Deze kamers lijken op geen enkele manier deel uit te maken van het gebouw waarin ze zich toevallig bevinden, en als Clarissa binnenkomt en de grote, kromgetrokken deur met de vier sloten (waarvan twee kapot) achter zich sluit, heeft ze altijd het gevoel een dimensionele kromme te zijn gepasseerd – *Alice in Wonderland* als het ware – alsof de hal, de trap en de overloop zich in een totaal andere wereld bevinden, in een andere tijd.

'Goedemorgen,' roept ze.

'Is het nog steeds morgen?'

'Ja zeker.'

Richard is in het andere vertrek. Het appartement heeft maar twee vertrekken: de keuken (waardoor je binnenkomt), en de grote kamer waar Richards leven (wat daarvan over is) zich afspeelt. Clarissa loopt door de keuken met zijn antieke fornuis en grote, witte badkuip (zwak oplichtend als marmer in de altijd schemerige kamer), de vage geur van gas en verschaald eten, de opgestapelde kartonnen dozen vol met... god mag het weten; zijn vergulde, ovale spiegel die haar flauw weerspiegelt (altijd weer even schrikken, al is ze er nog zo goed op voorbereid). In de loop der jaren heeft ze er een gewoonte van gemaakt de spiegel te negeren.

Daar staat het Italiaanse espressoapparaat dat ze voor hem heeft gekocht, een en al chroom en zwart staal, dat zich begint aan te passen aan de algehele toestand van stoffige verwaarlozing. Daar staan de koperen pannen die ze heeft gekocht.

Richard zit in de andere kamer in zijn stoel. De zonwering is neergelaten en alle zes of zeven schemerlampen zijn aan, hoewel hun zwakke schijnsel nauwelijks op de lichtsterkte van een gewone bureaulamp neerkomt. Richard zit in de verste hoek in zijn absurde flanellen kamerjas (een volwassen versie van een kinderkamerjas, inktblauw, met een patroon van raketten en gehelmde astronauten), even naargeestig en majestueus, even belachelijk als een verdronken, nog aan haar troon gekluisterde koningin.

Hij fluistert niet meer. Hij zit met zijn hoofd enigszins achterover en zijn ogen gesloten, alsof hij naar muziek luistert.

'Goedemorgen, lieverd,' zegt Clarissa nogmaals.

Hij doet zijn ogen open. 'Kijk toch eens wat een bloemen.'

'Die zijn voor jou.'

'Ben ik dood?'

'Ze zijn voor het feest. Hoe gaat het vanochtend met je hoofdpijn?'

'Beter. Dank je.'

'Heb je kunnen slapen?'

'Ik weet het niet meer. Ja. Ik geloof van wel. Dank je.'

'Het is een prachtige zomerdag, Richard. Zal ik eens wat licht binnenlaten?'

'Ik vind het best.'

Ze gaat naar het dichtstbijzijnde van de drie ramen en trekt met enige moeite de zonwering van oliedoek omhoog. Er valt een sterk verminderd daglicht binnen – het licht dat schuin omlaag valt tussen Richards flat en zijn chocoladekleurige zus op nog geen vier en een halve meter afstand. Aan de overkant van de luchtkoker bevindt zich het raam van een oude, chagrijnige weduwe, met de glazen en keramische beeldjes op de vensterbank (een ezel die een kar trekt, een clown, een lachende eekhoorn) en zijn zonwering. Clarissa draait zich om. Richards gezicht, hol en met diepe, vlezige plooien, zijn hoge, glanzende voorhoofd en platte boksersneus, lijkt uit het donker naar voren te komen als een gezonken beeld dat naar het wateroppervlak wordt gehesen.

'Wat een vreselijk licht,' zegt hij.

'Licht is goed voor je.'

Ze gaat naar hem toe en kust de ronding van zijn voorhoofd. Zo dichtbij kan ze zijn verschillende lichaamsgeuren ruiken. Zijn poriën scheiden niet alleen zijn vertrouwde zweet uit (dat ze altijd prettig vond ruiken, naar stijfsel en gist, kruidig als wijn), maar ook de geur van zijn medicijnen, een poederige, weeïge geur. Hij ruikt ook naar ongewassen kleding (hoewel zijn was minstens één keer per week wordt gedaan) en een beetje – afgrijselijk (het is de enige afstotende geur) – naar de stoel waarin hij zijn dagen slijt.

Richards stoel is uitgesproken krankzinnig, of beter gezegd, het is de stoel van iemand die, hoewel hij niet echt krankzinnig is, de dingen ver heeft laten versukkelen, die uitgeput al bijna afstand heeft gedaan van normale verzorging – eenvoudige hygiëne, geregelde voeding – zodat het verschil tussen krankzinnigheid en wanhoop nauwelijks meer is aan te geven. De stoel – een oude, hoekige, te stevig opgevulde leunstoel op slanke, blankhouten poten – is ostentatief stuk en waardeloos. Hij is bekleed met een soort bobbelige, wollen stof van onbestemde kleur en doorschoten met zilverdraad (dit is op de een of andere manier zijn meest sinistere kenmerk). De rechte armleuningen en de rug zijn zo versleten, zo donker geworden door de voortdurende wrijving en het contact met menselijke lichaamsvetten, dat ze op de zachtere delen van een olifantshuid lijken. De springveren – keurige rijen blanke, roestige ringen – zijn niet alleen door de zitting van de stoel heen te zien, maar ook door de dunne, gele handdoek die Richard eroverheen heeft gedrapeerd. De stoel ruikt muf en heel klam; hij ruikt naar onstuitbare verrotting. Als hij op straat zou worden gezet (stel dát hij op straat zou worden gezet), zou niemand hem meenemen. Richard peinst er niet over hem te vervangen.

'Zijn ze er vandaag?' vraagt Clarissa.

'Nee,' antwoordt Richard met de onbevangen openhartigheid van een kind. 'Nu zijn ze weg. Ze zijn heel mooi en nogal beangstigend.'

'Ja,' zegt ze, 'ik weet het.'

'Ik stel me ze voor als samensmeltingen van zwart vuur; ik bedoel dat ze tegelijk donker en licht zijn. Er was er een die op een zwarte, lichtgevende kwal leek. Ze waren zonet in een vreemde taal aan het zingen. Ik geloof dat het Grieks was. Klassiek Grieks.'

'Ben je bang voor ze?'

'Nee. Nou ja, soms.'

'Vind je het goed als ik Bing ga vragen of hij je medicatie kan opvoeren?'

Hij zucht vermoeid. 'Het feit dat ik ze soms niet hoor of zie, wil niet zeggen dat ze weg zijn,' zegt hij.

'Maar als je ze niet hoort of ziet,' zegt Clarissa, 'kun je rusten. Zeg eens eerlijk: je hebt afgelopen nacht waarschijnlijk helemaal niet geslapen, of wel?'

'Heel even. Ik maak me niet zo veel zorgen om slaap. Ik ben veel bezorgder om jou. Je ziet er vandaag zo mager uit. Hoe gaat het met jóu?'

'Met mij gaat het goed. Ik kan maar even blijven. Ik moet de bloemen in het water zetten.'

'Juist, ja. De bloemen, het feest. Natuurlijk.'

'Onderweg naar hier heb ik een filmster gezien,' zegt Clarissa. 'Ik denk dat het een goed teken is, denk je ook niet?'

Richard glimlacht droevig. 'Ach, tekens,' zegt hij. 'Geloof jij in tekens? Denk je dat we zo goed in de gaten worden gehouden? Denk je dat we zo betutteld worden? Zou dat niet prachtig zijn? Misschien is het wel waar.'

Hij wil niet weten hoe de filmster heette; het kan hem feitelijk niet schelen. Als enige van de mensen uit Clarissa's omgeving is Richard niet wezenlijk geïnteresseerd in beroemdheden. Richard kent dat onderscheid echt niet. Volgens Clarissa is het een combinatie van een monumentaal ego en een soort wijsheid. Richard kan zich geen boeiender of waardevoller leven voorstellen dan dat door zijn kennissen en hemzelf wordt geleid, en daarom voelen mensen zich in zijn aanwezigheid dikwijls geëxalteerd en groter dan ze zijn. Hij is niet een van die egoïsten die anderen kleineert. Hij is een tegengesteld soort egoïst, eerder gedreven door grootheid dan door hebzucht, en als hij vasthoudt aan een versie van jou die leuker, vreemder, excentrieker en diepzinniger is dan je zelf denkt te zijn – in staat meer goed en meer kwaad in de wereld te doen dan je ooit had gedacht – is het vrijwel onmogelijk niet te geloven, tenminste niet in zijn aanwezigheid en nog een poos nadat je hem hebt verlaten, dat alleen hij je wezen doorziet, je feitelijke kwaliteiten weegt (wat niet allemaal flatteus hoeft te zijn – een zekere onhandige, kinderlijke brutaliteit hoort bij zijn stijl), en je meer dan anderen ten volle weet te waarderen. Pas als je hem een tijdje kent, begin je te begrijpen dat je in zijn ogen een in wezen fictief personage bent, dat hij je met nagenoeg onbegrensd talent voor tragedie en komedie heeft begiftigd, niet omdat het je ware aard is, maar omdat hij, Richard, in een wereld vol extreme en indrukwekkende figuren moet leven. Sommige mensen verbraken liever hun relatie met hem dan verder te figureren in het epische gedicht dat hij voortdurend in zijn hoofd creëert, het verhaal van zijn leven en hartstochten; anderen echter (onder wie Clarissa) genieten van de overdrijving die hij aan hun leven geeft, zijn er zelfs afhankelijk van geworden, zoals ze afhankelijk zijn van koffie om wakker te worden of van een paar borrels om een goede nachtrust te genieten.

Clarissa zegt: ‘Bijgeloof strekt soms tot troost; ik begrijp niet waarom je zo halsstarrig elke troost weigert.’

‘Doe ik dat? Wel, dat is niet mijn bedoeling. Ik houd wel van vertroostende dingen. Van sommige. Van sommige houd ik heel veel.’

'Hoe voel je je nu?'

'Goed. Vrij goed. Een beetje zweverig. Ik droom voortdurend dat ik in een kamer zit.'

'Het feest begint om vijf uur, weet je nog? Het feest begint om vijf uur en de plechtigheid volgt daarna, om acht uur, in het centrum. Dat weet je allemaal nog wel?'

Hij zegt: 'Ja.'

Dan zegt hij: 'Nee.'

'Wat is het nu?' vraagt ze.

'Neem me niet kwalijk. Ik schijn te blijven denken dat de dingen al zijn gebeurd. Toen je me vroeg over het feest en de plechtigheid, dacht ik dat je vroeg of ik me herinnerde dat ik ernaar toe ben geweest. En dat herinnerde ik me. Ik schijn buiten de tijd te zijn beland.'

'Het feest en de plechtigheid zijn vanavond. In de toekomst.'

'Ik begrijp het. In zekere zin begrijp ik het. Maar weet je, ik schijn ook in de toekomst te zijn beland. Ik heb een duidelijke herinnering aan het feest dat nog niet heeft plaatsgevonden. Ik kan me de uitreiking nog goed herinneren.'

'Hebben ze je vanochtend je ontbijt gebracht?' vraagt ze.

'Wat een vraag. Uiteraard.'

'En heb je gegeten?'

'Ik herinner me dat ik het opgegeten heb. Maar het is mogelijk dat ik alleen maar het voornemen had. Staat er hier ergens nog een ontbijt?'

'Zover ik kan zien niet.'

'Dan neem ik aan dat het me is gelukt het op te eten. Eten is toch niet zo belangrijk?'

'Eten is heel belangrijk, Richard.'

Hij zegt: 'Ik weet niet of ik het aankan, Clarissa.'

'Wat aankan?'

'Trots en moedig zijn waar al die mensen bij zijn. Ik herinner het me levendig. Daar sta ik, een ziek en krankzinnig wrak dat met trillende handen zijn kleine trofee in ontvangst neemt.'

'Lieverd, je hoeft helemaal niet trots te zijn. Je hoeft niet moedig te zijn. Het is geen optreden.'

'Natuurlijk wel. Ik krijg een prijs voor mijn optreden, dat zou jij moeten weten. Ik heb een prijs gekregen omdat ik aids heb en gek word en daarbij moedig blijf; het had niets met mijn werk te maken.'

'Hou op, alsjeblieft. Het heeft alles met je werk te maken.'

Richard ademt vochtige, krachtige lucht in en uit. Clarissa denkt aan zijn longen, glanzende rode kussens met een ingewikkeld patroon van adertjes. Ze behoren absurd genoeg tot zijn minst aangetaste organen – om onbegrijpelijke redenen heeft het virus nauwelijks vat op ze gehad. Met die krachtige ademhaling lijken zijn ogen zich scherp te stellen, dieper groen te worden.

'Je denkt toch zeker niet dat ze hem mij zouden geven als ik gezond was?' zegt hij.

'Hoezo, ja, natuurlijk wel.'

'Kom nou toch.'

'Goed, dan moet je hem misschien weigeren.'

'Dat is juist het vervelende,' zegt Richard. 'Ik wil die prijs graag krijgen. Echt. Het zou een stuk makkelijker zijn als je wat meer of minder om het winnen van prijzen gaf. Staat hij hier ergens?'

'Wat?'

'De prijs. Ik zou hem graag even willen zien.'

'Je hebt hem nog niet gekregen. Het is vanavond.'

'Ja. Dat is waar ook. Vanavond.'

'Richard, lieverd, luister naar me. Dit hoeft geen probleem te zijn. Je kunt er eenvoudig en ongecompliceerd plezier aan beleven. Ik zal voortdurend bij je zijn.'

'Dat zou ik prettig vinden.'

'Het is een feest. Gewoon een feest. Er zullen uitsluitend mensen zijn die je respecteren en bewonderen.'

'Echt waar? Wie?'

'Je weet wie. Howard, Elisa. Martin Campo.'

'Martin Campo? Lieve hemel.'

'Ik dacht dat je hem wel mocht. Dat heb je altijd beweerd.'

'Nou ja, goed, ik denk dat leeuwen ook van hun oppasser houden.'

'Martin Campo heeft je meer dan dertig jaar lang trouw uitgegeven.'

'Wie komen er nog meer?'

'We hebben het er al zo vaak over gehad. Je weet wie er komen.'

'Noem me nog één naam, wil je. Geef me de naam van iemand die heroïsch is.'

'Martin Campo is heroïsch, vind je niet? Hij heeft zijn hele familiekapitaal besteed aan het uitgeven van belangwekkende, moeilijke boeken waarvan hij weet dat ze niet zullen verkopen.'

Richard sluit zijn ogen en legt zijn magere hoofd tegen de versleten, vettige bobbelige stoel. 'Goed dan,' zegt hij.

'Je hoeft niet aardig of onderhoudend te zijn. Je hoeft geen voorstelling te geven. Deze mensen hebben al zo lang in jou geloofd. Je hoeft je alleen maar te laten zien, met of zonder drankje in je hand op de bank te zitten, te luisteren of niet te luisteren, te glimlachen of niet te glimlachen. Dat is alles. Ik houd wel een oogje in het zeil.'

Ze zou hem graag bij zijn schonkige schouders pakken en hem flink door elkaar schudden. Richard zal worden opgenomen in het pantheon van schrijvers (hoewel je niet gauw in deze termen zult denken); hij zal in deze laatste momenten van zijn aardse carrière het eerste blijk van erkenning ontvangen dat tot ver in de toekomst zal reiken (vooropgesteld, uiteraard, dat er een toekomst is). Een dergelijke prijs betekent meer dan de aandacht van een stel dichters en academici; het betekent dat de literatuur zelf (waarvan de toekomst op dit ogenblik wordt vormgegeven) kennelijk behoefte heeft aan Richards persoonlijke bijdrage: zijn dwarse, langdradige jeremiades over werelden die verdwijnen of al geheel verdwenen zijn. Hoewel er geen zekerheden bestaan, lijkt het waarschijnlijk, en misschien zelfs meer dan waarschijnlijk, dat Clarissa en nog een paar anderen al die tijd gelijk hebben gehad. Richard de trage, de melancholieke, de kritische, Richard die zo nauwlettend en uitputtend observeerde, die probeerde het atoom met woorden te splitsen, zal doorleven nadat andere, veel bekendere namen vergeten zullen zijn.

En Clarissa, Richards oudste vriendin, zijn eerste lezer – Clarissa die hem elke dag opzoekt terwijl zelfs sommige van zijn nieuwere vrienden ervan uitgaan dat hij al dood is – organiseert een feest voor hem. Clarissa die haar huis vol zet met bloemen en kaarsen. Waarom zou ze niet willen dat hij kwam?

Richard zegt: 'Ik hoef er toch niet echt te zijn? Het feest kan toch plaatsvinden met de gedachte aan mij. Het feest heeft eigenlijk al plaatsgevonden, met of zonder mij.'

'Nu gedraag je je echt onmogelijk. Zo direct verlies ik mijn geduld.'

'Wees alsjeblieft niet boos. Zie je, Mrs. D., eigenlijk vind ik het gênant om naar dit feest te gaan. Ik ben zo vreselijk tekortgeschoten.'

'Zo moet je niet praten.'

'Nee, nee. Je bent lief, heel lief, maar ik ben bang dat ik heb gefaald, zo zit dat. Het was me gewoon te veel. Ik dacht dat ik belangrijker was dan ik was. Mag ik je een gênant geheim verklappen? Iets wat ik nog niemand heb verteld?'

'Natuurlijk.'

'Ik dacht dat ik een genie was. Dat woord heb ik echt stiekem voor mezelf gebruikt.'

'Nou, en...'

'O, ijdelheid, ijdelheid. Ik zat er zo naast. Het heeft me verslagen. Het bleek gewoon onoverkomelijk. Er was te veel, ja, veel te veel voor mij. Ik bedoel, je hebt het weer, je hebt water en land, je hebt dieren en gebouwen, en het verleden en de toekomst, er is ruimte, er is geschiedenis. Dan is er dat draadje of iets dergelijks dat tussen mijn tanden zit, je hebt die oude vrouw aan de overkant; heb je gezien dat ze de ezel en de eekhoorn op haar vensterbank heeft verwisseld? En dan heb je natuurlijk tijd. En plaats. En dan heb je jou, Mrs. D. Ik wilde een deel van het verhaal over een deel van jou vertellen. O, wat had ik dat graag gedaan.'

'Richard. Je hebt een heel boek geschreven.'

'Maar alles is erbuiten gebleven, bijna alles. En vervolgens ben ik blijven steken bij een schokkend einde. Geloof me, ik vraag heus niet om medelijden. We willen immers zoveel?'

'Ja, ik denk van wel.'

'Je hebt me gekust bij een vijver.'

'Tienduizend jaar geleden.'

'Het gebeurt nog steeds.'

'In zekere zin, ja.'

'In werkelijkheid. Het gebeurt in dat heden. Dit gebeurt in dit heden.'

'Je bent moe, lieverd. Je moet rusten. Ik ga Bing bellen over je medicijnen, goed?'

'Ach, dat kan ik niet, ik kan niet rusten. Kom hier, kom dichterbij, alsjeblieft.'

'Ik ben vlak bij je.'

'Dichterbij. Pak mijn hand.'

Clarissa neemt een van Richards handen in de hare. Ze is,

ook nu weer, verrast over hoe broos hij is – hoe tastbaar zijn hand op een bosje twijgen lijkt.

Hij zegt: 'Zo staan de zaken. Denk je niet?'

'Wat bedoel je?'

'We zijn van middelbare leeftijd en we zijn jonggeliefden bij een vijver. We zijn alles tegelijkertijd. Dat is toch raar?'

'Ja.'

'Ik heb eigenlijk nergens spijt van, echt niet, behalve van dat ene. Ik was echt van plan over jou, over ons te schrijven. Begrijp je wat ik bedoel? Ik wilde over alles schrijven; het leven dat we hebben en het leven dat we gehad zouden kunnen hebben. Ik had willen schrijven over alle manieren waarop we kunnen doodgaan.'

'Heb nergens spijt van, Richard,' zegt Clarissa. 'Dat is niet nodig; je hebt zoveel gedaan.'

'Het is lief van je dat te zeggen.'

'Wat je nu nodig hebt is slaap.'

'Denk je?'

'Absoluut.'

'Goed dan.'

Ze zegt: 'Ik kom je helpen aankleden. Is halfvier goed?'

'Het is altijd heerlijk je te zien, Mrs. Dalloway.'

'Ik moet nu gaan. Ik moet de bloemen in het water zetten.'

'Ja. Uiteraard.'

Met haar vingertoppen raakt ze zijn magere schouders aan. Hoe kan ze nu spijt hebben? Hoe kan ze zich nu nog voorstellen dat ze een leven hadden kunnen delen? Ze hadden man en vrouw kunnen zijn, geestverwanten, en minnaars kunnen hebben. Er zijn manieren om daarmee om te gaan.

Richard was vroeger lang en enthousiast, sterk, intelligent en blank als melk. Hij beende ooit door New York in een oude legerjas, praatte opgewonden, terwijl hij, om zijn gezicht vrij te houden, zijn donkere woeste haarbos nonchalant had samengebonden met een stuk blauw lint dat hij had gevonden.

Clarissa zegt: 'Ik heb zo'n krabschotel gemaakt. Niet dat ik me verbeeld dat dat doorslaggevend zal zijn.'

'Wel, je weet hoe dol ik op die krabschotel ben. Het maakt wel degelijk uit, beslist. Clarissa?'

'Ja?'

Hij heft zijn indrukwekkende, verwoeste hoofd op. Clarissa draait haar gezicht weg en krijgt van Richard een kus op haar wang. Het is geen goed idee hem op zijn mond te kussen – een gewone verkoudheid zou desastreus voor hem zijn. Clarissa krijgt de kus op haar wang en knijpt met haar vingertoppen in Richards magere schouder.

'Tot halfvier,' zegt ze.

'Uitstekend,' zegt Richard. 'Uitstekend.'

Ze kijkt naar de klok op de tafel. Er zijn bijna twee uur verstreken. Ze voelt zich nog steeds sterk, hoewel ze weet dat ze het misschien oppervlakkig en pretentieus zal vinden als ze morgen herleest wat ze heeft geschreven. Je hebt altijd een beter boek in je hoofd dan je op papier kunt krijgen. Ze neemt een slok koude koffie en staat zichzelf toe te lezen wat ze tot dusver heeft geschreven.

Het lijkt goed genoeg; sommige gedeelten lijken zelfs heel goed. Ze heeft dan ook alle hoop – ze wil dat dit haar beste boek wordt, het boek dat eindelijk aan haar verwachtingen voldoet. Maar kan een enkele dag in het leven van een gewone vrouw genoeg opleveren voor een roman? Virginia tikt met haar duim tegen haar lippen. Clarissa Dalloway gaat dood, dat weet ze zeker, hoewel het in dit stadium onmogelijk is te zeggen hoe of zelfs precies waarom. Virginia denkt dat ze zelfmoord zal plegen. Ja, dat zal ze doen.

Virginia legt haar pen neer. Ze zou de hele dag willen schrijven, dertig bladzijden volschrijven in plaats van drie, maar na de eerste uren laat iets in haar het afweten, en ze is bang dat ze de hele onderneming zal bederven als ze haar grenzen overschrijdt. Dan zal ze hem laten afglijden in een onsamenhangende wereld waaruit hij misschien nooit meer zal terugkeren. Tegelijkertijd houdt ze er niet van een van haar betere uren aan iets anders dan aan schrijven te besteden. Ze werkt voortdurend onder de angst weer in te storten. Eerst komt de hoofdpijn, die in geen enkele opzicht op gewone pijn lijkt ('hoofdpijn' heeft haar altijd een onjuiste benaming ervoor geleken, maar het zou te melodramatisch zijn om het anders te noemen). De pijn dringt bij haar binnen. Hij neemt eerder bezit van haar dan dat hij haar bezoekt, zoals een virus bezit neemt van zijn gastheer. De pijn kondigt zich in strengen aan, werpt met zo'n vasthoudendheid rillingen van fel licht in haar ogen dat ze zich moet voorhouden dat anderen ze niet kunnen zien. De pijn koloniseert haar, vervangt wat Virginia was algauw door meer en meer van zichzelf, en zijn voortgang is zo krachtig, zijn kartelige contouren zijn zo duidelijk, dat ze hem niet anders kan zien dan als een entiteit met een eigen leven. Ze kan hem zien als ze met Leonard op het plein loopt, een schitterende zilverwitte massa die over de keien zweeft, met grillige punten, vloeiend maar één geheel, als een kwal. 'Wat is er?' vraagt Leonard dan. 'Het is mijn hoofdpijn,' antwoordt ze. 'Let er maar niet op.'

De hoofdpijn is altijd aanwezig, ligt op de loer, en de perioden dat ze er vrij van is hebben, ongeacht hun duur, altijd iets tijdelijks. Soms neemt de hoofdpijn gedurende een avond of een dag of twee slechts gedeeltelijk bezit van haar, waarna hij weer verdwijnt. Soms blijft hij en wordt heviger tot zijzelf verdwijnt. Als dat gebeurt, verlaat de hoofdpijn haar hoofd en trekt de wereld in. Alles gloeit en klopt. Alles is besmet met helderheid, pulseert ervan, terwijl zij verlangt naar het donker zoals een in de woestijn verdwaalde reiziger naar water verlangt. De wereld is net zo gespeend van donkerte als een woestijn van water. Er is geen duisternis in de verduisterde kamer, geen duisternis achter haar oogleden. Er is slechts sprake van een meer of minder krachtige straling.

Als ze deze wereld van meedogenloze helderheid heeft betreden, komen de stemmen. Soms is het een zacht gegrom van iets onzichtbaars dat vanuit de lucht zelf ontstaat; soms zijn de stemmen afkomstig vanachter de meubels of vanuit de muren. Ze zijn onduidelijk maar vol betekenis, onmiskenbaar mannelijk, weerzinwekkend oud. Ze zijn boosaardig, beschuldigend, teleurgesteld. Soms lijken ze fluisterend onder elkaar te praten, soms lijken ze teksten te reciteren. Soms kan ze heel vaag een woord onderscheiden. Een keer 'werpen', en twee keer 'beneden'. Een zwerm mussen voor haar raam zong een keer onmiskenbaar in het Grieks. Deze stemming maakt haar doodongelukkig; in deze toestand is ze in staat te gillen tegen Leonard of ieder ander die te dichtbij komt (zacht sissend, als duivels, met licht); als deze stemming echter lang duurt, begint hij haar te omhullen als een cocon, uur na uur. Maar als er genoeg uren zijn verstreken, komt ze bebloed maar vol visioenen te voorschijn en is ze, nadat ze heeft gerust, klaar om weer aan het werk te gaan. Ze vreest haar terugvallen in pijn en licht, maar ze veronderstelt dat ze noodzakelijk zijn. Ze is er nu al een behoorlijke tijd vanaf, al jaren. Ze weet hoe plotseling de hoofdpijn kan terugkomen, maar in Leonards aanwezigheid neemt ze hem minder serieus, gedraagt ze zich flink en gezonder dan ze zich soms voelt. Het is beter volslagen krankzinnig te sterven in Londen dan te verpieteren in Richmond.

Ze besluit na enige twijfel dat het voor vandaag mooi is geweest. Die twijfels zijn er altijd. Zal ze nog een uurtje doorgaan? Is ze verstandig of alleen maar lui? Ze zegt tegen zichzelf dat ze verstandig is en gelooft het bijna. Ze heeft haar tweehonderdvijftig woorden, om en nabij. Dat moet genoeg zijn. Vertrouw erop dat je hier morgen, herkenbaar voor jezelf, weer bent.

Ze pakt haar kop met het koude bezinksel, verlaat de kamer

en loopt de trap af naar de drukkerij, waar Ralph de drukproeven corrigeert nadat Leonard ermee klaar is.

'Goedemorgen,' zegt Ralph opgewekt en nerveus tegen Virginia. Zijn volle, vreedzame en knappe gezicht is rood, zijn voorhoofd gloeit bijna, en ze ziet dat het voor hem allesbehalve een goede morgen is. Leonard moet hem een verwijt hebben gemaakt over een misslag, van vandaag of gisteren, en nu zit Ralph drukproeven te corrigeren en zegt 'Goedemorgen' met de blozende hartstocht van een berispt kind.

'Goedemorgen,' antwoordt ze met een stem die vriendelijk, maar gewild afstandelijk klinkt. Deze jonge mannen en vrouwen komen en gaan; inmiddels is Marjorie (met haar onaangenaam lijzige manier van praten; waar is ze op dit moment?) aangenomen om het werk te doen dat Ralph beneden zijn stand vindt. Het zal niet lang duren voor Ralph en Marjorie zijn vertrokken en zij, Virginia, uit haar werkkamer komt en iemand anders aantreft die haar blozend en ingetogen goedemorgen wenst. Ze weet dat Leonard bruusk, gierig en vrijwel onmogelijk veeleisend kan zijn. Ze weet dat deze jongelui vaak onredelijk worden bekritiseerd, maar ze wil geen partij voor hen en tegen Leonard kiezen. Ze wil niet de moeder zijn die tussenbeide komt, hoe ze haar er ook om smeken met hun gretige lachjes en gekwetste blikken. Ralph is uiteindelijk Lyttons verantwoordelijkheid, en ze laat het graag aan hem over. Hij zal, net als zijn toekomstige broeders en zusters, weggaan om in de grote wereld daarbuiten te doen wat ze doen – niemand verwacht dat ze hun werk bij de drukkerij als een serieuze loopbaan zien. Leonard kan dan eigenmachtig en onredelijk zijn, maar hij is wel haar levensgezel en beschermer, en ze zal hem niet afvallen, zeker niet voor de knappe, onervaren Ralph, of Marjorie met haar parkietenstemmetje.

'Ik heb tien fouten in acht pagina's gevonden,' zegt Leonard. De accoladen naast zijn mond zijn zo diep dat je er een penny in zou kunnen schuiven.

'Wees blij dat je ze hebt gevonden,' zegt Virginia.

'Ze lijken voornamelijk in het middengedeelte voor te komen. Denk je dat slecht schrijven echt een hogere concentratie aan tegenslag oproept?'

'Ik zou wat graag willen wonen in een wereld waar dat opging. Ik ga een stukje lopen om mijn gedachten op een rijtje te zetten, en als ik terugkom help ik mee.'

'We schieten al aardig op,' zegt Ralph. 'We zouden aan het eind van de dag klaar kunnen zijn.'

'We mogen blij zijn als we eind volgende week klaar zijn,' zegt Leonard.

Hij kijkt dreigend; Ralphs blos krijgt een mooiere en diepere tint rood. Uiteraard, denkt ze. Ralph heeft de tekst gezet en heeft het slordig gedaan. De waarheid zit rustig en stevig, gekleed in degelijk grijs, tussen deze twee mannen in, denkt ze. Ze zit niet bij Ralph, de jonge infanterist die van literatuur houdt maar ook, met evenveel of misschien wel meer vuur, van de cognac en de crackers die hem na een dag werken wachten, die goedhartig maar niet bijzonder is en van wie nauwelijks kan worden verwacht dat hij in de hem bemeten tijd de gewone dingen van deze gewone wereld aankan. De waarheid zit helaas al evenmin bij de geniale en onvermoeibare Leonard, die weigert onderscheid te maken tussen tegenslag en catastrofe, die bovenal bekwaamheid bewondert en zichzelf bij anderen onmogelijk maakt omdat hij oprecht denkt dat hij elk menselijk falen en elk blijk van middelmatigheid aan het licht kan brengen en verbeteren.

'Ik ben ervan overtuigd,' zegt ze, 'dat we met vereende krachten het boek in een acceptabele vorm kunnen krijgen en toch nog kerst kunnen vieren.'

Ralph lacht naar haar met zo'n zichtbare opluchting dat ze

hem om zijn oren zou kunnen slaan. Hij overschat haar sympathie – ze sprak niet voor hem, maar voor Leonard, zo ongeveer als haar eigen moeder tijdens het eten de blunder van een dienstmeisje zou hebben afgedaan, om ter wille van haar man en de andere aanwezigen te zeggen dat de gebroken terrine leeg was, dat de cirkel van liefde en tolerantie niet kon worden verbroken, dat ze allemaal veilig waren.

Mrs. Woolf **Mrs. Brown** Mrs. Dalloway

... het leven; Londen, dit ogenblik van juni.

Ze zeeft bloem in een blauwe kom. Buiten het raam is er de smalle strook gras die dit huis scheidt van dat van de buren; over de verblindend witte pleisterlaag van de garage van de buren glijdt de schaduw van een vogel. Laura is heel even diep geroerd door de schaduw van de vogel en de heldere witte en groene strepen. De kom voor haar op het aanrecht is van een licht, krijtachtig, enigszins vaal geworden blauw en heeft rondom een fijn randje van witte blaadjes. De blaadjes zijn allemaal eender, gestileerd, enigszins schetsmatig, onder een willekeurige hoek geplaatst, en het lijkt volmaakt en onvermijdelijk dat een van hen aan de zijkant een kleine, exact driehoekige inkeping heeft meegekregen. Er valt een fijne witte regen van bloem in de kom.

'Zo,' zegt ze tegen Richie. 'Wil je kijken?'

'Ja,' antwoordt hij.

Ze knielt om hem de gezeefde bloem te laten zien. 'En nu moeten we vier koppen afmeten. Laat eens zien. Weet je hoeveel vier is?'

Richie houdt vier vingers op. 'Mooi,' zegt ze. 'Heel goed.'

Op dit moment zou ze hem kunnen opeten, niet gulzig, maar liefdevol, oneindig teder, zoals ze de hostie in haar mond ontving voordat ze trouwde en bekeerd werd (haar moeder zal het haar nooit vergeven, nooit). Ze is vervuld van zo'n grote en ondubbelzinnige liefde dat het op eetlust lijkt.

'Wat ben je toch een lieve, knappe knul,' zegt ze.

Richie grinnikt; hij kijkt haar hartstochtelijk aan. Ze beantwoordt zijn blik. Ze blijven roerloos staan, kijken elkaar aan, en heel even is ze precies wat ze lijkt te zijn: een zwangere vrouw die in de keuken neerknielt bij haar drie jaar oude zoon die weet hoeveel vier is. Ze is zichzelf en ze is de perfecte weergave van zichzelf; er is geen verschil. Ze gaat een verjaardagstaart maken – gewoon een taart – maar op dit ogenblik is de taart in haar gedachten glanzend en prachtig als op willekeurig welke foto in willekeurig welk tijdschrift, mooier zelfs dan de foto's van taarten in tijdschriften. Ze stelt zich voor dat ze met de eenvoudigste ingrediënten een taart zal maken met de harmonie en de allure van een urn of een huis. De taart zal van overvloed en vreugde getuigen zoals een goed huis getuigt van comfort en geborgenheid. Zo moeten kunstenaars en architecten zich voelen als ze voor het doek, de steen, de olie of het natte cement staan, denkt ze (ze weet dat het een sterk overdreven vergelijking is, misschien zelfs een beetje belachelijk, maar toch). Een boek als *Mrs. Dalloway* is ooit ook alleen maar blanco papier en een pot inkt geweest. Het is maar een taart, houdt ze zichzelf voor. Maar toch. Je hebt taarten en taarten. Op dit moment, met in haar hand een kom gezeefde bloem in een net huis onder de Californische lucht, hoopt ze net zo tevreden en verwachtingsvol te zijn als een schrijver die de eerste zin heeft neergeschreven, een aannemer die schetsen gaat maken.

'Okido,' zegt ze tegen Richie. 'Jij doet de eerste.'

Ze geeft hem een glanzende aluminium maatbeker. Het is de eerste keer dat hem een dergelijke taak wordt toevertrouwd. Laura zet een tweede, lege kom voor hem op de grond.

Hij houdt de maatbeker met twee handen vast.

'Daar gaat-ie dan,' zegt ze.

Met haar eigen handen helpt ze hem de maatbeker vol bloem te scheppen. De maatbeker glijdt er makkelijk doorheen, en door de dunne wand voelt hij de zijdeachtige, licht rulle structuur van de gezeefde bloem. Achter de maatbeker stuift een klein wolkje op. Moeder en zoon tillen de maatbeker boordevol bloem weer op. De bloem stroomt over de zilveren rand. Laura zegt tegen de jongen dat hij de maatbeker stevig moet vasthouden, wat hem trillend van inspanning lukt, en met een geroutineerd gebaar verwijdert ze het rulle hoopje dat boven de maatbeker uitsteekt, zodat een smetteloos wit vlak op precies gelijke hoogte met de rand ontstaat. Hij blijft de maatbeker met twee handen vasthouden.

'Mooi,' zegt ze. 'Nu doen we het in de andere kom. Denk je dat je dat alleen kunt?'

'Ja,' zegt hij, hoewel hij daar niet helemaal zeker van is. Hij denkt dat deze maatbeker vol bloem uniek en onvervangbaar is. Het is één ding om desgevraagd een kool naar de overkant van de straat te brengen, maar iets totaal anders om desgevraagd het pas opgegraven hoofd van Rilkes Apollo te dragen.

'Toe maar,' zegt ze.

Voorzichtig brengt hij de maatbeker over naar de andere kom en houdt hem als verlamd boven de glanzend witte holte (het is de tweede van een set nestschalen, lichtgroen, met dezelfde rand van witte blaadjes rondom). Hij begrijpt dat van hem wordt verwacht dat hij de bloem in de kom doet, maar het zou kunnen dat hij de instructies verkeerd heeft begrepen en alles zal verpesten; het is mogelijk dat hij met het uitgieten van de bloem een grote ramp zal veroorzaken en daarmee een subtiel evenwicht zal verstoren. Hij wil zijn moeder aankijken, maar kan zijn ogen niet van de maatbeker halen.

'Kiep maar om,' zegt ze.

Hij kiept hem met een snelle, angstige beweging om. De bloem aarzelt een fractie van een seconde en stroomt dan weg. De bloem komt in zijn geheel neer als een bergje dat nog enigszins de vorm van de maatbeker heeft. Er stijgt een grotere wolk op, raakt bijna zijn gezicht, slaat neer. Hij kijkt omlaag naar wat hij heeft gemaakt: een wit heuveltje, een beetje rul, gespikkeld met heel kleine schaduwen en afstekend tegen het crèmekleurige wit van de binnenkant van de kom.

'Oeps,' zegt zijn moeder.

Hij kijkt haar verschrikt aan. Zijn ogen schieten vol tranen.

Laura zucht. Waarom is hij zo overgevoelig, zo geneigd tot buien van onverklaarbare wroeging? Waarom moet ze zo voorzichtig met hem omspringen? Heel even – even maar – ondergaat Richies gestalte een subtiele verandering. Hij wordt groter, lichter. Zijn hoofd zet uit. Heel even lijkt hij omgeven door een spierwitte gloed. Heel even wil ze alleen maar weggaan – niet om hem verdriet te doen, dat zou ze nooit doen – maar om vrij te zijn, vrij van schuld, verantwoordelijkheid.

'Nee, nee,' zegt Laura. 'Het ging goed. Heel goed. Dat ging uitstekend.'

Hij glimlacht door zijn tranen heen, ineens trots op zichzelf, op een bijna ziekelijke manier opgelucht. Mooi zo, een paar vriendelijke woorden, een beetje bevestiging, blijken voldoende. Ze zucht. Ze strijkt hem voorzichtig over zijn bol.

'En nu,' zegt ze. 'Klaar om er nog een te doen?'

Hij knikt met zo'n onschuldig en ontwapenend enthousiasme dat ze van liefde een prop in haar keel krijgt. Een taart maken, een kind opvoeden, lijkt ineens een fluitje van een cent. Ze houdt belangeloos van haar kind, zoals dat moeders eigen is – ze ergert zich niet aan hem, wil er niet vandoor gaan. Ze houdt van haar man en is blij dat ze getrouwd is. Het lijkt mogelijk (het lijkt niet onmogelijk) dat ze een onzichtbare grens heeft overschreden, de grens die haar altijd heeft gescheiden van wat ze liever zou voelen, wie ze liever zou zijn. Het lijkt niet uitgesloten dat ze een subtiele maar diepgaande verandering heeft ondergaan, hier in de keuken, op dit uitgesproken alledaagse moment: ze is met zichzelf samengevallen. Ze heeft er zo lang, zo hard, met zo veel vertrouwen aan gewerkt, en nu heeft ze door hoe ze gelukkig moet leven, zichzelf zijn, zoals een kind op een gegeven ogenblik het evenwicht op een tweewieler vindt. Het zal wel goed komen met haar. Ze zal de moed niet verliezen. Ze zal niet treuren om haar gemiste kansen, haar onontdekte talenten (en als ze nu eens helemaal geen talenten heeft?). Ze zal zich blijven wijden aan haar zoon, haar man, haar huis en verplichtingen, al haar gaven. Dit tweede kind zal welkom zijn.

Mrs. Dalloway **Mrs. Woolf** Mrs. Brown

Ze loopt Mt. Ararat Road af en bereidt de zelfmoord van Clarissa Dalloway voor. Clarissa zal een grote liefde hebben gehad: een vrouw. Of liever een meisje; ja, een meisje dat ze in haar eigen jeugdjaren heeft gekend; zo'n hartstocht die oplaait als je nog jong bent – als liefde en ideeën nog echt als een persoonlijke ontdekking worden gezien, nog niet eerder op dezelfde wijze begrepen; gedurende die korte periode van je jeugd waarin je je vrij voelt te zeggen of te doen wat je wilt, te choqueren, van je af te slaan, de toekomst te weigeren die je wordt geboden om een andere te eisen, een die veel grootser is en vreemder, geheel door jezelf bepaald en bezeten, zonder verplichting tegenover die oude tante Helena, die elke avond in haar vertrouwde stoel zit en zich afvraagt of Plato en Morris geschikte lectuur voor jongedames is. Clarissa Dalloway zal in haar vroegste jeugd een ander meisje liefhebben, denkt Virginia; Clarissa zal denken dat er een rijke, rebelse toekomst voor haar is weggelegd om, zoals dat bij jongedames gaat, ten slotte (hoe zal die verandering zich precies voordoen?) tot bezinning te komen en met een geschikte man te trouwen.

Ja, ze zal tot bezinning komen en trouwen.

Ze zal op middelbare leeftijd doodgaan. Ze zal zelfmoord

plegen, waarschijnlijk om iets onbenulligs (hoe kan het overtuigend worden gemaakt, tragisch in plaats van komisch?).

Dat zal uiteraard verderop in het boek gebeuren, en tegen de tijd dat Virginia daar is beland, hoopt ze dat de precieze toedracht zichzelf heeft aangediend. Maar nu, tijdens haar wandeling door Richmond, concentreert ze zich op Clarissa's eerste liefde. Een meisje. Het meisje, denkt ze, zal brutaal en betoverend zijn. Ze zal de tantes choqueren door de bloemen van dahlia's en stokrozen af te snijden om ze in grote schalen met water te laten drijven, net als haar zus, Vanessa, altijd doet.

Op Mt. Ararat Road passeert Virginia een dikke dame, iemand die ze van het winkelen kent, een kras en achterdochtig mens met twee mopshonden aan cognackleurige riemen, met in haar andere hand een enorme tas van tapijtstof, die door Virginia ostentatief te negeren duidelijk maakt dat Virginia weer eens hardop heeft lopen praten zonder het zelf te beseffen. Ze kan de woorden die ze mompelde en die nog als een sjaal achter haar aan waaien vrijwel horen, *de tantes choqueren*. Nou, en? Als de vrouw haar gepasseerd is, draait Virginia zich ongegeneerd om, klaar om de steelse, over haar schouder geworpen blik van de vrouw te weerstaan. Virginia's blik kruist die van een van de mopshonden, die haar over zijn lichtbruine schouder nakijkt met een blik vol vochtige, amechtige verbijstering.

Als ze bij Queens Road komt loopt ze terug naar huis, terwijl ze denkt aan Vanessa en aan onthoofde bloemen die in schalen met water drijven.

Hoewel Richmond een van de keurigste voorsteden is, is het ontegenzeggelijk en onbetwistbaar niet meer dan dat, met alles wat dat woord oproept aan plantenbakken en heggen, aan vrouwen die mopshonden uitlaten, aan klokken die in lege kamers het uur slaan. Virginia denkt aan de liefde van een jong meisje. Ze verfoeit Richmond. Ze verlangt hevig naar Londen; ze droomt soms van binnensteden. Hier, waar ze naar toe gebracht is en de laatste acht jaar heeft gewoond, juist omdat het ongewoon noch geweldig is, is ze grotendeels vrij van de hoofdpijn, de stemmen en de woedeaanvallen. Het enige waarnaar ze hier verlangt is een terugkeer naar de gevaren van het stadsleven.

Op de stoep van Hogarth House blijft ze even staan om tot bezinning te komen. Ze heeft in de loop der jaren geleerd dat gezondheid een bepaalde mate van toneelspelen vereist, niet alleen voor haar man en het personeel, maar vooral voor je eigen innerlijke zekerheden. Zij is de schrijfster; Leonard, Nelly, Ralph en de anderen zijn de lezers. Deze roman gaat over een ingetogen, intelligente vrouw met zeer licht ontvlambare overgevoeligheden, die ooit ziek is geweest maar nu is genezen, die zich voorbereidt op een verblijf in Londen, waar ze feestjes zal geven en bezoeken, 's ochtends zal schrijven en 's middags lezen, met vrienden zal lunchen, zich perfect zal kleden. Het is een ware kunst, theevisites en etentjes onder de knie te krijgen, de onderhoudende wellevendheid. Mannen mogen zich gelukkig prijzen dat ze oprecht en hartstochtelijk over het reilen en zeilen van naties schrijven; ze mogen oorlog en de zoektocht naar God als de enige onderwerpen van de grote literatuur beschouwen, maar als de plaats die mannen in de wereld innemen teniet kon worden gedaan door een verkeerd gekozen hoed, zou de Engelse literatuur ingrijpend veranderen.

Ze denkt dat Clarissa Dalloway zelfmoord zal plegen om iets wat, bij eerste beschouwing, zeer onbenullig lijkt. Haar feest zal mislukken, of haar man weigert weer eens notitie te nemen van iets wat ze aan haar persoon of het huis heeft gedaan. De kunst zal zijn om het belang van Clarissa's minieme maar zeer reële wanhoop intact te laten, de lezer er volledig van te overtuigen dat huiselijke catastrofes voor haar even belangrijk zijn als een verloren veldslag voor een generaal.

Virginia gaat naar binnen. Ze beheerst haar rol als Virginia Woolf volkomen, en in die rol doet ze haar cape uit, hangt hem op en gaat naar beneden om met Nelly de lunch te bespreken.

In de keuken is Nelly bladerdeeg aan het uitrollen. Nelly is zichzelf, altijd zichzelf; altijd dik en rood, vorstelijk, verontwaardigd, alsof ze haar leven heeft doorgebracht in een periode van pracht en decorum waar tien minuten voor je het vertrek binnenkwam voorgoed een eind aan is gekomen. Virginia verbaast zich over haar. Hoe weet ze elke dag en elk uur zo precies zichzelf te zijn, hoe krijgt ze het voor elkaar?

'Dag Nelly,' zegt Virginia.

'Dag mevrouw.' Nelly houdt haar aandacht bij het bladerdeeg, alsof haar deegrol een vage maar leesbare tekst in het deeg onthult.

'Wordt dat een pastei voor de lunch?'

'Ja, mevrouw. Ik had een lamspastei gedacht. Er is nog wat lamsvlees over, en u was vanochtend zo hard aan het werk dat we niet konden overleggen.'

'Een lamspastei lijkt me heerlijk,' zegt Virginia, hoewel ze haar best moet doen om in haar rol te blijven. Ze herinnert zich: eten is niet sinister. Denk niet aan bederf of uitwerpselen; denk niet aan het gezicht in de spiegel.

'Ik heb waterkerssoep,' zegt Nelly. 'En de pastei. En ik dacht een paar van die gele peren als dessert, tenzij u iets bijzonders wilt.'

Daar heb je het. De uitdaging ligt er. *Tenzij u iets bijzonders wilt.* De onderworpen Amazone staat op de oever van de rivier, gekleed in het bont van de dieren die ze heeft gedood en gevild, waarna ze een peer voor de gouden slippers van de koningin werpt en zegt: 'Dit is wat ik voor u heb meegebracht. Tenzij u iets bijzonders wilt.'

‘Peren lijken me uitstekend,’ zegt Virginia, hoewel peren helemaal niet uitstekend zijn, niet nu. Als Virginia juist had gehandeld en die ochtend in de keuken was verschenen om de lunch te bespreken, had het dessert van alles kunnen zijn. Het had blanc-manger kunnen zijn of een soufflé; het had zelfs uit peren kunnen bestaan. Virginia had makkelijk om acht uur de keuken kunnen binnengaan en zeggen: ‘Laten we vandaag niet te veel werk van het dessert maken; een peer lijkt ons prima.’ Maar in plaats daarvan was ze direct naar haar werkkamer geslopen, bang dat wat ze die dag wilde schrijven (die vluchtige impuls, dat op een lepel balancerende ei) voor Nelly’s buien zou moeten wijken. Nelly weet dit uiteraard en door met peren te komen herinnert ze Virginia eraan dat zij, Nelly, oppermachtig is, dat ze geheimen kent, dat koninginnen die het belangrijker vinden in hun vertrekken puzzels op te lossen dan zich om het wel en wee van hun onderdanen te bekommeren, moeten accepteren wat hun wordt voorgeschoteld.

Virginia pakt een krulletje bladerdeeg van de deegplank en kneedt dat tussen haar vingers. Ze zegt: ‘Je weet toch dat Vanessa en de kinderen om vier uur komen?’

‘Ja mevrouw, dat weet ik.’ Nelly pakt met veel vertoon van bekwaamheid het deeg op en drapeert het in de pasteivorm. Het tedere, geroutineerde gebaar doet Virginia denken aan het verschonen van een baby en heel even voelt ze zich als een meisje dat, ontzet en woedend, getuige is van de onaantastbare bekwaamheid van een moeder.

Ze zegt: ‘Ik vind dat er Chinese thee moet komen. En gekonfijte gember.’

‘Chinese thee, mevrouw? En gember?’

‘We hebben Vanessa zeker twee weken niet gezien. Ik zou haar graag iets beters voorzetten dan de restjes van gisteren.’

‘Voor Chinese thee en gekonfijte gember moet ik naar Londen, dat verkopen ze hier niet.’

‘De treinen gaan om het halfuur, de bussen op het heel. Moeten we niet nog een paar andere dingen uit Londen hebben?’

‘Ach, er zijn altijd wel wat dingen. Het gaat erom dat het halftwaalf is, en de lunch nog lang niet klaar is. Mevrouw Bell komt om vier uur. U zei toch om vier uur?’

‘Ja, en met vier uur bedoel ik vier uur, het tijdstip dat over bijna vijf uur aanbreekt, want het is nu precies acht over elf. Met de trein van twaalf uur dertig kom je een paar minuten over een aan. Met de trein van twee uur dertig ben je hier met thee en gember veilig en wel even na drieën weer terug. Of vergis ik me?’

‘Nee,’ zegt Nelly. Ze pakt een raap uit de kom en hakt met een geoefende klap van het mes het uiteinde eraf. Zo zou ze graag mijn keel doorsnijden, denkt Virginia, precies zo, met een nonchalante haal, alsof mij vermoorden tot een van de vele huishoudelijke taken behoorde die tussen haar en slaap staan. Zo zou Nelly doden, bekwaam en precies, zoals ze kookt en recepten volgt die ze zo lang geleden heeft geleerd dat ze ze totaal niet meer als kennis ervaart. Op dit moment zou ze Virginia’s keel wat graag doorsnijden als een raap, omdat Virginia haar eigen taken heeft verwaarloosd en zij, Nelly Boxall, een volwassen vrouw, nu gestraft wordt voor het opdienen van peren. Waarom is het zo moeilijk met personeel om te gaan? Virginia’s moeder lukte het uitstekend. Vanessa lukt het uitstekend. Waarom is het zo moeilijk om tegelijk streng en vriendelijk met Nelly om te gaan, haar respect en liefde af te dwingen? Virginia weet precies hoe ze de keuken zou moeten binnengaan, dat ze haar schouders recht moet houden, dat haar stem moederlijk maar niet te vertrouwelijk moet klinken, zo ongeveer als een gouvernante tegen een geliefd kind spreekt. *Ach, laten we iets lekkerders dan peren bedenken, Nelly. Mr. Woolf is vandaag slecht geluimd en ik ben bang dat peren niet voldoende zijn om zijn humeur te verbeteren.* Zo eenvoudig zou het moeten zijn.

Ze zal Clarissa Dalloway heel goed maken in de omgang met het personeel, haar een houding meegeven die zowel vriendelijk als bevelend is. Haar personeel zal van haar houden. Ze zullen meer doen dan ze van hen verlangt.

Mrs. Brown **Mrs. Dalloway** Mrs. Woolf

Als Clarissa met haar bloemen de hal binnenkomt, komt ze Sally tegen die de deur uit wil gaan. Een ogenblik – minder dan een ogenblik – ziet ze Sally alsof ze vreemden zijn. Sally is een bleke, grijsharige vrouw met een hard gezicht. Ze is ongedurig en vijf kilo lichter dan ze zou moeten zijn. Als Clarissa deze onbekende in de hal ontmoet, wordt ze even vervuld met tederheid en een vage, strikt objectieve afkeuring. Clarissa denkt: ze is zo opgewonden en lief. Clarissa denkt: ze zou nooit geel moeten dragen, zelfs niet deze donkere mosterdkleur.

'Hallo,' zegt Sally. 'Mooie bloemen.'

Ze kussen elkaar vluchtig op de mond. Ze zijn altijd gul met kussen.

'Waar ga je naar toe?' vraagt Clarissa.

'Naar het centrum. Lunchen met Oliver St. Ives. Had ik je dat niet verteld? Ik weet niet meer of ik het je gezegd heb.'

'Je hebt er niets over verteld.'

'Neem me niet kwalijk. Vind je het vervelend?'

'Helemaal niet. Leuk om te gaan lunchen met een filmster.'

'Ik heb hier als een gek schoongemaakt.'

'Is er toiletpapier?'

'Er is genoeg. Ik ben over een paar uur terug.'

'Tot straks.'

'De bloemen zijn prachtig,' zegt Sally. 'Waarom voel ik me zo opgewonden?'

'Waarschijnlijk omdat je met een filmster gaat lunchen.'

'Het is Oliver maar. Ik heb het gevoel dat ik je in de steek laat.'

'Dat doe je niet. Het is geen enkel probleem.'

'Weet je het zeker?'

'Ga nu maar. Veel plezier.'

'Dag.'

Ze kussen elkaar opnieuw. Als de juiste gelegenheid zich voordoet, zal Clarissa voorstellen dat mosterdkleurige jasje weg te doen.

Als ze de hal door loopt, verbaast ze zich erover hoe prettig ze zich voelde – waardoor ook alweer? – iets meer dan een uur geleden. Op dit moment, om halftwaalf op een warme junidag, lijkt het of de hal van hun flatgebouw de toegang tot het dodenrijk is. De urn staat in zijn nis en het bruin van de geglazuurde vloertegels weerkaatst in vertroebelde vorm het ouderwetse okerkleurige licht van de wandlampen. Nee, niet zozeer het dodenrijk; het is iets ergers dan de dood, met zijn belofte van bevrijding en rust. Opstuivend stof, eindeloze dagen en een hal die onontkoombaar is, altijd gevuld met hetzelfde bruine licht en de vochtige, ietwat chemische geur die, tot zich iets preciezers aandient, kan doorgaan voor de typische geur van ouderdom en verlies, het teloorgaan van hoop. Richard, haar vroegere minnaar, haar beste vriend, zinkt weg in zijn ziekte, zijn waanzin. Richard zal haar niet, zoals voorzien, in de ouderdom volgen.

Clarissa gaat de woning binnen en voelt zich, vreemd genoeg, meteen beter. Iets beter. Er is het feest om aan te denken. Gelukkig is dat er nog. Hier is haar woning, van haar en Sally, en hoewel ze hier al bijna vijftien jaar hebben samengewoond, is ze nog steeds verbaasd over de schoonheid ervan en hun onwaarschijnlijke geluk. Twee verdiepingen en een tuin in West Village! Ze zijn natuurlijk rijk, gênant rijk volgens de algemene normen, maar niet overdreven rijk, niet rijk volgens de normen van New York City. Ze hadden een bepaald bedrag uit te geven, en ze hadden geboft met de grenenhouten vloeren, de openslaande deuren naar de beklinkerde binnenplaats waar smaragdgroen mos groeit in de ondiepe troggen, en waar bij het indrukken van een knop water opborrelt in een kleine, ronde fontein, een platte schotel met helder water. Clarissa brengt de bloemen naar de keuken, waar Sally een briefje heeft achtergelaten ('Lunch m. Oliver – had ik je dat verteld? – op zijn laatst om 3 uur terug, xxxxx'). Clarissa wordt ineens overvallen door een gevoel van vervreemding. Dit is haar keuken helemaal niet. Dit is de keuken van een kennis, best aardig, maar niet haar smaak, vol buitenlandse snufjes. Zij woont ergens anders. Ze woont in een kamer waar een boom zachtjes tegen de ruiten tikt, terwijl iemand de naald op een grammofoonplaat plaatst. Hier in deze keuken zijn de witte borden akelig netjes opgestapeld achter glazen kastdeurtjes, alsof het sacrale gebruiksvoorwerpen zijn. Op het granieten aanrechtblad staat een rij oude aarden potten met gecraqueleerd glazuur in diverse schakeringen geel. Clarissa herkent deze dingen maar voelt er geen affiniteit mee. Ze voelt de aanwezigheid van haar eigen geest, dat deel van haar dat zowel zeer onvernietigbaar levend is en nauwelijks waarneembaar; het deel dat niets bezit, dat met verwondering en afstandelijkheid toeziet, zoals een toerist in een museum, een rij geglazuurde gele potten en een aanrechtblad met een enkele kruimel erop, een verchroomde kraan waaraan een enkele, trillende druppel hangt, die aan omvang wint en valt. Zij en Sally hebben dit alles gekocht; ze kan zich elke aanschaf herinneren, maar ze ervaart ze nu als willekeurig, de kraan en het aanrechtblad, de potten, de witte borden. Het zijn slechts keuzes, een ding en dan nog een, ja of nee, en ze begrijpt hoe makkelijk ze uit dit leven kan wegglippen – weg van deze nietszeggende en willekeurige gemakken. Ze zou alles zo achter zich kunnen laten en naar haar andere woning gaan, waar Sally noch Richard bestaat, waar slechts de essentie van Clarissa is te vinden, een meisje dat een vrouw werd, nog altijd vol verwachting, nog altijd tot alles in staat. Het wordt haar duidelijk dat al haar verdriet en eenzaamheid, de hele wankele basis daarvan, eenvoudigweg het gevolg is van te pretenderen alsof ze met de vriendelijke, nerveuze Sally omringd door deze spullen in dit appartement woont, en dat ze gelukkig zal zijn als ze zou weggaan, of meer dan gelukkig. Ze zal zichzelf zijn. Ze voelt zich even heerlijk alleen, met alles wat nog voor haar ligt.

Dan vervolgt het gevoel zijn weg. Het stort niet in, het wordt niet weggevaagd. Het vervolgt gewoon zijn weg zoals een trein die stopt bij een landelijk stationnetje daar even blijft staan en dan uit het zicht verdwijnt. Clarissa pakt de bloemen uit en legt ze in de gootsteen. Ze is teleurgesteld en niet zo'n klein beetje opgelucht. Dit is wel degelijk haar woning, haar collectie aarden potten, haar huisgenote, haar leven. Ze wil geen ander. Ze voelt zich normaal, opgewonden noch gedeprimeerd, gewoon aanwezig als Clarissa Vaughan, een fortuinlijke vrouw, beroepshalve zeer gewaardeerd, die een feest geeft voor een gevierde maar doodzieke kunstenaar; ze gaat terug naar de woonkamer om te zien of er boodschappen op het antwoordapparaat staan. Het feest zal goed of slecht verlopen. In elk geval zullen zij en Sally daarna uit eten gaan. En naar bed gaan.

Op de band staat de nieuwe cateraar (hij heeft een accent dat niet thuis te brengen is; stel dat blijkt dat hij incompetent is?) die bevestigt dat hij om drie uur komt bezorgen. Een van de gasten vraagt toestemming om een eigen gast te mogen meebrengen, en een ander laat weten dat hij die ochtend de stad uit moet voor een bezoek aan een jeugdvriend wiens aids zich onverwacht tot leukemie heeft ontwikkeld.

Het apparaat slaat af. Clarissa drukt op de terugspoeltoets. Als Sally vergeten is haar lunch met Oliver St. Ives te vermelden, is dat waarschijnlijk omdat de uitnodiging alleen voor Sally was bedoeld. Oliver St. Ives, het schandaal, de held, heeft Clarissa niet voor de lunch uitgenodigd. Oliver St. Ives, die in *Vanity Fair* zo spectaculair voor zijn homoseksualiteit was uitgekomen en daardoor zijn hoofdrol in een kostbare thriller kwijtraakte, heeft meer bekendheid gekregen als een voorvechter van de homobeweging dan hij ooit had kunnen hopen als hij was doorgegaan de heteroseksueel uit te hangen en dure B-films te produceren. Sally had Oliver St. Ives ontmoet bij het hoogst serieuze, hoogst intellectuele praatprogramma waarvan ze medeproducente is (dat uiteraard nooit aan hem zou hebben gedacht als hij alleen maar een actieheld was geweest, en niet eens een van de allerbeste). Sally is iemand geworden die hij te lunchen vraagt, hoewel hij en Clarissa elkaar inmiddels diverse keren hebben ontmoet en een in Clarissa's herinnering lang en verrassend intiem gesprek tijdens een liefdadigheidsbijeenkomst hebben gehad. Telt dan niet dat zij de vrouw in het boek is? (Maar het boek is natuurlijk geflopt, en Oliver leest waarschijnlijk heel weinig.) Oliver heeft niet tegen Sally gezegd: 'En neem vooral die boeiende vrouw mee met wie je samenwoont.' Hij dacht waarschijnlijk dat Clarissa een huisvrouw was, niet meer dan een huisvrouw. Clarissa gaat weer naar de keuken. Ze is niet jaloers op Sally, zoiets goedkoops is het niet, maar ze kan het gevoel niet onderdrukken dat de belangstelling van de wereld voor haar afneemt nu Oliver St. James haar heeft gepasseerd en, erger nog, hoe gênant het is dat het haar zelfs nu nog ergert, terwijl ze een feest organiseert voor een man die misschien wel een groot kunstenaar is en die dit jaar waarschijnlijk niet overleeft. Ik ben pietluttig, ongelooflijk pietluttig, denkt ze. Maar toch. Niet te zijn uitgenodigd heeft iets weg van een kleine demonstratie van hoe de wereld zonder haar verder weet te gaan. Door Oliver St. Ives te worden gepasseerd (die haar waarschijnlijk niet bewust heeft uitgesloten maar gewoon helemaal niet aan haar heeft gedacht) lijkt op de dood, zoals een historische gebeurtenis in een kijkdoos van een kind lijkt op de gebeurtenis zelf. Het is een kleinigheid, felgekleurd, armoedig, voornamelijk vilt en lijm. Maar toch. Het is geen falen, houdt ze zich voor. Het is geen mislukking in deze vertrekken te zijn, in je huid, en de stelen van de bloemen af te snijden. Het is geen mislukking, maar het vereist meer van je; het is een hele inspanning; gewoon aanwezig en dankbaar te zijn, gelukkig te zijn (verschrikkelijk woord). Op straat kijken de mensen niet meer naar je, en als ze het wel doen is hun blik gespeend van elke seksuele bedoeling. Je wordt niet uitgenodigd om met Oliver St. Ives te lunchen. Buiten het smalle keukenraam reilt en zeilt de wereld. Geliefden twisten; kassiers telefoneren; jonge mannen en vrouwen kopen nieuwe kleding, terwijl de vrouw die onder Washington Square Arche staat *iiiii* zingt, en jij het eind van een roos afsnijdt die je in een vaas vol warm water zet. Je probeert het moment vast te houden, gewoon hier, in de keuken met de bloemen. Je probeert erin te leven, ervan te houden, omdat het van jou is en omdat direct buiten deze vertrekken de hal wacht, met zijn bruine tegels en zijn zwakke bruine lampen die altijd branden. Want zelfs als de deur van de trailer was opengegaan, en de vrouw daarbinnen, of het nu om Meryl Streep, Vanessa Redgrave of zelfs Susan Sarandon ging, niet meer zou zijn geweest dan dat, een vrouw in een trailer, had je onmogelijk kunnen doen wat je wilde doen. Je had haar daar op straat niet kunnen verwelkomen, in je armen nemen en met haar kunnen huilen. Wat zou het mooi zijn zo te huilen, in de armen van een vrouw die zowel onsterfelijk was als een vermoeid en angstig mens dat zojuist uit een trailer te voorschijn was gekomen. Je bent bovenal een mens dat leeft, gewoon hier in je keuken, zoals Meryl Streep en Vanessa Redgrave ergens anders leven, terwijl het verkeer over Sixth Avenue dendert en de glanzende bladen van de schaar de donkergroene steel moeiteloos doorknippen.

Die zomer toen ze achttien was, leek het of alles mogelijk was, werkelijk alles. Het leek of ze haar ernstige, ontzagwekkende vriend daar bij de vijver had kunnen kussen, of ze met elkaar naar bed konden gaan met een vreemde mengeling van begeerte en onschuld, zonder zich zorgen te maken over wat het betekende, zo het al iets betekende. Het moet aan het huis hebben gelegen, denkt ze. Zonder het huis zouden ze gewoon drie studenten zijn gebleven die op de slaapzalen van Columbia joints rookten en debatteerden. Het was het huis. Het was de reeks van gebeurtenissen die in gang werd gezet door de fatale ontmoeting van de oude oom en tante met een vrachtwagen aan de rand van Plymouth, en het aanbod van de ouders van Louis dat hij en zijn vrienden voor de duur van de zomer in het plotseling leegstaande huis mochten wonen, waar nog verse sla in de koelkast lag, en een zwerfkat met groeiend ongeduld bleef wachten op de etensresten die ze altijd voor de keukendeur had aangetroffen. Het huis en het weer – de extatische onwerkelijkheid van alles – droegen ertoe bij dat Richards vriendschap tot een gepassioneerdere vorm van liefde uitgroeide, en het waren eigenlijk dezelfde elementen waardoor Clarissa hier in deze keuken in New York City was terechtgekomen, waar ze op Italiaanse leisteen staat (een vergissing: koud en je ziet er elk vlekje op), waar ze bloemen afsnijdt en, zij het met matig succes, probeert om zich niet druk te maken over het feit dat Oliver St. Ives, de activist en van zijn voetstuk gevallen filmster, haar niet voor de lunch heeft uitgenodigd.

Ze had volgehouden dat het geen verraad was; het was gewoon een verruiming van de mogelijkheden. Ze verwachtte geen trouw van Richard – alsjeblieft niet – en ze maakte op geen enkele manier aanspraak op iets wat aan Louis behoorde. Louis dacht er al niet anders over (of wilde in elk geval niet toegeven dat hij zo dacht, maar zou het heus toeval zijn geweest dat hij zich die zomer zo vaak met allerlei gereedschappen en keukenmessen sneed, en dat hij twee keer voor hechtingen naar de plaatselijk dokter moest?). Het was 1965; als je liefde gaf, kon dat gewoon meer van hetzelfde opwekken. Het behoorde in elk geval tot de mogelijkheden. Waarom zou je niet met iedereen vrijen, zolang jij hen wilde en zij jou wilden? Daarom bleef Richard bij Louis en begon hij tegelijk iets met haar, en het gaf een goed gevoel, echt goed. Niet dat seks en liefde ongecompliceerd waren. Clarissa's pogingen met Louis waren totaal mislukt. Hij was niet in haar geïnteresseerd en zij niet in hem, ongeacht zijn veelgeprezen schoonheid. Ze hielden allebei van Richard, en ze begeerden hem allebei; dat moest als band tussen hen voldoende zijn. Niet alle mensen waren voorbestemd geliefden te zijn, en ze waren niet zo naïef dat ze het geforceerd opnieuw probeerden na een stonede poging in het bed dat Louis de rest van de zomer alleen met Richard zou delen op nachten dat Richard niet bij Clarissa was.

Hoe vaak had ze zich niet afgevraagd wat er zou zijn gebeurd als ze had geprobeerd bij hem te blijven, als ze Richards kus op de hoek van Bleecker en MacDougal Street had beantwoord, er met hem vandoor was gegaan (waarheen?), nooit het pakje wierook of de alpaca-jas met de roosvormige knopen had gekocht. Zouden ze niet iets hebben kunnen ontdekken, iets groters en vreemders dan wat ze kregen? Ze kan zich niets anders voorstellen dan dat die andere toekomst, die afgewezen toekomst, zich in Italië of Frankrijk zou hebben afgespeeld, in grote zonnige kamers en tuinen, een en al ontrouw en hevige strijd, als een grote en bestendige romance, met als basis een vriendschap die zo verzengend en diepgaand was dat hij hen zou vergezellen tot het graf en mogelijk daar voorbij. Ze zou een andere wereld hebben kunnen betreden, denkt ze. Ze zou een leven zo heftig en gevaarlijk als de literatuur zelf hebben kunnen leiden.

Maar misschien ook niet, houdt Clarissa zich voor. Dat was degene die ik was. Dit is wie ik ben: een keurige vrouw met een fraaie woning, met een stabiele en liefdevolle relatie, die een feest geeft. Als je te veel riskeert voor de liefde, ontzeg je jezelf het burgerschap in het land dat je voor jezelf hebt geschapen, houdt ze zich voor. Het eindigt ermee dat je alleen maar van haven naar haven zeilt.

Toch is er dat gevoel van gemiste kansen. Misschien is er niets, maar dan ook niets, wat de herinnering aan samen jong zijn geweest kan evenaren. Misschien is het wel zo simpel. Richard was degene van wie Clarissa op haar meest optimistische moment had gehouden. Richard had in de schemering naast haar gestaan aan de rand van de vijver, met afgeknipte spijkerbroek en rubberen sandalen. Richard had haar Mrs. Dalloway genoemd en ze hadden elkaar gekust. Zijn mond had zich geopend op de hare, zijn tong (opwindend en heel vertrouwd, ze zou het nooit vergeten) had verlegen een weg naar binnen gevonden tot ze hem met de hare tegemoet kwam. Ze hadden elkaar gekust en samen om de vijver gewandeld. Een uur later zouden ze samen eten en een behoorlijke hoeveelheid wijn drinken. Clarissa's exemplaar van *Het gouden boek* lag op het afgebladderde witte nachtkastje in de slaapkamer op zolder waar ze nog alleen sliep, waar Richard nog niet om de nacht bleef slapen.

Het had op het begin van geluk geleken, en Clarissa is ruim dertig jaar later nog af en toe geschokt als ze bedenkt dát het geluk was, dat de hele beleving school in een kus en een wandeling, het uitzien naar een etentje en een boek. Het etentje is inmiddels vergeten; Lessing is allang overschaduwd door andere schrijvers, en toen zij en Richard zover gekomen waren, was zelfs de seks vurig maar onhandig, onbevredigend, eerder lief dan hartstochtelijk. Wat Clarissa na dertig jaar nog onverminderd voor de geest staat, is een kus in de schemering op een verdord grasveld, en een wandeling om een vijver vergezeld van het gonzen van muggen in de donker wordende lucht. Er is nog steeds die buitengewone volmaaktheid, en het is deels volmaakt omdat het in die tijd zo duidelijk meer leek te beloven. Nu weet ze: dat was het moment, toen. Een ander is er niet geweest.

Mrs. Woolf **Mrs. Brown** Mrs. Dalloway

De taart is minder geslaagd dan ze had gehoopt. Ze probeert zich er niet druk om te maken. Het is maar een taart, houdt ze zichzelf voor. Het is maar een taart. Zij en Richie hebben hem geglaceerd, en met een schuldig gevoel heeft ze voor hem iets anders bedacht om te doen terwijl zij met de spuitzak gele roosjes langs de rand spuit en met witte glazuur 'Hartelijk gefeliciteerd Dan' schrijft. Ze wilde niet dat haar zoon er een rommeltje van zou maken. Toch is het niet zo geworden als ze zich had voorgesteld, nee, helemaal niet. Er is eigenlijk niets mis mee, maar ze had zich er meer van voorgesteld. Ze had hem zich groter voorgesteld, opmerkelijker. Ze had gehoopt (geeft ze toe) dat hij er luxueuzer en mooier zou uitzien, indrukwekkender. De taart die ze heeft gemaakt lijkt klein, niet zozeer in fysieke zin, maar in zijn totaliteit. Hij ziet er amateuristisch uit, zelfgemaakt. Ze houdt zich voor dat hij voldoet. Het is een mooie taart, iedereen zal er weg van zijn. De onhandige aspecten (de verdwaalde kruimeltjes die in het glazuur terecht zijn gekomen, de gedrongen vorm van de 'n' in 'Dan' die te dicht op een roosje zit) vormen een deel van zijn charme. Ze doet de afwas. Ze denkt aan de rest van de dag.

Ze gaat de bedden opmaken, de kleden stofzuigen. Ze zal de cadeautjes die ze voor haar man heeft gekocht inpakken:

een stropdas en een nieuw overhemd, allebei duurder en eleganter dan die welke hij zelf koopt, een varkensharen borstel, en een klein, sterk ruikend leren etui met daarin een nagelschaartje, een nagelvijl en een pincet, om mee te nemen op de reizen die hij soms voor zijn werk maakt. Hij zal blij zijn met al die cadeautjes, of blij doen, en als hij het dure overhemd en de das ziet, zal hij tussen zijn tanden fluiten en zeggen: 'Wat word ik weer verwend.' Hij zal haar bij elk cadeautje enthousiast kussen en zeggen dat het overdreven is, dat ze dat niet had moeten doen en dat hij zulke chique dingen niet verdient. Waarom, vraagt ze zich af, lijkt het of ze hem willekeurig wat zou kunnen geven, werkelijk willekeurig wat, en in wezen dezelfde reactie zou krijgen. Waarom wenst hij niets, echt niets, naast hetgeen hij al heeft? Hij is ondoorgrondelijk in zijn wensen en verlangens, zijn liefde voor huis en baan. Ze houdt zich voor dat dat een deugd is. Het hoort bij zijn schattige kant (dat woord zou ze nooit in zijn aanwezigheid gebruiken, maar persoonlijk beschouwt ze hem als schattig, een schat van een man, want ze heeft hem meegemaakt tijdens zijn meest intieme momenten, terwijl hij jammert over een droom, terwijl hij in bad zit met een tot een drijvend stompje geslonken geslachtsdeel, hartverscheurend onschuldig). Ze prent zich in dat het goed is – dat het aantrekkelijk is – dat haar man niet gevoelig is voor alledaagsheden, dat zijn geluk louter berust op het feit dat zij hier in huis is, haar leven leeft, aan hem denkt.

Haar taart is een mislukking, maar niettemin houdt hij van haar. Er wordt van haar gehouden op ongeveer dezelfde wijze waarop de cadeautjes worden gewaardeerd: omdat ze met goede bedoelingen zijn gegeven, omdat ze er zijn, omdat ze deel uitmaken van een wereld waarin je wilt wat je krijgt.

Wat zou ze dan liever hebben? Zou ze liever hebben dat haar cadeautjes worden geringschat, haar taart wordt weggehoond? Natuurlijk niet. Ze wil geliefd zijn. Ze wil een goede moeder zijn die rustig haar kind voorleest; ze wil een echtgenote zijn die perfect de tafel dekt. Ze wil zeer zeker geen eigenaardige vrouw zijn, een zielig schepsel, grillig en humeurig, eenzelvig, mokkig, getolereerd maar niet geliefd.

Virginia Woolf stak een steen in haar jaszak, waadde de rivier in en verdronk.

Laura staat zichzelf niet toe somber te worden. Ze gaat de bedden opmaken, stofzuigen, het verjaardagseten bereiden. Ze zal zich nergens druk om maken.

Er klopt iemand op de achterdeur. Laura, bezig met het afwassen van de laatste borden, kan door de fijne, witte vitrage de wazige omtrek van Kitty zien. Ze ziet het vage aureool van Kitty's donkerblonde haar, de schoongeboende, roze vlek van haar gezicht. Laura verdringt haar plotselinge opwinding en iets wat nog krachtiger dan opwinding is, iets wat op paniek lijkt. Ze staat op het punt bezoek van Kitty te krijgen. Ze heeft haar haar nauwelijks gekamd; ze heeft haar ochtendjas nog aan. Ze lijkt nog veel te veel op de vrouw van smarten. Ze wil naar de deur rennen en ze wil hier onbeweeglijk voor het aanrecht blijven staan, tot Kitty het opgeeft en weggaat. Ze zou het werkelijk hebben kunnen doen, bewegingloos en met ingehouden adem blijven staan (zou Kitty naar binnen kunnen kijken, zou ze het weten?), maar het probleem is Richie, die van alles getuige is en die nu met een rode, plastic vrachtauto de keuken binnenrent en met een mengsel van vreugde en schrik roept dat er iemand aan de deur is.

Laura droogt haar handen af aan een theedoek waarop rode hanen staan en opent de deur. Het is Kitty maar, houdt ze zichzelf voor. Het is slechts haar vriendin van twee deuren verderop, en dit is tenslotte wat mensen doen. Ze komen langs en worden ontvangen; je haar of je ochtendjas zijn van geen belang. De taart is van geen belang.

'Dag Kitty,' zegt ze.

'Stoor ik niet?' vraagt Kitty.

'Natuurlijk niet. Kom binnen.'

Kitty komt binnen en brengt een aura van properheid en huis-, tuin- en keukenwijsheden mee, een compleet repertoire van enthousiaste, nerveuze gebaren. Ze is een aantrekkelijke, flinke, mollige vrouw met een groot hoofd, verscheidene jaren jonger dan Laura (het lijkt ineens wel of iedereen minstens iets jonger is dan zij). Kitty's trekken, haar kleine ogen en fijngevormde neus, zitten dicht opeen in het midden van haar ronde gezicht. Op school was ze een van die gezaghebbende, agressieve, niet echt mooie meisjes die bulkend van geld en atletisch zelfvertrouwen gewoon stonden waar ze stonden en afdwongen dat de plaatselijke opvatting van aantrekkelijkheid zo werd aangepast dat zij erbinnen vielen. Kitty en haar vriendinnen – standvastig, onverstoorbaar, met vastberaden gezichten, ruim van geest, in staat tot grote loyaliteit en verschrikkelijke wreedheden – waren de koninginnen van de vele feesten, de cheerleaders, de hoofdrolspelers van de toneelstukken.

'Zou je iets voor me willen doen?' vraagt Kitty.

'Zeker,' zegt Laura. 'Heb je tijd om even te gaan zitten?'

'Mm-mm.' Kitty gaat aan de keukentafel zitten. Ze groet het jongetje vriendelijk maar enigszins afstandelijk terwijl hij wantrouwig, zelfs boos (waarom is ze gekomen?) toekijkt vanuit een relatief veilige plek naast het fornuis. Kitty, die zelf nog geen kinderen heeft (mensen beginnen al te denken), doet geen moeite de kinderen van anderen voor zich in te nemen. Ze kunnen naar haar toe komen als ze willen, maar zij zal niet naar hen toe gaan.

'Ik heb koffie gezet,' zegt Laura. 'Heb je zin in een kopje?'

'Graag.'

Ze schenkt een kop koffie in voor Kitty en voor zichzelf. Ze werpt een nerveuze blik op de taart en wilde dat ze hem kon verbergen. Er kleven kruimels in het glazuur. De 'n' in 'Dan' zit te dicht op een roosje.

Kitty, die Laura's blik volgt, zegt: 'O, kijk eens aan, je hebt een taart gemaakt.'

'Dan is jarig.'

Kitty staat op en komt naast Laura staan. Kitty heeft een witte blouse met korte mouwen aan, een groene Schotse rok, en biezen sandalen die als ze loopt een zacht, knisperend geluid maken.

'Kijk toch eens aan,' zegt ze.

'Een van mijn eerste pogingen,' zegt Laura. 'Schrijven met glazuur is moeilijker dan je zou denken.'

Ze hoopt dat ze achteloos, monter en op een charmante manier onbezorgd overkomt. Waarom heeft ze toch eerst de roosjes gedaan, terwijl de eerste de beste halvegare weet dat je met de tekst moet beginnen? Ze pakt een sigaret. Ze is iemand die 's ochtends rookt en koffie drinkt, die een gezin grootbrengt, die Kitty als vriendin heeft, die het niet erg vindt als haar taart wat minder geslaagd is. Ze steekt haar sigaret aan.

'Hij is schattig,' zegt Kitty, Laura's stoere sigaretrokende zelfbeeld meteen doorprikkend. De taart is schattig, zegt Kitty tegen haar, zoals een kindertekening schattig kan zijn. Hij is lief en ontroerend in zijn oprechte, hartverscheurend onvervalste tegenstelling tussen willen en kunnen. Laura begrijpt: er zijn maar twee mogelijkheden. Je bent bekwaam of zorgeloos. Je kunt zelf een meesterlijke taart maken of, als dat niet lukt, een sigaret opsteken, zeggen dat je hopeloos bent in dit soort dingen, nog een kop koffie voor jezelf inschenken en een taart bij de banketbakker bestellen. Laura is een kunstenares die een poging heeft gewaagd en openlijk heeft gefaald. Ze heeft iets schattigs gemaakt, terwijl ze had gehoopt (het is gênant maar waar) iets moois te maken.

'Wanneer is Ray jarig?' vraagt ze, omdat ze tenslotte iets moet zeggen.

'In september,' antwoordt Kitty. Ze gaat terug naar de keukentafel. Wat moet je verder over zo'n taart zeggen?

Laura volgt met de koffiekoppen. Kitty heeft vriendinnen nodig (de oprechte, enigszins warhoofdige charme van haar eigen man maakt niet echt indruk in de grote wereld, en dan is er de kwestie van nog steeds geen kinderen hebben), en daarom is Laura iemand bij wie ze op bezoek gaat, iemand die ze om een gunst vraagt. Toch weten ze allebei dat Kitty haar, als ze even oud waren geweest, op de middelbare school voortdurend zou hebben gekleineerd. In een ander leven, in een leven dat niet zoveel van dit leven zou verschillen, zouden ze vijanden zijn geweest, maar in dit leven, met zijn verrassingen en wrede spelingen van de tijd, is Laura getrouwd met een gevierde jongen, een oorlogsheld, iemand uit Kitty's eindexamenklas, en heeft haar entree gemaakt in de aristocratie zoals een ontheemde Duitse prinses op een troon naast die van een Engelse koning zou kunnen belanden.

Wat haar verrast – wat haar soms schrik aanjaagt – is dat ze zo blij is met Kitty's vriendschap. Kitty is beminnelijk, zoals Laura's man schattig is. Kitty's beminnelijkheid, die heerlijke rust van haar, het gevoel dat een moment wordt uitvergroot als ze een kamer binnenkomt, is als die van een filmster. Ze heeft het opmerkelijke van een filmster, de niet helemaal volmaakte en zeer eigen schoonheid van een filmster; net als een filmster maakt ze tegelijk een gewone en buitengewone indruk, zoals Olivia de Havilland of Barbara Stanwyck. Ze is enorm, zo niet ongelooflijk populair.

'Hoe gaat het met Ray?' vraagt Laura als ze een kopje voor Kitty neerzet. 'Ik heb hem al een tijdje niet gezien.'

Kitty's echtgenoot is Laura's kans om het evenwicht tussen

hen te herstellen, met Kitty te sympathiseren. Ray is niet echt een probleem – geen totale mislukking – maar hij is op de een of andere manier Kitty's versie van Laura's taart, in hoofdletters. Hij was Kitty's vriendje van de middelbare school. Hij was middenvelder bij het basketbalteam en speelde daarna goed maar niet spectaculair bij de USC. Hij was zeven maanden krijgsgevangene geweest op de Filippijnen. Hij heeft een of andere onduidelijke functie op het departement voor waterhuishouding en energie, en laat op dertigjarige leeftijd al zien dat heldhaftige jongemannen geleidelijk aan en zonder aanwijsbare redenen in slapjanussen van middelbare leeftijd kunnen veranderen. Ray heeft stekeltjeshaar, is betrouwbaar, bijziend; en hij loopt over van lichaamssappen. Hij zweet rijkelijk. Als hij langere tijd praat, verzamelen zich kleine druppeltjes speeksel in zijn mondhoeken. Laura stelt zich voor (het is onmogelijk dat niet te doen) dat hij als ze de liefde bedrijven hele stromen uitstort, dit in tegenstelling tot het bescheiden borrelen van haar eigen man. Waarom zijn er dan nog steeds geen kinderen?

'Uitstekend,' zegt Kitty. 'Ray is Ray. Hij is altijd dezelfde.'

'Dan ook,' zegt Laura vriendelijk en vol begrip. 'Het is me een stel, vind je niet?'

Ze denkt aan de cadeautjes die ze voor haar man heeft gekocht; de cadeautjes die hij op prijs zal stellen, waar hij zelfs blij mee zal zijn, maar waar hij absoluut niet naar verlangt. Waarom is ze met hem getrouwd? Ze is uit liefde met hem getrouwd. Ze is uit schuldgevoel met hem getrouwd, uit angst alleen te zijn, uit vaderlandsliefde. Hij was gewoon te goed, te aardig, te serieus, te welriekend om niet mee te trouwen. Hij had zoveel geleden. Hij wilde haar.

Ze raakt haar buik aan.

Kitty zegt: 'Dat is een ding dat zeker is.'

'Vraag je je nooit eens af wat hen beweegt? Ik bedoel: Dan is net een bulldozer. Niets lijkt hem te raken.'

Kitty haalt met een dramatisch gebaar haar schouders op, slaat haar ogen ten hemel. Zij en Laura zouden, op dit moment, goede schoolvriendinnen kunnen zijn, hartsvriendinnen, die zich beklagen over jongens voor wie algauw andere jongens in de plaats zullen komen. Laura zou Kitty graag een vraag stellen, een die ze niet precies kan verwoorden. De vraag heeft te maken met uitvluchten en, minder duidelijk, met genialiteit. Ze zou willen weten of Kitty zich een eigenaardige vrouw voelt, sterk en onevenwichtig zoals kunstenaars schenen te zijn, vol visie, vol woede, met geen ander doel dan te scheppen... Wat? Dit. Deze keuken, deze verjaardagstaart, dit gesprek. Deze opbloeiende wereld.

Laura zegt: 'We moeten binnenkort echt weer eens bij elkaar komen. Het is al zo lang geleden.'

'Wat een heerlijke koffie is dit,' zegt Kitty, terwijl ze een slok neemt. 'Welk merk gebruik je?'

'Ik weet het niet. Ach, natuurlijk weet ik het. Folgers. Welk merk gebruik jij?'

'Maxwell House. Die is ook wel goed.'

'Mm-mm.'

'Toch denk ik erover op een ander merk over te stappen. Ik weet eigenlijk niet precies waarom.'

'O. Dit is Folgers.'

'Prima. Heel lekker.'

Kitty kijkt met omstandig gespeelde, dwaze concentratie in haar koffiekopje. Heel even lijkt ze een gewone huisvrouw aan een keukentafel. Haar magische uitstraling vervaagt; je kunt je voorstellen hoe ze eruit zal zien als ze vijftig is – ze zal dik zijn, mannelijk, verweerd, wrang en ironisch over haar huwelijk spreken, zo'n vrouw van wie wordt gezegd: *Wist u dat ze er vroeger best leuk uitzag?* De wereld begint haar nu al op een subtiele manier voorbij te streven. Laura drukt haar sigaret uit, denkt erover een andere op te steken, ziet ervan af. Ze zet moeiteloos goede koffie; ze zorgt goed voor haar man en kind; ze woont in een huis waar niemand tekortkomt, niemand schulden heeft, niemand lijdt. Ze is in verwachting van een tweede kind. Wat doet het ertoe dat ze geen vrouw van de wereld of een modelhuisvrouw is?

'En?' zegt ze tegen Kitty. Ze is verrast over de kracht van haar eigen stem, de stalen ondertoon.

'Tja,' zegt Kitty.

'Wat is er? Gaat het wel goed?'

Kitty zit een ogenblik roerloos, kijkt Laura niet aan, maar ontwijkt haar blik ook niet. Ze is naar binnen gekeerd. Ze zit erbij zoals je tussen vreemden in de trein zit.

Ze zegt: 'Ik moet voor een paar dagen naar het ziekenhuis.'

'Wat is er aan de hand?'

'Ze weten het niet precies. Ik heb een of ander gezwel.'

'Lieve hemel.'

'Het zit vanbinnen, zie je. In mijn ingewanden.'

'Hoe bedoel je?'

'In mijn baarmoeder. Ze gaan me vanbinnen bekijken.'

'Wanneer?'

'Vanmiddag. Dr. Richard zei beter vroeg dan laat. Zou jij de honden eten willen geven?'

'Maar natuurlijk. Wat zei de dokter precies?'

'Alleen dat er iets zat, en dat ze erachter moeten komen wat. Waarschijnlijk is dat... wat het probleem was. Wat betreft zwanger worden.'

'Nou,' zegt Laura. 'Dan kunnen ze het weghalen.'

'Hij zegt dat ze het moeten onderzoeken. Hij zegt dat het absoluut geen zin heeft me zorgen te maken, maar dat ze het wel moeten onderzoeken.'

Laura kijkt naar Kitty, die zich niet verroert en niet verderpraat, ook niet huilt.

‘Het komt wel goed,’ zegt Laura.

‘Ja. Waarschijnlijk wel. Ik maak me geen zorgen. Wat heeft het voor zin je zorgen te maken?’

Laura is een en al medeleven en tederheid. Dit is dan Kitty de machtige, Kitty de meikoningin, ziek en bang. Dit is Kitty’s fraaie gouden horloge; dit is dan de snelle ontmanteling van haar leven. Net als de meeste anderen heeft Laura altijd gedacht dat het aan Ray lag, Ray met zijn onduidelijke baan bij de overheid, zijn spuugbelletjes, zijn vlinderdasjes, zijn bourbon. Tot nu toe leek Kitty iemand met een stralende en tragische waardigheid – een vrouw die achter haar man blijft staan. Zovelen van die mannen zijn niet precies wat ze waren (daar praat niemand graag over); zo veel vrouwen leven zonder te klagen met de eigenaardigheden en stiltes, de depressieve buien, de drank. Kitty maakte een ronduit heldhaftige indruk.

Het probleem blijkt nu echter bij Kitty te liggen. Laura weet, of meent te weten, dat er wel degelijk iets is om bezorgd over te zijn. Ze ziet dat Kitty en Ray, hun keurige huisje, door rampspoed worden overspoeld; ze zijn er al voor de helft door opgeslokt. Kitty zal misschien toch niet die kloeke, verweerde vijftigjarige worden.

‘Kom eens hier,’ zegt Laura, zoals ze tegen haar kind zou zeggen, en alsof Kitty Laura’s kind was, wacht ze niet tot Kitty gehoorzaamt, maar gaat ze naar haar toe. Ze pakt Kitty’s schouders beet en laat zich, na een korte aarzeling, door de knieën zakken tot ze min of meer knielt. Ze is zich ervan bewust hoe groot, hoe lang ze naast Kitty is. Ze omhelst haar.

Kitty aarzelt, maar laat zich dan omhelzen. Ze geeft zich over. Ze huilt niet. Laura voelt dat Kitty zich laat gaan, ze voelt dat ze zich overgeeft. Ze denkt: dit is wat een man ervaart die een vrouw vasthoudt.

Kitty laat haar armen om Laura’s middel glijden. Laura

schiet vol. Hier, in haar armen, rusten Kitty's angst en moed, Kitty's ziekte. Haar borsten. Het ruime, praktisch ingestelde hart dat daarbinnen klopt; de bleke lichten van haar zijn – intens donkerroze lichten, roodgouden lichten, blinkend, onvast; lichten die zich bundelen en verspreiden; hier zijn de diepten van Kitty, het hart achter het hart; de ongrijpbare essentie waar een man (Ray, nota bene) van droomt, naar verlangt, 's nachts zo wanhopig naar zoekt. Hier is ze, op klaarlichte dag, in Laura's armen. Zonder erbij na te denken, zonder ertoe te besluiten, kust ze Kitty, langzaam, op haar voorhoofd. Ze snuift Kitty's parfum en de frisse, zuivere geur van Kitty's donkerblonde haar op.

'Het gaat wel,' fluistert Kitty. 'Heus.'

'Ik weet het,' antwoordt Laura.

'Als ik me al ergens zorgen over maak, is het over Ray. Hij kan er eigenlijk niet zo goed mee overweg, niet met dit soort dingen.'

'Vergeet Ray nu maar even,' zegt Laura. 'Vergeet hem gewoon maar.'

Kitty knikt tegen Laura's borsten. Het is alsof de vraag zwijgend is gesteld en zwijgend beantwoord. Ze zijn allebei aangedaan en gelukzalig, vol van gedeelde geheimen, genietend van elke seconde. Ieder van hen vertolkt iemand. Ze worden op de proef gesteld en zijn vermoeid; ze hebben ook zo'n enorme klus op zich genomen.

Als Kitty opkijkt, raken hun lippen elkaar. Ze beseffen allebei wat ze doen. Hun monden rusten tegen elkaar. Hun lippen raken elkaar, maar ze kussen niet echt.

Kitty is degene die zich terugtrekt.

'Je bent lief,' zegt ze.

Laura laat Kitty los. Ze doet een stap achteruit. Ze is te ver gegaan; ze zijn allebei te ver gegaan, maar Kitty was degene die zich als eerste terugtrok. Het waren Kitty's angsten die haar er even toe dreven, die maakten dat ze zo vreemd en wanhopig handelde. Laura is de donkerogige verleidster. Laura is degene die anders is, de vreemdelinge, degene die niet te vertrouwen is. Daar zijn Laura en Kitty het allebei stilzwijgend over eens.

Laura kijkt naar Richie. Hij houdt nog steeds de rode vrachtauto vast. Hij kijkt nog steeds toe.

'Maak je alsjeblieft geen zorgen,' zegt Laura. 'Het komt wel goed.'

Kitty staat op, elegant en ongehaast. 'Je weet wat je moet doen, hè? Je geeft hem 's avonds gewoon een half blik en kijkt af en toe of hij genoeg water heeft. Ray kan hem 's ochtends eten geven.'

'Rijdt Ray je naar het ziekenhuis?'

'Mm-mm.'

'Maak je geen zorgen. Ik zorg er wel voor dat hier alles goed gaat.'

'Fijn, dank je.'

Kitty kijkt even het vertrek rond met een uitdrukking van vermoeide goedkeuring, alsof ze min of meer tegen beter weten in had besloten dit huis toch maar te kopen om dan te bekijken of ze er nog iets leuks van kan maken.

'Dag,' zegt ze.

'Ik zal je morgen in het ziekenhuis opbellen.'

'Goed.'

Met een aarzelende glimlach, een licht samenpersen van de lippen, draait Kitty zich om en gaat weg.

Laura staat voor haar zoontje, dat haar nerveus aankijkt, wantrouwig, liefdevol. Ze is vooral moe; ze wil niets liever dan teruggaan naar haar bed en haar boek. De wereld, deze wereld, lijkt plotseling verdoofd en achtergebleven, ver van alles verwijderd. Er is de warmte die gelijkmatig op de straten en de huizen drukt; er is die ene rij winkels die plaatselijk het centrum wordt genoemd. Er is de supermarkt, de drogist en de stomerij; er is de schoonheidssalon, de kantoorboekhandel en de bazaar; er is de gepleisterde bibliotheek van een verdieping met kranten aan houten stokken en planken met sluimerende boeken.

... het leven; Londen; dit ogenblik van juni.

Laura brengt haar zoon naar de woonkamer, wijst hem weer op zijn toren van gekleurde houten blokken. Als hij weer rustig speelt, gaat ze terug naar de keuken en pakt zonder aarzelen de taart en kiepert hem van zijn melkglazen plaat in de afvalemmer. Hij komt er met een verrassend krachtig geluid in terecht; een geel roosje blijft aan de gebogen rand van de plastic afvalemmer plakken. Ze voelt zich meteen opgelucht, alsof de staaldraden rond haar borst zijn losgemaakt. Nu kan ze opnieuw beginnen. Volgens de wandklok is het pas halfelf. Ze heeft meer dan genoeg tijd om een nieuwe taart te maken. Dit keer zal ze ervoor zorgen dat er geen kruimels in het glazuur blijven plakken. Dit keer zal ze met een tandenstokertje de tekst uitzetten zodat hij in het midden komt en zal ze de roosjes als laatste doen.

Ze is samen met Leonard en Ralph drukproeven aan het corrigeren als Lotti aankondigt dat Mrs. Bell en de kinderen er zijn.

'Dat kan niet,' zegt Virginia. 'Het is nog geen halfdrie. Ze zouden om vier uur komen.'

'Toch zijn ze er, mevrouw,' zegt Lottie op haar wat bedremmelde toon. 'Mrs. Bell is meteen naar de salon doorgelopen.'

Marjorie kijkt op van het pakket boeken dat ze met touw aan het dichtbinden was (in tegenstelling tot Ralph is zij inschikkelijk als het gaat om inpakken en letters sorteren, wat zowel een zegen als een teleurstelling is). Ze zegt: 'Is het al halfdrie? Ik had gehoopt deze inmiddels de deur uit te hebben.' Bij het horen van Marjories stem, geeft Virginia geen krimp, niet merkbaar.

Leonard zegt op strenge toon tegen Virginia: 'Ik kan nu mijn werk niet in de steek laten. Ik kom zoals afgesproken om vier uur mijn opwachting maken; als Vanessa zo lang wil blijven, zie ik haar nog wel.'

'Maak je geen zorgen, ik houd me wel met Vanessa bezig,' zegt Virginia, en als ze opstaat, is ze zich bewust van haar slordige ochtendjas en haar slappe, onverzorgde haar. Het is mijn zus maar, denkt ze, maar toch, na al die tijd, na alles wat er is gebeurd, wil ze bij Vanessa een zekere verraste bewondering teweegbrengen. Ze wil nog steeds dat haar zus denkt: het gansje ziet er toch wel goed uit.

Virginia ziet er niet bepaald goed uit en daar is niet veel aan te doen, maar om vier uur zou ze in elk geval haar haar hebben gedaan en zich hebben omgekleed. Ze volgt Lotti naar boven, en als ze langs de ovale spiegel komt die in de hal hangt, komt ze heel even in de verleiding naar haar spiegelbeeld te kijken. Ze kan het echter niet opbrengen. Nadat ze haar schouders heeft gerecht, gaat ze de salon binnen. Vanessa zal haar spiegel zijn, zoals ze dat altijd is geweest. Vanessa is haar schip, haar strook groene kust waar de bijen tussen de druiven zoemen.

Ze kust Vanessa ingetogen op de mond.

'Schat,' zegt Virginia, terwijl ze haar zus bij de schouders pakt. 'Als ik zeg hoe blij ik ben je te zien, zul je je ongetwijfeld kunnen voorstellen hoe ongelooflijk blij ik zou zijn geweest als je op de afgesproken tijd was gekomen.'

Vanessa lacht. Vanessa heeft een vol gezicht, haar huid is felroze met een blosje. Hoewel ze drie jaar ouder is, ziet ze er jonger uit dan Virginia, en daar zijn ze zich allebei van bewust. Virginia heeft de strenge, perkamenten schoonheid zoals op een fresco van Giotto, maar Vanessa is eerder een in roze marmer gehouwen figuur van een vaardige maar minder bekende kunstenaar uit de late barok. Ze is een onmiskenbaar aardse en zelfs decoratieve figuur, een en al krullen en rondingen; haar gezicht en lichaam hebben op een zo lieflijke, licht sentimentele manier gestalte gekregen om menselijke weelderigheid uit te beelden dat het naar het etherische neigt.

'Neem me niet kwalijk,' zegt Vanessa. 'We waren eerder klaar in Londen dan ik ooit had kunnen denken, en het enige alternatief was tot vier uur rondjes om Richmond te blijven rijden.'

'En waar heb je de kinderen gelaten?' vraagt Virginia.

'Ze zijn omgelopen naar de tuin. Quentin heeft op straat een stervend vogeltje gevonden, en ze dachten waarschijnlijk dat het in de tuin thuishoorde.'

'Ik weet zeker dat hun oude tante Virginia daar niet mee kan concurreren. Zullen we naar ze toe gaan?'

Als ze het huis uitlopen, pakt Vanessa Virginia's hand zoals ze de hand van een van haar kinderen zou pakken. Het is bijna even irritant als bevredigend dat Vanessa zich zo bezitterig gedraagt, zo zeker van zichzelf dat ze ruim anderhalf uur voor hun afspraak durft te komen. Hier is ze dan; hier is haar hand. Als Virginia nu maar even tijd had om iets aan haar haar te doen.

Ze zegt: 'Ik heb Nelly naar Londen gestuurd om gekonfijte gember en thee te halen. Je kunt het over ongeveer een uur verwachten, samen met een behoorlijke scheut van Nelly's hartenbloed.'

'Nelly heeft het maar te accepteren,' zegt Vanessa.

Ja, denkt Virginia, dat is het, precies die toon van strenge, spottend meelevende welwillendheid; zo moet je personeel en zussen aanspreken. Het is een kunst dat te doen, zoals alles een kunst is, en veel van wat Vanessa haar kan leren ligt besloten in deze schijnbaar moeiteloze gebaren. Je komt vroeg of laat en zegt luchtig dat het niet anders kon. Je biedt je hand aan met moederlijk zelfvertrouwen. Je zegt: Nelly heeft het maar te accepteren, en zo vergeef je bediende en werkgeefster tegelijk.

In de tuin knielen Vanessa's kinderen in een kring op het gras bij de rozenstruiken. Wat een verbazingwekkende aanblik: drie wezens, geheel gekleed, uit het niets te voorschijn getoverd. Het ene moment zijn er twee jonge zussen die aan elkaar klitten, borst tegen borst, lippen getuit, en het volgende moment, zo lijkt het, staan er twee getrouwde vrouwen van middelbare leeftijd op een bescheiden gazonnetje voor een groep kinderen (van Vanessa uiteraard, allemaal van Vanessa; geen van Virginia, en die zullen er ook niet komen). De ernstige Julian, de blozende Quentin met de vogel (een lijster) in zijn rode handen, en de kleine Angelica, die op enige afstand van haar broers neerhurkt, angstig, gefascineerd door dit handjevol grijze veren. Jaren geleden, toen Julian nog een baby was, toen Virginia en Vanessa nadachten over namen voor kinderen en romanfiguren, had Virginia voorgesteld dat Vanessa haar toekomstige dochter Clarissa zou noemen.

'Dag deugnieten,' roept Virginia.

'We hebben een vogel gevonden,' verkondigt Angelica. 'Hij is ziek.'

'Ik hoorde zoiets,' antwoordt Virginia.

'Hij leeft,' zegt Quentin met wetenschappelijke ernst. 'Ik denk dat we hem misschien nog kunnen redden.'

Vanessa knijpt in Virginia's hand. Zo, denkt Virginia, nog voor de thee geconfronteerd met de dood. Wat moet je eigenlijk tegen kinderen zeggen, of tegen wie ook?

'We kunnen hem een goed plekje geven,' zegt Vanessa. 'Maar voor de vogel is het tijd om dood te gaan, daar kunnen we niets aan doen.'

Precies zo knipt de naaister de draad door. Dit is het, kinderen, niet meer en niet minder. Vanessa bedoelt het niet kwaad, maar ze liegt ook niet tegen ze, zelfs niet om ze te sparen.

'We zouden een doos voor hem moeten vinden,' zegt Quentin, 'en hem mee naar binnen nemen.'

'Ik denk het niet,' zegt Vanessa, 'dat dier leeft in het wild; het zal buiten willen doodgaan.'

'We zullen hem begraven,' zegt Angelica stralend. 'Ik zal voor hem zingen.'

'Hij leeft nog,' zegt Quentin bestraffend tegen haar.

God zegene je, Quentin, denkt Virginia. Zul jij degene zijn

die mijn hand vasthoudt en getuige is van het moment waarop ik mijn laatste adem uitblaas, terwijl de anderen zich heimelijk voorbereiden op de toespraken die ze bij de plechtigheid zullen houden?

Julian zegt: 'We zullen een bedje van gras voor hem maken. Angie, pluk jij wat gras?'

'Goed, Julian,' zegt Angelica. Ze begint gehoorzaam handenvol gras uit te rukken.

Julian, ach, Julian. Heeft er ooit zo'n duidelijk bewijs van de fundamentele onrechtvaardigheid van de natuur bestaan dan Julian, Vanessa's oudste, vijftien inmiddels? Julian is plomp en breedgebouwd, een reus; hij bezit de lenige, gespierde schoonheid van een paard, die zo natuurlijk is dat het lijkt of schoonheid als zodanig een fundamentele menselijke staat is en geen mutatie van de gebruikelijke vorm. Ondanks zijn intelligentie en ironie kon Quentin (God zegene hem) met dertien jaar al voor een kolonel van de Koninklijke Cavalerie doorgaan, krachtig gebouwd en met rood aangelopen gezicht, terwijl de volmaakt gebouwde Angelica zelfs op haar vijfde al de nerveuze inslag vertoont van een schuchtere schoonheid die vrijwel zeker haar jeugdjaren niet zal overleven. Julian, de eerstgeborene, is zo onmiskenbaar en moeiteloos de held van deze familiegeschiedenis, het centrum van Vanessa's grootste verwachtingen, dat het haar niet kan worden kwalijk genomen dat ze hem voortrekt.

'Zullen we ook wat rozen plukken?' vraagt Virginia aan Angelica.

'Ja,' antwoordt Angelica, nog bezig gras te plukken. 'Die gele rozen.'

Voordat Virginia met Angelica de rozentuin betreedt, blijft ze, nog steeds hand in hand met Vanessa, even staan kijken naar Vanessa's kinderen alsof ze een waterplas vormen waar ze wel of niet in zal duiken. Dit, denkt Virginia, is de ware vervulling; dit zal blijven voortbestaan nadat de prullerige experimenten in de literatuur zijn opgeborgen, samen met de oude foto's en kostuums, de porseleinen borden waarop grootmoeder haar weemoedige, zelfverzonnen landschappen heeft geschilderd.

Ze bevrijdt haar hand en gaat de tuin in, waar ze naast Angelica neerknielt en helpt een bedje te maken waarop de lijster kan sterven. Quentin en Julian staan dichtbij, maar Angelica is duidelijk de meest enthousiaste deelnemer aan de begrafenis, wier smaak voor versiering en decorum moet worden gerespecteerd. Om de een of andere reden is Angelica de weduwe.

'Kijk eens aan,' zegt Virginia, terwijl zij en Angelica het gras tot een bol heuveltje hebben gevormd. 'Hierop zal ze zich wel prettig voelen.'

'Is het een zij?' vraagt Angelica.

'Ja. De vrouwtjes zijn wat groter en kleurlozer.'

'Zou ze eieren hebben?'

Virginia aarzelt. 'Ik weet het niet,' zegt ze. 'Dat kunnen we immers niet weten?'

'Als ze dood is, ga ik haar eieren zoeken.'

'Als je wilt. Misschien zit er ergens onder de dakgoot een nest.'

'Ik zal ze vinden en uitbroeden,' zegt Angelica.

Quentin lacht. 'Wil je er zelf op gaan zitten?' zegt hij.

'Nee, idioot. Ik zal ze uitbroeden.'

'O,' zegt Quentin, en zonder te kijken weet Virginia dat hij en Julian stiekem om Angelica lachen, en misschien ook wel om haar. Zelfs in deze vergevorderde tijd houden de mannen nog steeds de dood in hun kundige handen en lachen ze hartelijk om de vrouwen die doodsbedden opmaken en praten over het door magie of louter wilskracht reanimeren van in het landschap achtergelaten spikkeltjes beginnend leven.

‘Goed dan,’ zegt Virginia. ‘We zijn klaar voor het opbaren.’

‘Nee,’ zegt Angelica. ‘Eerst nog de rozen.’

‘Goed,’ antwoordt Virginia. Ze staat op het punt te protesteren dat de vogel eerst moet worden neergelegd om vervolgens de rozen rondom zijn lijfje te arrangeren. Het is duidelijk dat het zo moet gebeuren. Je zou met een vijfjarige over zulke dingen in discussie kunnen gaan, denkt ze. Dat zou je doen als Vanessa en de jongens niet stonden toe te kijken.

Angelica pakt een van de gele rozen die ze geplukt hebben en legt die heel voorzichtig aan de rand van het grasheuveltje. Ze legt er een volgende bij en nog een, tot ze min of meer een kring van rozen, doornige stelen en bladeren heeft gemaakt.

‘Dat is mooi,’ zegt Angelica, en verrassend genoeg is dat ook zo. Virginia kijkt met onverwacht plezier naar deze bescheiden kring van doornen en bloemen, dit wilde doodsbed. Ze zou er graag zelf gaan liggen.

‘Zullen we haar er nu op leggen?’ zegt ze zachtjes tegen Angelica. Virginia buigt zich naar Angelica toe alsof ze een geheim uitwisselen. Er stroomt een bepaalde kracht tussen hen, iets samenzweerderigs dat moederlijk noch erotisch is, maar een element van beide bevat. Er is een soort verstandhouding. Er is een bepaald soort verstandhouding die te groot is om te verwoorden. Virginia voelt het met dezelfde zekerheid waarmee ze het weer op haar huid voelt, maar als ze diep in de ogen van Angelica kijkt, ziet ze aan Angelica’s stralende, afwezige ogen dat het spel haar al begint te vervelen. Ze heeft haar arrangement van gras en rozen gemaakt, en nu wil ze zo gauw mogelijk van de vogel af en het nest gaan zoeken.

‘Ja,’ zegt Angelica. Nauwelijks vijf jaar oud kan ze al een serieus enthousiasme voorwenden voor hetgeen moet gebeuren, terwijl ze eigenlijk alleen maar wil dat iedereen haar werk bewondert en haar verder haar gang laat gaan. Quentin knielt met de vogel neer en legt hem teder, oneindig teder, op het gras. O, als mannen de bruten waren en vrouwen de engelen, als het toch eens zo eenvoudig als dat was. Virginia denkt aan Leonard die fronsend over de drukproeven gebogen zit, vastbesloten niet alleen de zetfouten weg te werken, maar ook elke zweem van middelmatigheid die fouten impliceren. Ze denkt terug aan Julian die vorige zomer op de Ouse roeide, de mouwen van zijn overhemd opgerold tot aan zijn ellebogen, en hoe het de dag, het moment had geleken waarop hij van kind tot man werd.

Als Quentin zijn handen terugtrekt, ziet Virginia dat de vogel als een bundel op het gras is gelegd, de vleugels tegen het lijfje gevouwen. Ze weet dat hij al in Quentins handpalmen is gestorven. Het lijkt alsof de vogel zich tot het kleinst mogelijke pakketje heeft willen maken. Zijn oog, een volmaakt zwart kraaltje, is open, en zijn grijze pootjes, groter dan je zou verwachten, zijn ingetrokken.

Vanessa komt achter Virginia staan. 'Laat haar nu maar met rust,' zegt Vanessa. 'We hebben gedaan wat we konden.'

Angelica en Quentin verwijderen zich gewillig. Angelica begint met haar blik op de dakgoot haar ronde om het huis. Quentin veegt zijn handen aan zijn trui af en gaat naar binnen om ze te wassen. (Denkt hij dat de vogel iets van de dood op zijn handen heeft achtergelaten? Denkt hij dat goede Engelse zeep en een van tante Virginia's handdoeken dat zullen wegwassen?) Julian blijft met Vanessa en Virginia nog even bij het kleine lijkje staan.

Hij zegt: 'Angie was zo opgewonden over het nest dat ze is vergeten haar psalm te zingen.'

Vanessa vraagt: 'Krijgen we helemaal geen thee nu we zo vroeg zijn gekomen?'

'Onzin,' antwoordt Virginia. 'Ik ben heel goed in staat om zonder hulp van Nelly thee te zetten.'

'Mooi,' zegt Vanessa; Julian en zij draaien zich om en lopen terug naar het huis; Julian met zijn hand in de kromming van zijn moeders elleboog gehaakt. Voor ze hen volgt, blijft Virginia nog even bij de dode vogel in zijn kring van rozen staan. Het zou een soort hoed kunnen zijn. Het zou de ontbrekende schakel tussen hoedenmaken en de dood kunnen zijn.

Ze zou graag zijn plaats willen innemen. Het valt niet te ontkennen dat ze dat graag zou willen. Vanessa en Julian kunnen hun gang gaan, thee zetten en reizen, terwijl zij, Virginia, een Virginia ter grootte van een vogel, zichzelf van een hoekige, gecompliceerde vrouw in een hoedenversiersel verandert; een onbenullig, te verwaarlozen ding.

Clarissa, denkt ze, is bij nader inzien niet de bruid van de dood. Clarissa is het bed waarop de bruid wordt neergelegd.

Mrs. Brown **Mrs. Dalloway** Mrs. Woolf

Clarissa zet een twaalftal gele rozen in een vaas. Ze brengt de vaas naar de woonkamer, zet hem op de salontafel, doet een stap terug en kijkt hoe hij zo'n tien centimeter naar links staat. Ze zal Richard het mooiste feest geven dat in haar vermogen ligt. Ze probeert iets vluchtigs te organiseren, iets gewoons zelfs dat in zijn soort echter volmaakt is. Ze zal ervoor zorgen dat hij wordt omringd door mensen die hem oprecht respecteren en bewonderen (waarom heeft ze Walter Hardy uitgenodigd, hoe kon ze zo zwak zijn?), ze zal ervoor zorgen dat hij niet te moe wordt. Dat is haar eerbetoon, haar geschenk. Wat kan ze hem nog meer bieden?

Ze is op weg naar de keuken als de huistelefoon overgaat. Wie zou dat kunnen zijn? Misschien een bestelling die ze is vergeten, of de cateraar die alvast iets komt bezorgen? Ze drukt op de knop van de intercom.

'Wie is daar?' vraagt ze.

'Louis. Ik ben het, Louis.'

'Louis? Echt?'

Clarissa drukt op de knop om hem binnen te laten. Natuurlijk is het Louis. Geen mens, zeker geen New-Yorker, zou aan de deur komen zonder eerst te hebben opgebeld. Dat doet geen mens. Ze opent de deur en gaat naar de hal met een immens, bijna duizelingwekkend gevoel van verwachting, een gevoel dat zo sterk en zo uitzonderlijk is, onder andere omstandigheden zo ongekend, dat ze een tijd geleden besloot het gewoon naar Louis te noemen. Het is dat Louis-gevoel, vermengd met sporen van aanbidding en schuldgevoel, van aantrekking, met duidelijk iets van plankenkoorts en een volkomen onbezoedelde hoop, alsof elke keer dat Louis komt hij misschien, alsnog, komt aanzetten met nieuws dat zo goed is dat het onmogelijk is de reikwijdte of zelfs de ware aard ervan te kunnen schatten.

Dan verschijnt even later Louis zelf om de hoek van de hal. Het is nu, even denken, ruim vijf jaar geleden, maar hij is nog steeds geen spat veranderd. Dat springerige grijze haar, dezelfde gretige en eigenzinnige manier van lopen, dezelfde nonchalante kleding die hem op de een of andere manier toch staat. Zijn vroegere schoonheid, zijn gewichtige, leeuwachtige houding, was een jaar of twintig geleden zo plotseling verdwenen, en deze Louis – grijze haren, tanig, vol heimelijke, gelouterde emoties – verscheen op dezelfde manier waarop een kleine, onopvallende man van de koepel van een tank zou kunnen springen om te verkondigen dat hij het was, en niet het voertuig, die je dorp had platgewalst. Louis, het voormalige object van begeerte, is uiteindelijk niet meer geweest dan dit: een toneelleraar, een argeloos mens.

'Kijk eens aan,' zegt hij.

Clarissa en hij omhelzen elkaar. Als Clarissa zich losmaakt, ziet ze dat Louis' grijze, bijziende ogen vochtig zijn. Hij was altijd al gauw in tranen. Clarissa, de sentimenteelste, de snelst verontwaardigde, lijkt nooit te huilen, hoewel ze dat vaak wel wil.

'Sinds wanneer ben je weer in de stad?' vraagt ze.

'Sinds eergisteren. Ik was wat aan het wandelen en zag ineens dat ik bij jou in de straat liep.'

'Ik ben zo blij je te zien.'

'En ik ben blij jou te zien,' zegt Louis, en zijn ogen vullen zich met tranen.

'Je hebt het moment goed uitgekozen. We geven vanavond een feest voor Richard.'

'Echt? Wat is de aanleiding?'

'Ze hebben hem de Carrouthers toegekend. Heb je dat niet gehoord?'

'De wat?'

'Dat is een prijs voor dichters. Het is een belangrijke gebeurtenis. Het verbaast me dat je er niet van hebt gehoord.'

'Zo, zo. Mijn gelukwensen voor Richard.'

'Ik hoop dat je komt. Hij zou het geweldig vinden je te zien.'

'Denk je?'

'Ja, natuurlijk. Waarom staan we hier eigenlijk bijna in de hal? Kom binnen.'

Ze ziet er ouder uit, denkt Louis terwijl hij achter Clarissa het appartement binnengaat (acht passen, de hoek om, nog drie passen). Ze ziet er ouder uit, denkt Louis verbaasd. Eindelijk gebeurt het dan. Wat een bijzonder iets toch, deze genetische valkuil, de wijze waarop een lichaam een tijd lang in wezen onveranderd kan doorgaan, decennium na decennium, en zich dan in een paar jaar aan de ouderdom overgeeft. Louis verbaast zich erover hoe triest hij zich voelt, dat het hem nauwelijks bevrediging schenkt, deze relatief abrupte beëindiging van Clarissa's ongewoon lange bloeitijd. Hoe vaak heeft hij daar niet over gefantaseerd? Het was zijn wraak, de enige manier om de rekening te vereffenen. Na al die jaren met Richard, al die liefde en inspanning, brengt Richard ten slotte de laatste jaren van zijn leven door met schrijven over een vrouw met een herenhuis in West Tenth Street. Richard heeft een roman geschreven waarin uitgebreid wordt stilgestaan bij een vrouw (een hoofdstuk van meer dan vijftig bladzijden over het kopen van nagellak, waar ze uiteindelijk van afziet!), en de oude Louis W. wordt naar de coulissen verwezen. Louis W. komt er slechts één keer in voor, een relatief korte passage, waarin hij zich beklaagt over het gebrek aan liefde in de wereld. Dat is het dan, dat is de beloning na ruim tien jaar, nadat hij met Richard in zes verschillende appartementen heeft gewoond, hem in zijn armen heeft gehouden, hem suf heeft geneukt, na duizendmaal samen te hebben gegeten, na die reis naar Italië en dat uur onder die boom. Na dat alles wordt Louis, en hij zal als zodanig worden herinnerd, opgevoerd als een trieste man die zich over de liefde beklaagt.

'Waar logeer je?' vraagt Clarissa.

'Bij James, in het kakkerlakmotel.'

'Woont hij daar nog steeds?'

'De voorraadkast is nog steeds gevuld. Ik zag een pak farfalle waarvan ik me herinner dat ik het vijf jaar geleden voor hem in de winkel heb gekocht. Hij probeerde te ontkennen dat het hetzelfde pak was, maar er zit een deukje in een van de hoeken dat ik me nog heel goed herinner.'

Louis voelt met het topje van zijn vinger aan zijn neus (linkerkant, rechterkant). Clarissa keert zich naar hem om. 'Goh, Louis,' zegt Clarissa, en ze omhelzen elkaar opnieuw. Ze omhelzen elkaar bijna een volle minuut (zijn mond raakt zachtjes haar linkerschouder en gaat nu naar haar rechterschouder om ook die aan te raken). Clarissa haakt als eerste af.

'Wil je iets drinken?' vraagt ze.

'Nee. Ja. Een glas water?'

Clarissa gaat naar de keuken. Wat is ze nog ondoorgrondelijk, zo hemeltergend goedgemanierd. Clarissa is al die tijd hier geweest, denkt Louis. Ze heeft hier in deze kamers gewoond met haar vriendin (of levensgezel, of hoe ze het ook noemen), is naar haar werk gegaan en weer thuisgekomen.

Hier heeft ze een dag beleefd en toen nog een, is naar toneelstukken en feesten gegaan.

Er is zo weinig liefde in de wereld, denkt hij.

Louis doet vier stappen de woonkamer in. Hij is weer terug, in de ruime, koele kamer met de tuin, de lage zitbank en de fraaie kleden. Hij stelt Sally verantwoordelijk voor het appartement. Het is Sally's invloed, Sally's smaak. Sally en Clarissa wonen in een perfecte replica van een West Village-appartement voor de betere kringen; je ziet iemands assistent met een *clipboard* voorbijbenen; Franse leren leunstoelen, aanwezig; tafel van Stickley, aanwezig; met linnen beklede wanden met botanische prenten, aanwezig; boekenplanken met kleine objecten die in het buitenland zijn vergaard, aanwezig. Zelfs de buitenissigheden – de op de vlooienmarkt gekochte spiegel in zijn met schelpen bedekte lijst, de antieke, afgebladderde Zuid-Amerikaanse kast met zijn beschildering van wellustig kijkende zeemeerminnen – lijken berekend, alsof de binnenhuisarchitect nog eens goed had rondgekeken en gezegd: 'Het is nog niet overtuigend genoeg; we hebben nog wat spulletjes nodig om duidelijk te maken wie deze mensen werkelijk zijn.'

Clarissa komt terug met twee glazen water (met koolzuur, ijs en citroen), en als Louis haar ziet, ruikt hij de geur – dennen en gras, enigszins brak water – van Wellfleet, ruim dertig jaar geleden. Zijn hart veert op. Ze is ouder maar – het heeft geen zin het te ontkennen – ze heeft nog steeds die strenge schoonheid, dat enigszins mannelijk, aristocratisch opwindende. Ze is nog slank. Er hangt nog steeds iets van mislukte romantiek om haar heen, en als hij haar nu zo ziet, de vijftig gepasseerd, in deze schemerige, luxueuze kamer, denkt Louis aan foto's van jonge soldaten, jongens met markante trekken, thuis in hun uniform; jongens die nog voor hun twintigste waren overleden en voortleefden als de belichaming van ijdele hoop, in fotoalbums of op bijzettafeltjes, aantrekkelijk en vol zelfvertrouwen, onaangedaan door hun noodlot, terwijl de levenden kampen met banen, boodschappen en tegenvallende vakanties. Op dit ogenblik doet Clarissa Louis aan een soldaat denken. Ze lijkt de ouder wordende wereld te bezien vanuit een voorbije werkelijkheid; ze lijkt net zo triest, onschuldig en onoverwinnelijk als de doden op die foto's.

Ze geeft Louis een glas water. 'Je ziet er goed uit,' zegt ze. Het gezicht dat Louis op middelbare leeftijd heeft, heeft altijd al in zijn jonge gezicht besloten gelegen: de forse, scherpe neus en bleke, verwonderde ogen, de borstelige wenkbrauwen, de sterk geaderde hals onder een brede, hoekige kin. Hij was voorbestemd om boer te worden, onverwoestbaar als onkruid, getekend door het weer, en het ouder worden heeft in vijftig jaar bereikt wat ploegen en oogsten in de helft van de tijd zouden hebben gedaan.

'Dank je,' zegt Louis.

'Het is alsof je heel ver weg bent geweest.'

'Dat was ik ook. Het is prettig terug te zijn.'

'Vijf jaar,' zegt Clarissa. 'Ik kan er met mijn verstand niet bij dat je niet één keer in New York bent terug geweest.'

Louis neemt drie slokken water. Hij is de afgelopen jaren meerdere keren terug geweest in New York, maar is niet bij haar langsgegaan. Hoewel hij niet duidelijk had besloten Clarissa noch Richard meer te zien, was hij er in feite nooit toe gekomen ze te bezoeken. Het had makkelijker geleken.

'Ik ben voorgoed terug,' zegt Louis. 'Ik heb genoeg van die lerarenbaantjes; ik ben te oud en te middelmatig. Ik ben een lichtgewicht. Ik denk erover een eerlijke baan te gaan zoeken.'

'Meen je dat?'

'Ach, ik weet het niet. Maak je geen zorgen, ik ga niet terug naar school voor mijn MBA of iets dergelijks.'

'Ik dacht dat je van San Francisco zou gaan houden. Ik dacht dat we je nooit meer zouden terugzien.'

'Iedereen verwacht dat je verliefd wordt op San Francisco. Het is er deprimerend.'

'Louis, Richard is heel erg veranderd.'

'Is het heel erg?'

'Ik wil dat je erop bent voorbereid.'

'Jij hebt al die jaren goed contact met hem gehouden,' zegt Louis.

'Ja, inderdaad.'

Louis komt tot de conclusie dat ze een knappe maar gewone vrouw is. Dat is precies wat ze is, niet meer en niet minder. Clarissa gaat op de bank zitten, en na enige aarzeling doet Louis vijf passen en gaat hij naast haar zitten.

'Ik heb het boek uiteraard gelezen,' zegt hij.

'Heb je het gelezen? Mooi.'

'Raar hè?'

'Ja, dat is het zeker.'

'Hij heeft amper de moeite genomen je naam te veranderen.'

'Dat ben ik niet,' zegt ze. 'Het is Richards fantasie over een willekeurige vrouw die een beetje op mij lijkt.'

'Het is een verdomd griezelig boek.'

'Dat schijnt iedereen te vinden.'

'Je hebt het idee dat het tienduizend bladzijden beslaat. Er gebeurt niets. En dan: bam. Ze pleegt zelfmoord.'

'Zijn moeder.'

'Ik weet het. Maar toch. Het is totaal onverwacht.'

'Je houdt er precies dezelfde mening op na als vrijwel alle critici. Ze hebben al die tijd gewacht, en waarop? Het is eigenlijk ruim negenhonderd bladzijden flirten met aan het eind een plotselinge dood. Mensen vonden wel dat het schitterend is geschreven.'

Louis kijkt van haar weg. 'Die rozen zijn prachtig,' zegt hij.

Clarissa buigt zich voorover en schuift de vaas iets naar

links. Goeie god, denkt Louis, dit is meer dan de vrouwelijkheid voorbij. Ze is haar moeder geworden.

Clarissa lacht. 'Moet je mij zien,' zegt ze. 'Een oude vrouw die zich druk maakt om haar rozen.'

Zo verrast ze je altijd weer door meer te weten dan je denkt. Louis vraagt zich af of ze berekend zijn, deze kleine demonstraties van zelfkennis die Clarissa's vaardige vertoon van gastvrouw zijn doorspekken. Soms lijkt het of ze je gedachten heeft gelezen. Ze ontwapent je door eigenlijk te zeggen: ik weet wat je denkt en ik ben het ermee eens; ik ben belachelijk; ik ben veel onbeduidender dan ik had kunnen zijn en ik had het graag anders gewild, maar ik schijn er niets aan te kunnen doen. Je ontdekt dat je er bijna tegen je wil toe neigt haar te troosten in plaats van je aan haar te ergeren, haar wilt helpen haar rol weer op te pakken zodat ze zich weer prettig kan voelen en jij je weer kunt ergeren.

'Richard is dus erg ziek,' zegt Louis.

'Ja. Lichamelijk is hij er niet meer zo slecht aan toe, maar zijn geest is op drift. Ik ben bang dat hij iets te ver heen was, zodat de proteaseremmers op hem niet zo'n goede uitwerking hebben gehad als op anderen.'

'Dat moet vreselijk zijn.'

'Hij is nog steeds zichzelf. Ik bedoel, er is nog steeds wat je een blijvende kwaliteit kunt noemen, iets wat Richard min of meer kenmerkt, iets wat in geen enkel opzicht is veranderd.'

'Dat is mooi. Dat is ten minste iets.'

'Herinner je je nog dat hoge duin bij Wellfleet?' vraagt ze.

'Ja zeker.'

'Ik dacht onlangs nog dat ik daar waarschijnlijk mijn as wil laten uitstrooien als ik dood ben.'

'Dat is wel erg luguber,' zegt Louis.

'Maar je denkt nu eenmaal over dit soort dingen na. Dat kan nu eenmaal niet anders.'

Clarissa dacht toen en denkt nog steeds dat het duin in Wellfleet haar in zekere zin eeuwig zal blijven vergezellen. Wat er verder ook mag gebeuren, dat kan niemand haar afnemen. Ze zal altijd in de zomer op een hoog duin hebben gestaan. Ze zal altijd jong en onverwoestbaar gezond geweest zijn, zij het met een lichte kater, met Richards katoenen trui aan en zijn hand ongedwongen om haar hals, terwijl Louis een stukje verderop naar de golven staat te staren.

'Ik was toen razend op je,' zegt Louis. 'Er waren momenten dat ik je nauwelijks kon luchten.'

'Ik weet het.'

'Ik probeerde me fatsoenlijk te houden. Ik probeerde open en onbevangen te zijn.'

'We deden allemaal ons best. Ik betwijfel of het organisme daar volledig toe in staat is.'

Louis zegt: 'Ik ben er eens naar toe gereden. Naar het huis. Ik geloof niet dat ik je dat heb verteld.'

'Nee. Dat heb je niet verteld.'

'Dat was vlak voor ik naar Californië vertrok. Ik zat in een panel in Boston, een stomme bedoening over de toekomst van het theater, gewoon een stel pompeuze oude dinosauriërs die ze hadden laten opdraven zodat de studenten iets hadden om tegenaan te trappen, en daarna voelde ik me zo triest dat ik een auto heb gehuurd en naar Wellfleet ben gereden. Ik wist het nog vrijwel moeiteloos te vinden.'

'Ik geloof niet dat ik het wil horen.'

'Nee, het huis staat er nog steeds en ziet er nog bijna net zo uit. Het is een beetje opgeknapt. Opnieuw geschilderd, en iemand heeft er een gazon aangelegd, wat raar staat in het bos, een beetje als kamerbreed tapijt. Maar het staat er nog.'

'Wie had dat gedacht,' zegt Clarissa.

Ze zitten een tijdje zwijgend bijeen. Dat het huis er nog staat maakt het op de een of andere manier erger. Het is erger dat de zon, toen het duister en toen weer de zon, dag in dag uit deze kamers hebben betreden, dat de regen op het dak is blijven vallen, dat je het allemaal weer zou kunnen bezoeken.

Clarissa zegt: 'Ik moet er eens naar toe. Ik zou graag op het duin willen staan.'

'Als je denkt dat je daar je as wilt laten uitstrooien, ja, dan zou je moeten teruggaan om je ervan te vergewissen.'

'Nee, je had gelijk; ik was morbide bezig. Dat maakt de zomer in me los. Ik heb geen idee waar ik mijn as zou willen laten uitstrooien.'

Clarissa zou ineens heel haar leven voor Louis willen blootleggen. Ze wil al die levendige, zinloze momenten die niet als verhaal kunnen worden verteld bij Louis' voeten uitstorten. Ze wil alles samen met Louis doornemen.

'En,' zegt ze. 'Vertel me nog eens wat over San Francisco.'

'Het is een aardig stadje met fantastische restaurants waar niets gebeurt. De meesten van mijn leerlingen zijn imbecielen. Ik kom echt zo gauw ik kan terug naar New York.'

'Mooi. Het zal leuk zijn je hier weer terug te hebben.'

Clarissa raakt Louis' schouder aan, en het lijkt erop dat ze allebei zonder iets te zeggen zullen opstaan, naar de slaapkamer boven gaan en zich samen uitkleden. Het lijkt erop dat ze naar de slaapkamer zullen gaan en zich zullen uitkleden, niet als geliefden, maar als gladiatoren die de arena hebben overleefd, die beseffen dat ze bloeden en gewond zijn, maar wonder boven wonder leven terwijl alle anderen zijn doodgegaan. Als ze hun borstkurassen en beenplaten afleggen, zal hun gezicht vertrekken van pijn. Ze zullen elkaar liefdevol en met eerbied aankijken; ze zullen elkaar teder omarmen terwijl New York achter het open raam roezemoest, terwijl Richard in zijn stoel naar stemmen luistert en Sally in de stad luncht met Oliver St. Ives.

Louis zet zijn glas neer, pakt het op, zet het weer neer. Hij tikt drie keer met zijn voet op het tapijt.

'Het is overigens wel een beetje gecompliceerd,' zegt hij. 'Ik ben namelijk verliefd.'

'Heus?'

'Hij heet Hunter. Hunter Craydon.'

'Hunter Craydon, kijk eens aan.'

'Vorig jaar was hij een leerling van me,' zegt Louis.

Clarissa leunt achterover en zucht ongeduldig. Dit zou voor zover ze weet de vierde worden. Ze zou Louis graag bij zijn kladden grijpen en zeggen: je zult op een fatsoenlijker manier oud moeten worden. Ik kan niet aanzien dat je zo veel succes hebt en het dan allemaal verkwanselt aan een of andere jongen, alleen omdat hij jong is en er leuk uitziet.

'Misschien is hij wel de begaafdste leerling aan wie ik ooit heb lesgegeven,' zegt Louis. 'Hij speelt in de meest opmerkelijke theaterstukken over hoe het is om als blanke homo op te groeien in Zuid-Afrika. Heel indrukwekkend.'

'Zo,' zegt Clarissa. Ze weet niets anders te zeggen. Ze heeft medelijden met Louis en haar geduld is op, maar toch denkt ze: Louis is verliefd. Hij is verliefd op een jongeman. Hij is drieënvijftig en moet dit allemaal nog eens doormaken, de seks en de belachelijke ruzies, de angst.

'Hij is geweldig,' zegt Louis. Tot zijn volslagen verrassing begint hij te huilen. De tranen beginnen gewoon als warmte achter zijn ogen en een floers ervoor. Deze emotionele vlagen overvallen hem voortdurend. Het kan door een lied komen, zelfs door het zien van een oude hond. Ze gaan voorbij. Meestal gaan ze voorbij. Deze keer echter rollen de tranen al uit zijn ogen voor hij ze heeft voelen aankomen, en heel even zegt een deel van zijn wezen (hetzelfde deel dat passen, slokken en tikken telt): hij huilt, wat raar. Louis leunt naar voren en verbergt zijn gezicht in zijn handen. Hij huilt.

De waarheid is dat hij niet van Hunter houdt en Hunter

niet van hem. Ze hebben een verhouding, niet meer dan een verhouding. Hij denkt zelf uren achtereen niet aan hem. Hunter heeft andere vriendjes, zijn hele toekomst uitgestippeld, en Louis moet stiekem toegeven dat hij, als Hunter weg zal zijn, zijn schrille lach, zijn afgebroken voortand en nukkige stiltes niet echt zal missen.

Er is zo weinig liefde in de wereld.

Clarissa wrijft met haar vlakke hand over Louis' rug. Wat had Sally ook alweer gezegd? Wij maken nooit ruzie. Dat was tijdens een diner bij iemand, een jaar of wat geleden. Er was iets van vis geweest, dikke medaillons in een plas felgele saus (het was net of toen alles in een plas felgekleurde saus lag). We maken nooit ruzie. Dat is waar. Ze kibbelen, ze mokken, maar het loopt nooit uit de hand, ze schreeuwen of huilen niet, gooien nooit een bord stuk. Het heeft er altijd de schijn van gehad dat ze nóg geen ruzie hebben gehad; dat ze elkaar nog te kort kennen voor een totale oorlog, dat er nog hele onontdekte gebiedsdelen voor hen liggen als ze eenmaal door de eerste onderhandelingen heen zijn en ze zich in elkaars gezelschap veilig genoeg voelen om zich echt te laten gaan. Wat had ze zich wijsgemaakt? Sally en zij vieren binnenkort dat ze achttien jaar bij elkaar zijn. Ze zijn een paar dat nooit ruziemaakt.

Terwijl ze over Louis' rug wrijft, denkt Clarissa: neem me met je mee; ik wil een onmogelijke liefde. Ik wil straten bij nacht, wind en regen, niemand die zich afvraagt waar ik ben.

'Het spijt me,' zegt Louis.

'Het geeft niet. Jezus, als je bedenkt wat er allemaal is gebeurd.'

'Ik voel me toch zo'n sukkel.' Hij staat op en loopt naar de openslaande deuren (zeven passen). Door zijn tranen heen ziet hij het mos in de ondiepe stenen bekkens, de bronzen schotel met helder water waarop een enkele witte veer drijft.

Hij heeft geen idee waarom hij huilt. Hij is terug in New York. Hij lijkt te huilen over deze vreemde tuin, Richards ziekte (waarom bleef Louis gespaard?), deze kamer met Clarissa erin, alles bij elkaar. Hij lijkt te huilen over een Hunter die alleen iets weg heeft van de echte. Deze andere Hunter heeft een wrede, tragische grandeur, ware intelligentie, een bescheiden talent. Louis moet om hem huilen.

Clarissa komt hem achterna. 'Het geeft niet,' zegt ze nog eens.

'Stom,' mompelt Louis. 'Stom.'

Er wordt een sleutel in de voordeur gestoken. 'Dat is Julia,' zegt Clarissa.

'Verdomme.'

'Maak je niet druk. Ze heeft meer mannen zien huilen.'

Het is die verdomde dochter van haar. Louis recht zijn schouders, stapt zijdelings onder Clarissa's arm weg. Hij blijft naar de tuin kijken en probeert zijn gezicht onder controle te krijgen. Hij denkt aan mos. Hij denkt aan fonteinen. Hij is ineens oprecht in mos en fonteinen geïnteresseerd.

Wat vreemd, zegt de stem. Waarom denkt hij over zulke dingen?

'Dag,' zegt Julia achter hem. Niet 'hoi'. Ze is altijd al een serieus meisje geweest, bijdehand maar anders, buitensporig, een en al geestigheden en tics.

'Dag schat,' zegt Clarissa. 'Herinner je je Louis nog?'

Louis draait zich naar haar om. Nou en, laat haar maar zien dat hij heeft gehuild. Ze kan de pot op.

'Natuurlijk ken ik hem nog,' zegt Julia. Ze loopt met uitgestoken hand op hem af.

Ze is nu achttien, misschien negentien. Ze is zo verrassend knap, zo veranderd, dat Louis bang is dat hij opnieuw zal gaan huilen. Toen hij haar voor het laatst zag, was ze dertien of daaromtrent, onhandig en te dik, zat ze zichzelf in de weg.

Ze is nog steeds niet mooi en zal ook nooit mooi worden, maar ze heeft iets van haar moeders présence verworven, die schitterende zekerheid. Ze is knap en zelfbewust als een jonge atlete, met heel kort geknipt haar, een roze huid.

'Julia,' zegt hij. 'Wat leuk je weer te zien.'

Ze neemt zijn hand stevig in de hare. Ze heeft een zilveren neusringetje. Ze is weelderig en sterk, blakend van gezondheid, als zo'n geïdealiseerde Ierse boerenmeid die net terugkomt van het land. Ze moet op haar vader lijken (Louis heeft over hem gefantaseerd, hem zich voorgesteld als een robuuste, jonge blonde man, slecht bij kas, mogelijk een acteur of een kunstschilder, een geliefde, een misdadiger, een wanhopige jongen, zo arm dat hij zijn lichaamssappen moet verkopen, bloed aan de bloedbank en sperma aan de spermabank). Louis denkt dat hij een groot, robuust type uit de Ierse mythologie moet zijn geweest, want hier staat Julia, die er, zelfs in haar mouwloze T-shirt, korte broek en zwarte legerkistjes, uitziet alsof ze onder haar ene arm een schoof gerstearen en onder haar andere een pasgeboren lam zou moeten dragen.

'Dag, Louis,' zegt ze. Ze houdt zijn hand vast zonder hem te schudden. Uiteraard weet ze dat hij heeft gehuild. Ze lijkt er niet erg van op te kijken. Wat zou ze over hem hebben gehoord?

'Ik moet ervandoor,' zegt hij.

Ze knikt. 'Hoe lang blijf je hier?' vraagt ze.

'Een paar dagen maar. Maar ik kom hier weer wonen. Het was fijn je weer te zien. Dag, Clarissa.'

'Vijf uur,' zegt Clarissa.

'Wat?'

'Het feest. Het begint om vijf uur. Je komt toch wel?'

'Natuurlijk kom ik.'

'Tot ziens, Louis,' zegt Julia.

Ze is een knappe negentienjarige die dag zegt en tot ziens,

niet 'hoi' en 'doeg'. Ze heeft ongewoon kleine, zeer witte tanden.

'Tot ziens.'

'Je komt toch wel?' vraagt Clarissa. 'Beloof me dat je zult komen.'

'Ik beloof het. Tot ziens.' Hij verlaat het appartement, nog een beetje betraand, razend op Clarissa, op een vage manier verliefd op Julia (hij die zich nooit tot vrouwen voelde aangetrokken, nooit – hij gruwt na al die jaren nog steeds bij de herinnering aan die vreselijke, wanhopige poging met Clarissa, alleen om zijn aanspraak op Richard veilig te stellen). Hij stelt zich voor dat hij samen met Julia uit dat vreselijke, smaakvolle appartement wegrent, met haar vlucht voor de naturelkleurige wanden en de botanische prenten, voor Clarissa en haar glazen koolzuurhoudend water met schijfjes citroen. Hij loopt de schemerige gang door (drieëntwintig passen), de deur door naar de hal en dan door de buitendeur West Tenth Street op. De zon explodeert als een flitslicht in zijn gezicht. Dankbaar voegt hij zich bij de mensenmenigte: een fretachtige man met twee tekkels, een dikke man die vreselijk zweet in zijn donkerblauwe pak, een kale vrouw (mode of chemotherapie?) die aan een sigaret lurkend tegen het flatgebouw van Clarissa leunt met een gezicht dat op een zojuist opgelopen kneuzing lijkt. Louis zal terugkomen naar deze stad; hij zal in een appartement in West Village gaan wonen, en 's middags met een espresso en een sigaret bij Dante zitten. Hij is niet oud, nog niet. Eergisteravond had hij de auto stilgezet in de woestijn van Arizona en had onder de sterren gestaan tot hij de aanwezigheid van zijn eigen ziel kon waarnemen, of hoe je het ook wilt noemen; dat blijvende deel dat ooit kind was geweest en vervolgens – het leek even later – in de stilte van de woestijn onder de sterrenhemel stond. Hij denkt met verwarrende genegenheid aan zichzelf, de jonge Louis Waters, die in zijn jeugdjaren met Richard probeerde samen te leven, die beurtelings gevleid en woedend was om Richards onvermoeibare bewondering van zijn armen en kont, en die Richard ten slotte voorgoed verliet na een ruzie op het station van Rome (ging het vooral over de brief die Richard van Clarissa had gekregen, of over Louis' meer algemene gevoel het beu te zijn dat hij de rijkst gezegende, minst geniale van hen beiden was?). Die Louis, pas achtentwintig maar zich bewust van zijn gevorderde leeftijd en gemiste kansen, had Richard laten staan en had een trein genomen die naar Madrid bleek te gaan. Dat had indertijd een dramatisch maar tijdelijk gebaar geleken, en terwijl de trein voortdenderde (de conducteur had hem er verontwaardigd op gewezen wat zijn bestemming was) was hij op een eigenaardige, bijna bovennatuurlijke manier tevreden geweest. Hij was vrij geweest. Nu kan hij zich zijn doelloze dagen in Madrid nauwelijks meer herinneren; hij kan zich zelfs niet meer zo duidelijk de Italiaanse jongen (zou hij echt Franco hebben geheten?) herinneren die hem ten slotte overhaalde het langdurige, tot mislukken gedoemde project van Richard te houden op te geven, ten gunste van simpeler hartstochten. Hij kan zich nog wel volkomen helder voor de geest halen dat hij in een trein naar Madrid zat met hetzelfde geluksgevoel dat geesten naar zijn gevoel kennen, bevrijd van hun aardse lichaam, maar nog steeds in het bezit van hun essentiële zelf. Hij loopt in oostelijke richting naar de universiteit (zevenenzeventig passen naar de hoek). Hij wacht tot hij kan oversteken.

Mrs. Woolf **Mrs. Brown** Mrs. Dalloway

Als ze haar Chevrolet over de Pasadena Freeway loodst, omringd door heuvels die op sommige plaatsen nog steeds door de brand van vorig jaar zijn verschroeid, heeft ze het gevoel te dromen of, preciezer, alsof ze zich deze rit uit een droom van lang geleden herinnert. Alles wat ze ziet, lijkt tegen de dag te zijn vastgeprikt zoals met ether gedode vlinders op een bord. Hier heb je de zwarte hellingen van de heuvels, bezaaid met de pastelkleurig gepleisterde huizen die voor de vlammen zijn gespaard gebleven. Hier is de heiige, blauwwitte lucht. Laura rijdt goed, niet te langzaam, niet te snel, en kijkt geregeld in haar achteruitkijkspiegel. Ze is een vrouw in een auto die droomt dat ze in een auto zit.

Ze heeft haar zoon bij Mrs. Latch verderop in de straat achtergelaten. Ze heeft gezegd dat ze op het allerlaatste moment nog een boodschap voor de verjaardag van haar man moet doen.

Ze raakte in paniek; ze veronderstelt dat 'paniek' er het juiste woord voor is. Ze probeerde even te gaan liggen terwijl haar zoon zijn slaapje deed; ze probeerde wat te lezen, maar kon zich niet concentreren. Ze lag op bed met het boek in haar handen en voelde zich leeg, uitgeput, door het kind, de taart en de kus. Het kwam op de een of andere manier op die drie elementen neer, en toen ze met de gordijnen dicht en het bedlampje aan op het tweepersoonsbed lag en probeerde te lezen, vroeg ze zich af: is dit nu gek worden? Zo had ze het zich nooit voorgesteld – als ze zich iemand had voorgesteld (een vrouw zoals zij) die gek werd, had ze aan gillen en jammeren gedacht, en aan hallucinaties, maar op dat moment was duidelijk gebleken dat er een andere manier bestond, veel rustiger; een manier die verlammend en hopeloos was, diffuus, en wel zodanig dat een emotie zo hevig als verdriet een opluchting zou hebben betekend.

En daarom is ze er voor een paar uur tussenuit gegaan. Ze heeft niet onverantwoord gehandeld. Ze heeft ervoor gezorgd dat haar zoon in goede handen is. Ze heeft een nieuwe taart gebakken, de biefstukken ontdooid, de bonen afgehaald. Toen ze dat allemaal had gedaan, mocht ze van zichzelf weggaan. Ze zal op tijd thuis zijn om te koken en Kitty's hond eten te geven. Maar nu, op dit moment, gaat ze ergens naar toe (waarheen?) om alleen te zijn, verlost te zijn van haar kind, het huis, het feestje dat ze die avond zal geven. Ze heeft haar handtas en haar exemplaar van *Mrs. Dalloway* meegenomen. Ze heeft een maillot, een blouse en een rok aangedaan; ze heeft haar mooiste oorbellen, eenvoudige koperen schijfjes, aan haar oren geklemd. Ze heeft een belachelijk, licht tevreden gevoel over haar kleding en haar schone auto. Een kleine, lege donkerblauwe prullenbak omklemt de cardantunnel als een zadel de rug van een paard. Ze weet dat het belachelijk is, maar put toch troost uit deze vlekkeloze ordening. Ze is schoon en goedgekleed, en rijdt zomaar wat.

Thuis wacht de nieuwe taart onder een aluminium taartstolp met een houten knop in de vorm van een eikel. Het is een verbeterde versie van de eerste taart. Deze taart is tweemaal geglazuurd, waardoor er geen kruimels meer in het glazuur plakken (ze heeft een tweede kookboek geraadpleegd en geleerd dat banketbakkers de eerste glazuurlaag de 'kruimellaag' noemen, en dat een taart altijd twee keer moet worden geglazuurd). Op deze taart staat, los van de gele roosjes, 'Hartelijk gefeliciteerd Dan' in sierlijk wit schrift. Het is een mooie taart, op zijn manier volmaakt, maar toch is Laura nog niet tevreden. Hij blijft amateuristisch, zelfgemaakt; hij lijkt nog steeds niet helemaal je van het. De 'ij' in 'Hartelijk' is niet zoals ze had gehoopt dat hij zou worden, en twee roosjes zitten scheef.

Ze betast haar mond, even aangeraakt door Kitty's kus. Ze maakt zich geen zorgen over de kus, wat hij impliceert of niet impliceert, behalve dat hij Kitty spannender maakt. Liefde gaat diep, is een mysterie; wie wil er het fijne van weten? Laura begeert Kitty. Ze begeert haar kracht, haar kordate en opgeruimde teleurstelling, de wisselende rozegouden gloed van haar onbekende zelf en de verfrissende, geshampoode diepten van haar haar. Laura begeert ook Dan, op een mysterieuze en niet minder intense manier; een manier die subtiel is doordrongen van wreedheid en schaamte. Het is niettemin begeerte, scherp als een botsplinter. Ze kan Kitty kussen in de keuken en tegelijk van haar man houden. Ze kan uitzien naar het dubieuze genot van de mond en de vingers van haar man (zou ze soms zijn begeerte begeren?) en er tevens van dromen Kitty nog eens te kussen, in een keuken of aan het strand, terwijl de kinderen gillend in de branding spelen, in een gang met hun armen vol opgevouwen handdoeken, zachtjes lachend, opgewonden, wanhopig, verliefd op hun eigen roekeloosheid, zo niet op elkaar, terwijl ze 'ssssst' zeggen, haastig uiteengaan, doorlopen.

Waar Laura spijt van heeft, wat ze nauwelijks kan verdragen, is de taart. Ze vindt het gênant, maar kan het niet ontkennen. Het is slechts suiker, meel en eieren, en de charme van een taart schuilt deels in zijn onvermijdelijke gebreken.

Ze weet het, natuurlijk weet ze het. Toch had ze gehoopt iets geraffineerders te creëren, iets indrukwekkenders dan wat ze heeft gemaakt, zelfs met zijn gladde oppervlak en zijn gecentreerde wens. Ze wilde (ze geeft het toe) een droom van een taart zien veranderen in een echte taart, een taart die in alle opzichten onmiskenbaar getuigt van welstand, van overvloed. Ze wilde dat ze een taart had gebakken die verdriet uitbant, al was het maar voor even. Ze wilde dat ze iets schitterends had gemaakt, iets wat zelfs schitterend zou zijn voor hen die niet van haar houden.

Ze heeft gefaald. Ze wilde dat het haar niet kon schelen. Er moet iets mis met haar zijn, denkt ze.

Ze gaat op de linkerrijstrook rijden en geeft gas. Voor het moment, alleen voor dit moment, zou ze ongeacht wie kunnen zijn, die naar willekeurig waar rijdt. Ze heeft een tank vol brandstof, geld in haar portefeuille. Zo'n twee uur lang kan ze gaan waar ze wil. Daarna zullen de alarmbellen gaan rinkelen. Tegen vijf uur zal Mrs. Latch zich ongerust gaan maken, en op z'n laatst tegen zessen zal ze gaan rondbellen. Als het zo laat wordt, zal Laura verantwoording moeten afleggen, maar op dit moment, met op z'n minst nog twee uur te gaan, is ze echt vrij. Ze is een vrouw in een auto, meer niet.

Als boven aan de helling bij Chavez Ravine de wazige torens van het centrum in zicht komen, zal ze moeten kiezen. Tijdens het laatste halfuur volstond het min of meer in de richting van het centrum van Los Angeles te rijden, maar daar is de stad – de oude, solide, vierkante gebouwen, de geraamten van nieuwe, hogere bouwwerken in het gelijkmatige witte licht van de dag, dat niet zozeer vanuit de hemel naar de aarde lijkt te stralen, als uit de lucht zelf, alsof onzichtbare deeltjes in de ether een gelijkmatig, enigszins mistige fosforescentie uitstralen. Daar ligt de stad, en Laura moet haar via de linkerrijstrook binnenrijden, of op de andere rijstrook gaan rijden en de stad links laten liggen. In dat geval, als ze gewoon doorrijdt, komt ze terecht op de uitgestrekte, vlakke strook grond met fabrieken en goedkope laagbouwflats die Los Angeles over honderden kilometers in alle richtingen omgeeft. Ze zou naar rechts kunnen afslaan en richting Beverly Hills rijden, of naar het strand van Santa Monica, maar ze heeft geen zin om te winkelen en voor het strand heeft ze niets bij zich. Er is in dit immens lichte, wazige landschap verrassend weinig om binnen te gaan, en wat ze zoekt – een rustige plek waar ze kan lezen en nadenken – is niet makkelijk te vinden. Als ze naar een winkel of een restaurant gaat, zal ze een rol moeten spelen: ze zal moeten doen alsof ze iets nodig heeft of iets zoekt wat haar op geen enkele manier interesseert. Ze zal zich fatsoenlijk moeten gedragen; ze zal spullen moeten bekijken en hulp weigeren, of ze moet aan een tafeltje zitten, iets bestellen, het opeten en vertrekken. Als ze gewoon de auto hier ergens zou parkeren, als vrouw alleen, zal ze zich blootstellen aan misdadigers en aan mensen die haar willen beschermen tegen misdadigers. Ze zal te veel in het oog lopen; ze zal een vreemde indruk maken.

Zelfs een bibliotheek zou te openbaar zijn, net als een park.

Ze stuurt haar auto naar de linkerrijstrook en rijdt de stad in. Het is alsof ze fysiek tot een besluit komt, alsof ze door naar links te gaan een reeks handelingen aangaat die voor haar even reëel is als Figueroa Street met zijn etalages en overschaduwde trottoirs. Ze zal zich in een hotel inschrijven. Ze zal (vanzelfsprekend) zeggen dat ze slechts één nacht zal blijven en dat haar man zich straks bij haar zal voegen. Wat is er, zolang ze maar betaalt, mis mee om de kamer slechts voor een paar uur te benutten?

Het lijkt zo'n buitenissige, roekeloze onderneming dat ze alleen al bij de gedachte duizelig is en nerveus als een jonge meid. Ja, het is verkwistend – een hotel voor een hele nacht, terwijl ze alleen maar van plan is er een uur of twee te zitten lezen – maar het ontbreekt ze op het moment niet bepaald aan geld, en ze runt het huishouden op een relatief zuinige manier. Wat zal een kamer eigenlijk kosten? Zoveel kan het niet zijn.

Hoewel ze naar een goedkoop hotel zou moeten gaan – een motel ergens aan de rand van de stad – kan ze zich er niet toe zetten. Het zou te stiekem lijken, te vunzig. De receptionist zou haar zelfs voor een soort beroeps kunnen aanzien, vragen kunnen stellen. Dergelijke motels vallen buiten haar ervaringswereld; daarvoor is waarschijnlijk een gedrag vereist waarmee ze totaal niet vertrouwd is, en daarom rijdt ze naar het Normandy, een uitgebreid, wit complex, slechts een paar straten verderop. Het Normandy is groot, schoon en onopvallend. Het is gebouwd in een V-vorm van twee identieke, tien verdiepingen tellende vleugels die een stadstuin met fontein omsluiten. Het heeft de sfeer van steriele degelijkheid; het is bedoeld voor toeristen en zakenlieden, mensen van wie de aanwezigheid daar zelfs niet een zweem van mysterie inhoudt. Laura rijdt haar auto tot onder een chromen luifel waarop de naam van het hotel in grote, rechthoekige chromen letters staat. Hoewel het midden op de dag is, hangt er onder de luifel een enigszins nachtelijke sfeer, een lunaire helderheid, een opgepoetste helderheid van wit op wit. De potplanten, aloë's, die aan weerskanten van de glazen deuren staan, lijken verbaasd over hun aanwezigheid.

Laura laat haar auto aan de portier over, krijgt een kaartje voor zijn teruggave, en gaat door de zware glazen deuren naar binnen. De lobby is stil, kil. In de verte luidt een bel, helder en afgemeten. Laura voelt zich zowel opgebeurd als nerveus. Ze loopt over het donkerblauwe tapijt naar de receptie. Dit hotel, deze lobby, is precies wat ze zoekt: de kille saaiheid ervan, de smetteloze geurloosheid, het levendige, emotieloze komen en gaan. Ze voelt zich meteen ingeburgerd. Het is zo geschikt, zo kalm. Toch is ze hier tegelijkertijd onder valse vlag of, erger nog, onverklaarbare omstandigheden – ze is op een onduidelijke manier gekomen om een taart te ontvluchten. Ze is van plan tegen de receptionist te zeggen dat haar man helaas is opgehouden, en dat hij over ongeveer een uur met de bagage zal komen. Ze heeft nog niet eerder zo gelogen, niet tegen iemand die ze niet kent of liefheeft.

De afhandeling aan de receptie blijkt verrassend makkelijk te gaan. De receptionist, een man van haar leeftijd, met een melodieuze, hoge stem en pokdalige huid, koestert kennelijk geen verdenkingen, en zelfs de mogelijkheid van verdenking lijkt niet bij hem op te komen. Als Laura vraagt: 'Heeft u een kamer vrij?' antwoordt hij eenvoudig en zonder te aarzelen: 'Ja zeker. Wilt u een eenpersoons- of tweepersoonskamer?'

'Een tweepersoons,' zegt ze. 'Voor mijn man en mij. Hij komt straks met onze bagage.'

De receptionist kijkt achter haar, speurend naar een met koffers slepende echtgenoot. Laura bloost, maar houdt zich flink.

'Om precies te zijn komt hij over een uur of twee. Hij wordt opgehouden en stuurt me vooruit om te zien of er plaats is.'

Om steun te vinden raakt ze het zwart granieten blad van de balie aan. Haar verhaal lijkt volkomen ongeloofwaardig. Als zij samen met haar man reist, waarom hebben ze dan twee auto's? Waarom hebben ze niet van tevoren gebeld?

De receptionist geeft echter geen krimp. 'Ik vrees dat ik alleen nog maar kamers op de onderste verdiepingen heb. Is dat goed?'

'Ja, dat is goed. Het is maar voor één nacht.'

'Uitstekend. Eens even kijken. Kamer 19.'

Laura tekent het inschrijfformulier met haar eigen naam (een verzonnen naam zou te gek zijn, te ordinair), betaalt meteen ('Dit kan ik maar beter meteen afhandelen, voor het geval we morgen heel vroeg vertrekken en veel haast hebben.'). Ze krijgt de sleutel.

Als ze de receptie verlaat, kan ze nauwelijks geloven dat het haar gelukt is. Ze heeft de sleutel gekregen, is de deur door gegaan. De liftdeuren aan het eind van de lobby zijn van gehamerd brons, met boven elk een horizontale reeks helderrode nummers. Om de liften te bereiken moet ze langs verschillende groepjes onbezette sofa's en stoelen, de koele sluimering van miniatuurpalmen en, achter glas, het grotachtige interieur van een winkel, annex koffieshop, waar aan de bar verscheidene eenzame mannen in pakken de krant zitten te lezen, waar een oudere vrouw in een roze serveerstersuniform en een rode pruik iets geestigs tegen niemand in het bijzonder lijkt te zeggen, en waar onder een doorzichtige plastic taartstolp een grote, bijna cartoonachtige citroenschuimtaart staat, waaraan twee punten ontbreken.

Laura roept de lift en drukt op de knop voor haar verdieping. In de lift hangt achter een glasplaat een foto van de *eggs* Benedict die tot twee uur 's middags in het restaurant van het hotel kan worden besteld. Ze kijkt naar de foto en bedenkt dat het net te laat is om de *eggs* Benedict te bestellen. Ze is al heel lang nerveus, en haar nervositeit is niet verdwenen, maar de aard ervan is ineens veranderd. Haar nervositeit, en ook haar woede en teleurstelling in zichzelf, kan ze makkelijk herkennen, maar ze zitten nu ergens anders. Het besluit een kamer te boeken in dit hotel, de lift te nemen, lijkt haar te hebben geholpen zoals morfine een kankerpatiënt helpt, niet door de pijn te verdrijven, maar door er gewoon voor te zorgen dat pijn niet meer telt. Het lijkt bijna of ze door een onzichtbare zus wordt vergezeld, een ziekelijke vrouw vol woede en verwijten, een vrouw die zichzelf heeft vernederd, en het is deze vrouw, deze onfortuinlijke zus, en niet Laura, die behoefte heeft aan troost en stilte. Laura zou een verpleegster kunnen zijn die zich met de pijn van een ander bezighoudt.

Ze verlaat de lift, loopt rustig de gang door en steekt de sleutel in het slot van kamer 19.

Dit is dan haar kamer: een turkooise kamer, in geen enkel opzicht verrassend of ongewoon, met een turkooise sprei op het tweepersoonsbed, en een schilderij (Parijs, lente) in een blankhouten lijst. De kamer heeft een geur – alcohol en Amerikaans grenenhout, bleekwater, geparfumeerde zeep – die nadrukkelijk iets verhult dat niet ranzig en zelfs niet verschaald, maar ook niet fris ruikt. Het is een vermoeide geur, denkt ze. Het is de geur van een plek die voortdurend in gebruik is.

Ze loopt naar het raam, schuift de dunne, witte vitrage opzij en trekt de zonwering op. Beneden ligt de V-vormige binnenplaats met zijn fontein en verkommerde rozenstruiken, zijn lege stenen banken. Weer heeft Laura het gevoel dat ze een droom heeft betreden, een droom waarin ze uitkijkt op deze merkwaardige tuin, die even na twee uur in de middag zo verlaten is. Ze keert zich van het raam af. Ze trekt haar schoenen uit. Ze legt haar exemplaar van *Mrs. Dalloway* op het glazen blad van het nachtkastje en gaat op het bed liggen. De kamer is vervuld van die specifieke stilte die in hotels heerst, een verzorgde stilte, heel onnatuurlijk, als een deken over een onderlaag van knerpen en gorgelen, van wieltjes op tapijt.

Ze staat nu zo ver van haar leven af. Het was zo makkelijk.

Het lijkt alsof ze haar eigen wereld heeft verlaten en de sfeer van het boek heeft betreden. Uiteraard kon niets zo ver afstaan van Mrs. Dalloways Londen dan deze turkooise hotelkamer, en toch stelt ze zich voor dat Virginia Woolf zelf, de verdronken vrouw, het genie, in de dood een plek als deze zou kunnen bewonen. Ze lacht stilletjes in zichzelf. Alstublieft, lieve Heer, laat de hemel iets meer te bieden hebben dan een kamer in het Normandy. De hemel zou beter gemeubileerd zijn; hij zou grootser en lichter zijn, maar zou toch iets van deze rustgevende afstandelijkheid kunnen hebben, deze totale afwezigheid in een wereld die zijn beloop heeft. Deze kamer voor zichzelf te hebben lijkt zowel zedig als hoerig. Hier is ze veilig. Ze kan doen wat ze wil, alles. Ze lijkt een beetje op iemand die pas getrouwd is, zich in haar kamer terugtrekt, wacht... niet op haar man, noch op een andere man. Op iemand. Op iets.

Ze pakt het boek. Ze heeft de bladzijde waar ze is gebleven aangegeven met de zilveren boekenlegger ('Voor mijn boekenwurm, liefs') die ze een aantal verjaardagen geleden van haar man heeft gekregen.

Met een heerlijk, intens gevoel van bevrijding begint ze te lezen.

Ze herinnerde zich dat ze eens een shilling in de Serpentine had gegooid. Maar iedereen had herinneringen; waar zij van hield was dit, hier, nu, vlak vóór haar; de dikke dame in de cab. Kwam het er dan op aan, vroeg ze zich af, terwijl ze naar Bond Street liep, kwam het erop aan dat ze eens onvermijdelijk totaal zou verdwijnen; dat dit alles zonder haar zou doorgaan; vond ze het akelig; of werd het geen troost te geloven dat de dood een absoluut einde was? Maar dat zij op een of andere manier in de straten van Londen, op de eb en vloed van alles, hier, daar, nog bleef leven, dat Peter bleef leven, ze in elkaar bleven leven, zij, daar was ze zeker van, een deel van de bomen thuis; van het huis daar, lelijk, rommelig, wat vervallen bouwsel als het was; een deel van mensen die ze nooit ontmoet had; als mist uitgespreid tussen die mensen die zij het best kende, die haar op hun takken optilden, zoals zij de bomen de mist had zien optillen – maar het spreidde zich toch zo ver uit, haar leven, zijzelf. Maar waarover droomde ze toen ze naar Hatchfords etalage keek? Wat trachtte ze te ontdekken?

Welk beeld van witte dageraad buiten, toen ze in het opengeslagen boek las:

Fear no more the heat o' the sun
Nor the furious winters's rages.

Doodgaan is een mogelijkheid. Laura vraagt zich ineens af hoe zij - hoe wie dan ook - een dergelijke keuze kan maken. Het is een roekeloze, duizelingwekkende gedachte, nauwelijks grijpbaar; hij komt vanzelf in haar hoofd op, vaag maar onmiskenbaar, als een krakende stem van een ver radiostation. Ze zou kunnen besluiten te sterven. Het is een abstract, schemerig concept, niet echt morbide. Is het niet zo dat mensen zulke dingen in hotelkamers doen? Het is mogelijk - misschien zelfs waarschijnlijk - dat iemand zijn of haar leven hier, in deze kamer, op dit bed heeft beëindigd. Iemand die zei: genoeg, afgelopen; iemand die voor de laatste keer naar deze witte wanden, dit vlekkeloos witte plafond heeft gekeken. Door naar een hotelkamer te gaan, begrijpt ze, laat je de persoonlijke details van je leven achter je en betreed je een neutraal gebied, een schone witte kamer, waar sterven niet zo vreemd meer lijkt.

Het zou heel troostrijk zijn, denkt ze; het zou zo'n bevrijdend gevoel kunnen geven: eruit stappen. Tegen hen allemaal zeggen: ik kon het niet meer aan, jullie hadden geen idee; ik wilde het niet blijven proberen. Ze denkt dat de dood een angstaanjagende schoonheid zou kunnen bevatten, zoals een ijsvlakte of een woestijn in de vroege ochtend. Als ze wilde zou ze dat andere landschap kunnen betreden; ze zou hen allemaal - haar kind, haar man en Kitty, haar ouders, iedereen - kunnen achterlaten in deze gehavende wereld (ze zal nooit meer ongeschonden zijn; ze zal nooit meer zuiver zijn), waarna ze tegen elkaar en iedereen die ernaar vraagt zullen zeggen: we dachten dat het goed met haar ging; we dachten dat haar leed klein leed was. We hadden geen idee.

Ze streelt haar buik. Ik zou het nooit kunnen doen. Ze zegt

deze woorden hardop in de schone, stille kamer: 'Ik zou het nooit kunnen doen.' Ze houdt van het leven, houdt er wanhopig veel van, in elk geval op bepaalde momenten, en ze zou bovendien haar zoon doden. Ze zou haar zoon doden en haar man en het andere kind dat zich nog binnen in haar vormt. Hoe zouden ze zoiets te boven kunnen komen? Niets van wat ze als levende echtgenote en moeder zou kunnen doen, geen vergrijp, geen aanval van woede of neerslachtigheid kan hiermee worden vergeleken. Het zou doodgewoon slecht zijn. Het zou een gat in de atmosfeer slaan, waardoor alles wat ze heeft gecreëerd – de geordende dagen, de verlichte vensters, de voor het avondeten gedekte tafel – zou worden weggezogen.

Toch is ze blij te weten (want op de een of andere manier weet ze het opeens) dat het mogelijk is te stoppen met leven. Er is troost in het overzien van het hele scala van mogelijkheden, in het afwegen van al je mogelijkheden, zonder angst en schuldgevoel. Ze stelt zich Virginia Woolf voor, zuiver, labiel, verslagen door de onmogelijke eisen van het leven en de kunst. Ze stelt zich voor hoe ze met een kei in haar jaszak de rivier inloopt. Laura blijft over haar buik strelen. Er gaat door haar heen dat het net zo eenvoudig zou zijn als een kamer nemen in een hotel. Zo eenvoudig zou het zijn.

Ze zit met Vanessa in de keuken en drinkt haar thee.

'Bij Harrods hadden ze een leuke jas voor Angelica,' zegt Vanessa, 'maar weer niets voor de jongens, en dat leek me zo oneerlijk. Ik denk dat ik haar de jas voor haar verjaardag zal geven, maar dan zal ze natuurlijk uit haar humeur zijn omdat ze vindt dat de jas haar toch al toekomt, als vanzelfsprekend, en niet als een geschenk.'

Virginia knikt. Op dat moment lijkt het of ze niet kan praten. Er is zoveel in de wereld. Harrods heeft jassen; er zijn kinderen die, ongeacht wat je ook doet, boos en teleurgesteld zullen zijn. Er is Vanessa's mollige hand aan haar kopje en er is de lijster buiten, zo prachtig op zijn brandstapel, zo uit de hoedenwinkel.

Er is dit uur, nu, in de keuken.

Clarissa zal niet doodgaan, niet door haar eigen hand. Hoe zou ze het kunnen verdragen dit alles achter te laten?

Virginia bereidt zich erop voor wat wijsheden over kinderen te poneren. Ze weet amper wat ze zal zeggen, maar ze zal in elk geval iets zeggen.

Ze zou willen zeggen: het is genoeg. De theekopjes en de lijster buiten, de kwestie van de jassen voor de kinderen. Het is genoeg.

Er zal iemand anders doodgaan. Het moet iemand zijn met een grotere geest dan die van Clarissa; het moet iemand zijn met voldoende verdriet en genie om zich af te wenden van de verleidingen van de wereld, haar kopjes en haar jassen.

'Misschien kan Angelica –' zegt Virginia.

Maar hier brengt Nelly redding, onstuimig, triomfantelijk, terug uit Londen met een pakje met Chinese thee en gekonfijte gember. Ze houdt het pakje omhoog alsof ze ermee wil gooien.

'Goedemiddag, Mrs. Bell,' zegt ze met de bestudeerde kalmte van een beul.

Daar is Nelly met de thee, de gember; en hier is, voor altijd, Virginia, onbegrijpelijk gelukkig, meer dan gelukkig, levend, terwijl ze met Vanessa op een gewone dag in juni in de keuken zit, terwijl Nelly, de onderworpen Amazonekoningin, Nelly, de eeuwig verongelijkte, laat zien wat ze heeft moeten halen.

Nelly wendt zich af, waarna Virginia zich vooroverbuigt en Vanessa op de mond kust, hoewel dat beslist niet hun gewoonte is. Het is een onschuldige kus, onschuldig genoeg, maar juist op dit moment, in deze keuken, achter Nelly's rug, lijkt het een allerheerlijkst en verboden genot. Vanessa kust haar terug.

'Arme Louis.'

Julia zucht met een verrassend ouwelijk aandoende mengeling van medelijden en uitgeput geduld, en ze lijkt, heel even, op de klassieke verpersoonlijking van de moederlijke vermaning, deel uitmakend van een eeuwenlange traditie van vrouwen die met medelijden en uitgeput geduld zuchten hebben geslaakt over de vreemde gevoelens van mannen. Heel even kan Clarissa zich haar dochter op vijftigjarige leeftijd voorstellen: ze zal zijn wat de mensen een formidabele vrouw noemen, groot van lichaam en geest, onnavolgbaar capabel, resoluut, onopvallend, iemand die vroeg opstaat. Clarissa wil op dat moment Louis zijn; niet *bij* hem zijn (dat kan zo ergerlijk zijn, zo problematisch) maar hem *zijn*, een ongelukkig mens, een eigenaardig mens, zonder geloof, gewetenloos, overgeleverd aan de straat.

'Ja,' zegt ze. 'Arme Louis.'

Zal Louis het feest voor Richard verpesten? Waarom heeft ze Walter Hardy uitgenodigd?

'Zo'n eigenaardige man,' zegt Julia.

'Zou je het kunnen verdragen dat ik je omhels?'

Julia lacht en is weer negentien. Ze is onvoorstelbaar mooi. Ze gaat naar films waar Clarissa nog nooit van heeft gehoord, lijdt aan buien van neerslachtigheid en uitgelatenheid. Ze draagt zes ringen aan haar linkerhand, maar de ring die Clarissa haar voor haar achttiende verjaardag heeft gegeven is er niet bij. Ze heeft een zilveren ring in haar neus.

'Natuurlijk,' zegt ze.

Clarissa omhelst Julia, maar laat haar snel los. 'Hoe gaat het met je?' vraagt ze weer, waar ze onmiddellijk spijt van heeft. Ze is bang dat het een van haar tics is, een van die onschuldige kleine gewoonten die bij het nageslacht moordzuchtige neigingen oproepen. Haar eigen moeder schraapte dwangmatig haar keel. Haar moeder leidde alle tegendraadse opvattingen in met: 'Ik wil geen spelbreker zijn, maar...' Terwijl haar moeders vriendelijkheid, bescheidenheid en menslievendheid zijn vervaagd, zijn die dingen in Clarissa's geest blijven voortleven en kan ze er nog woedend om worden. Clarissa vraagt te vaak 'hoe gaat het met je?' aan Julia. Ze doet het gedeeltelijk uit nervositeit (hoe kan ze ook anders dan formeel doen tegen Julia, een beetje schichtig, na alles wat er is gebeurd?), en ze doet het deels omdat ze het gewoon wil weten.

Haar feest zal mislukken, denkt ze. Richard zal zich vervelen en ontstemd zijn, en terecht. Ze is oppervlakkig; ze tilt te veel aan zulke dingen. Haar dochter zal tegenover haar vrienden wel grapjes over haar maken.

Maar om vriendinnen als Mary Krull te hebben!

'Met mij gaat het goed,' zegt Julia.

'Je ziet er fantastisch uit,' zegt Clarissa met blijmoedige wanhoop. Ze is in elk geval genereus geweest. Ze is een moeder geweest die haar kind complimenten maakt, haar vertrouwen geeft, niet over haar eigen problemen zeurt.

'Dank je,' zegt Julia. 'Heb ik hier gisteren mijn rugzak laten staan?'

'Inderdaad. Hij hangt daar aan de haak bij de deur.'

'Mooi. Mary en ik gaan uit winkelen.'

'Waar treffen jullie elkaar?'

'Om precies te zijn is ze hier. Ze wacht buiten.'

'O.'

'Ze rookt een sigaret.'

'Fijn, misschien dat ze even binnen wil komen om gedag te zeggen als ze haar sigaret op heeft.'

Julia's gezicht betrekt van schuldbewustzijn en nog iets anders – steekt haar vroegere woede weer de kop op? Of is het gewoon schuldgevoel? Het blijft even stil. Het lijkt wel of een conventionele kracht zich laat gelden, even sterk als de aantrekkingskracht. Zelfs al ben je je hele leven opstandig geweest, al heb je je dochter naar beste weten opgevoed, in een huis met alleen vrouwen (de vader niet meer dan een genummerd flesje, sorry, Julia, niet te achterhalen), zelfs na dat alles, schijnt het te kunnen gebeuren dat je op een dag op een Perzisch tapijt staat, knorrig en vol moederlijke afkeuring, met gekwetste gevoelens, tegenover een meisje dat jou veracht (dat zal immers nog steeds wel het geval zijn?) omdat je haar een vader hebt ontzegd. *Misschien dat ze even binnen wil komen om gedag te zeggen als ze haar sigaret op heeft.*

Maar waarom zou Mary niet aan een paar fundamentele beleefdheidsregels moeten beantwoorden? Je wacht niet buiten voor iemands woning, ongeacht hoe geniaal of boos je bent. Je komt binnen en zegt gedag. Dat neem je voor lief.

'Ik zal haar even halen,' zegt Julia.

'Laat maar.'

'Nee, echt. Ze staat er alleen maar even te roken. Je weet hoe ze is. Sigaretten komen eerst, en dan de rest.'

'Je hoeft haar niet binnen te halen. Heus, ga maar. Je bent vrij om te gaan.'

'Nee. Ik wil dat jullie tweeën elkaar beter leren kennen.'

'We kennen elkaar uitstekend.'

‘Je hoeft niet bang te zijn, moeder. Mary is een schat. Mary is echt volkomen ongevaarlijk.’

‘Ik ben niet bang voor haar. Alsjeblieft, zeg.’

Julia glimlacht op een alwetende manier die haar woedend maakt, schudt haar hoofd en gaat weg. Clarissa buigt zich over de koffietafel en schuift de vaas een paar centimeter naar links. Ze heeft ineens de behoefte de rozen te verstoppen. Was het maar iemand anders dan Mary Krull. Het doet er niet toe wie.

Julia komt terug met Mary in haar kielzog. Daar hebben we Mary weer, Mary de meedogenloze en onbuigzame, Mary de rechtvaardige, met een kaalgeschoren hoofd waarop alweer donkere stoppels te zien zijn, gekleed in een ratkleurige broek, met bungelende borsten (ze moet de veertig zijn gepasseerd) en een gerafeld wit mouwloos T-shirt. Hoor haar zware stap; zie haar wetende, wantrouwige blik. Als ze Julia en Mary zo samen ziet, moet Clarissa denken aan een klein meisje dat een zwerfhond mee naar huis sleept, een en al ribben en verkleurde tanden; een zielig en uiterst gevaarlijk schepsel dat duidelijk behoefte heeft aan een goed tehuis, maar dat zo uitgehongerd is dat het ongevoelig is voor ieder blijk van liefde of vrijgevigheid. De hond zal gewoon blijven dooreten. Hij zal nooit verzadigd zijn, hij zal nooit mak worden.

‘Dag, Mary,’ zegt Clarissa.

‘Hoi, Clarissa.’ Ze beent met grote passen de kamer door en zwengelt Clarissa’s hand op en neer. Mary’s hand is klein, sterk en verrassend zacht.

‘Hoe gaat het met je?’ vraagt Mary.

‘Goed, dank je. En met jou?’

Ze haalt haar schouders op. Hoe zou het met me moeten gaan, hoe zou het wie dan ook vergaan, in een wereld als deze? Clarissa trapt zo makkelijk in deze strikvraag. Ze denkt aan haar rozen. Zouden kinderen ze moeten plukken? Komen er nog voor zonsopgang gezinnen op de velden om met pijnlijke ruggen en vingers die bloeden van de dorens hun dag gebogen over de rozenstruiken door te brengen?

'Jullie gaan winkelen?' vraagt ze, en ze doet geen moeite om de verachting in haar stem te verbergen.

Julia zegt: 'Op nieuwe laarzen uit. Die van Mary vallen zowat van haar voeten.'

'Ik heb de pest aan winkelen,' zegt Mary. Ze toont iets wat moet doorgaan voor een verontschuldigende glimlach. 'Het is zo zonde van de tijd.'

'Vandaag gaan we laarzen kopen,' zegt Julia. 'En daarmee uit.'

Clarissa's dochter, deze schitterende, intelligente meid, zou een blijmoedige echtgenote kunnen zijn die haar man mee op sleeptouw neemt om boodschappen te doen. Als je een paar relatief kleine wijzigingen aanbrengt, zou ze een personage uit de jaren vijftig kunnen zijn.

Mary zegt tegen Clarissa: 'Zonder hulp zou ik het niet redden. Een agent met traangas schrikt me niet af, maar kom niet in mijn buurt als je een verkoper bent.'

Clarissa realiseert zich met een schok dat Mary haar best doet. Ze probeert op haar manier aardig te zijn.

'Ach, zo eng kunnen ze niet zijn,' zegt ze.

'Het zijn de winkels, het hele gedoe, al die klotetroep overal, sorry, ik bedoel koopwaar, al die spullen, en die advertenties die je van alle kanten tegemoet schreeuwen: KOOP, KOOP, KOOP, en als er iemand naar me toe komt met een grote bos haar en zo'n dikke laag make-up op die vraagt: "Kan ik u helpen?" dan lukt het me nog net niet te gillen: "Trut, je kunt niet eens jezelf helpen."'

'Mm,' zegt Clarissa. 'Dat klinkt ernstig.'

Julia zegt: 'Kom Mary, we gaan.'

Clarissa zegt tegen Julia: 'Zorg goed voor haar.'

Idioot, denkt Mary Krull. *Bekrompen, zelfvoldane heks.*

Ze corrigeert zichzelf. Clarissa Vaughan is niet de vijand. Clarissa Vaughan is slechts misleid, niet meer en niet minder. Ze denkt dat ze, door zich aan de regels te houden, kan krijgen wat mannen hebben. Ze heeft zich wat wijs laten maken. Het is haar schuld niet. Toch zou Mary Clarissa bij haar revers willen pakken en schreeuwen: *Jij denkt echt dat ze jou zullen overslaan als ze de andersgeaarden komen oppakken, nietwaar? Zo dom ben je echt.*

'Dag, moeder,' zegt Julia.

'Vergeet je rugzak niet,' zegt Clarissa.

'O, ja.' Julia pakt lachend haar rugzak van de haak. Hij is van feloranje zeildoek, helemaal niet iets wat je bij haar zou verwachten.

Wat deugde er nu niet aan die ring?

Als Julia zich heeft omgedraaid, kijken Clarissa en Mary elkaar heel even aan. *Idioot*, denkt Mary, hoewel ze haar best doet om welwillend, of op zijn minst beheerst te blijven. Nee, de pot op met welwillendheid. Alles is beter dan lesbiennes van de oude stempel, gekleed om te worden geaccepteerd, burgerlijk tot op het bot, samenlevend als man en vrouw. Je kunt beter een eerlijke en open halvegare zijn, beter John lulhannes Wayne zijn, dan een goedgeklede pot met een respectabele baan.

Oplichtster, denkt Clarissa. Je draait mijn dochter een rad voor ogen, maar mij misleid je niet. Ik weet wanneer ik een verleidster zie. Ik weet alles over onverwacht succes. Zo moeilijk is het niet. Als je maar hard en lang genoeg schreeuwt, komt er een mensenmenigte kijken om te weten wat al dat lawaai te betekenen heeft. Zo gaat dat bij menigten. Ze blijven niet lang, tenzij je iets te vertellen hebt. Je bent net zo erg als de meeste mannen, net zo agressief, net zo opgeblazen, en ook jouw tijd zal komen en voorbijgaan.

'Goed,' zegt Julia. 'Laten we gaan.'

Clarissa zegt: 'Vergeet het feest niet. Vanaf vijf uur.'

'Komt in orde,' antwoordt Julia. Ze hijst haar feloranje rugzak over haar schouder, waardoor Clarissa en Mary heel even dezelfde gevoelens beleven. Beiden bewonderen in hoge mate Julia's levendige en vriendelijk zelfverzekerdheid, de onbeperkte dagen die in het verschiet liggen.

'Tot ziens,' zegt Clarissa.

Ze is banaal. Ze is iemand die te veel aan feesten denkt. Kon Julia het haar maar een keer vergeven...

'Dag,' zegt Mary, en ze loopt met grote passen achter Julia aan de deur uit.

Maar waarom nu uitgerekend Mary Krull? Waarom zou een normaal meisje als Julia zichzelf tot een volgelinge bombarderen? Is ze nog steeds zo naarstig op zoek naar een vader?

Mary blijft even achter Julia staan, zodat ze Julia's brede, elegante rug en de identieke rondingen van haar achterste kan zien. Mary valt bijna flauw van begeerte en nog iets anders, een subtielere en op een geraffineerde manier pijnlijker zenuw die zich door haar begeerte vertakt. Julia roept in haar een erotische vaderlandsliefde op, alsof Julia het verre land was waar Mary was geboren en waaruit ze is verdreven.

'Kom op,' roept Julia vrolijk over haar schouder, over de synthetische oranje felheid van haar rugzak.

Mary blijft nog even staan kijken. Ze denkt dat ze nog nooit eerder zoiets moois heeft gezien. Ik zou er alles voor overhebben als je van me kon houden, denkt ze. Begrijp je dat? Alles.

'Kom nou,' roept Julia nogmaals, en Mary haast zich, hopeloos verscheurd achter haar aan (Julia houdt niet van haar, niet op die manier, en zal dat ook nooit), op weg om nieuwe laarzen te kopen.

Mrs. Dalloway *Mrs. Woolf* Mrs. Brown

Vanessa en de kinderen zijn weg, terug naar Charleston. Nelly bereidt beneden het avondeten, onbegrijpelijk opgewekt, vrolijker dan ze in dagen is geweest; zou ze waarderen dat ze de opdracht heeft gekregen een belachelijke boodschap te doen, zou ze zo van die onrechtvaardigheid genieten dat het haar inspireert om in de keuken te staan zingen? Leonard is in zijn werkkamer aan het schrijven, en de lijster ligt op zijn bed van gras en rozen in de tuin. Virginia staat voor een van de ramen van de salon en ziet de duisternis over Richmond neerdalen.

Het is het eind van een gewone dag. Op haar lessenaar in de onverlichte kamer liggen de bladzijden van het nieuwe boek waar ze buitengewoon veel van verwacht en waarvan ze op dit moment vreest (ze denkt het zeker te weten) dat het saai en zwak zal blijken te zijn, gespeend van echte gevoelens, uitzichtloos. Het is maar een paar uur geleden, maar wat ze met Vanessa voelde in de keuken – dat diepe gevoel van tevredenheid, die gelukzaligheid – is zo totaal verdwenen dat het is alsof het er nooit is geweest. Er is alleen dit: de geur van het vlees dat Nelly suddert (walgelijk, en Leonard zal toezien als ze het naar binnen wurmt), alle klokken in huis op het punt het halve uur te slaan, haar eigen gezicht dat steeds duidelijker wordt weerspiegeld in de ruit, terwijl overal in Richmond de straatlantaarns aangaan – licht citroenkleurig tegen een inktblauwe lucht. Het is genoeg, houdt ze zichzelf voor. Ze probeert het te geloven. Het is genoeg in dit huis te zijn, bevrijd van de oorlog, met een avondje lezen in het verschiet, daarna slapen en dan 's ochtends weer aan het werk. Het is genoeg dat de straatlantaarns gele schaduwen tussen de bomen werpen.

Ze voelt de hoofdpijn in haar nek opkruipen. Ze verstijft. Nee, het is de herinnering aan hoofdpijn; het is haar angst voor hoofdpijn, allebei zo levensecht dat ze in elk geval een moment lang niet zijn te onderscheiden van het begin van de hoofdpijn zelf. Ze staat rechtop en wacht. Het gaat goed. Het gaat goed. De wanden van de kamer wankelen niet; er klinkt geen gemompel vanuit de pleisterlaag. Ze is zichzelf en staat daar, met een echtgenoot in huis, met personeel en tapijten en kussens en lampen. Ze is zichzelf.

Ze weet dat ze zal weggaan nog voordat ze besluit weg te gaan; een wandeling, ze zal gewoon een wandeling gaan maken. Ze zal binnen een halfuur terug zijn, misschien eerder. Ze trekt snel haar mantel aan, zet haar hoed op en doet haar sjaal om. Ze loopt stilletjes naar de achterdeur, gaat naar buiten en doet de deur voorzichtig achter zich dicht. Ze heeft liever dat niemand aan haar vraagt waar ze naar toe gaat, of wanneer ze kan worden terugverwacht.

Buiten in de tuin, beschut door heggen, ligt het donkere hoopje van de opgebaarde lijster. Uit het oosten komt een krachtige wind aangewaaid; Virginia huivert. Het schijnt dat ze het huis heeft verlaten (waar het vlees suddert, waar de lampen zijn ontstoken) en het domein van de dode vogel heeft betreden. Ze bedenkt dat de pas begravenen de hele nacht in de graven achterblijven, nadat de rouwenden hun gebeden hebben gepreveld, hun kransen hebben gelegd en naar hun dorpen zijn teruggekeerd. Als de wielen over de opgedroogde modder op de weg zijn weggereden, als de maaltijden zijn verorberd en de spreien afgehaald, wanneer dat allemaal is gedaan, blijft het graf, waar de bloemen zachtjes wiegen in de wind. Dit begraafplaatsgevoel is beangstigend, maar niet echt onaangenaam. Het is echt; het is bijna overdonderend echt. Het is op dit moment op een bepaalde manier draaglijker, edeler, dan het vlees en de lampen. Ze gaat de trap af en loopt het gazon op.

Het lijk van de lijster ligt er nog steeds (vreemd dat de honden en katten uit de buurt niet geïnteresseerd zijn), zelfs voor een vogel nietig, zo volslagen niet-levend, hier in het donker, als een verloren handschoen, dit kleine, nietige handjevol dood. Virginia torent erboven uit. Het is nu afval; het heeft de schoonheid van de middag verloren, zoals Virginia haar verbazing bij de thee over kopjes en jassen heeft verloren, zoals de dag zijn warmte verliest. In de ochtend zal Leonard met een schop de vogel, het gras en de rozen opscheppen en weggooien. Ze overweegt hoeveel meer ruimte een schepsel bij leven in beslag neemt dan bij dood, hoeveel illusie van grootte er ligt besloten in gebaren en bewegingen, in ademhalen. Dood worden we tot onze ware proporties teruggebracht, en die zijn verrassend bescheiden. Had het niet geleken of haar eigen moeder stiekem was weggehaald en vervangen door een kleinere versie van blank ijzer? Had zij, Virginia, niet in haarzelf een leegte ervaren, waar een hevig gevoel op zijn plaats had geleken?

Hier is dus de wereld (huis, lucht, een eerste, voorzichtige ster) en hier is het tegengestelde: deze kleine, donkere gestalte in een kring van rozen. Het is afval, meer niet. Schoonheid en waardigheid waren door de aanwezigheid van kinderen gekoesterde illusie, in stand gehouden ten behoeve van de kinderen.

Ze draait zich om en loopt weg. Het lijkt op dit moment mogelijk dat er een elders is, een plek die niets te maken heeft met suddervlees noch met de kring van rozen. Ze gaat de tuinpoort door en volgt het pad in de richting van de stad.

Als ze Princes Street oversteekt en Waterloo Place afloopt (waarnaar toe?), komt ze anderen tegen: een dikke, deftige man met een aktetas, twee vrouwen die bedienden moeten zijn en terugkomen van een vrije middag, babbelend, witte benen die oplichten vanonder dunne jassen, de goedkope schittering van een armband. Virginia trekt de kraag van haar jas dichter om haar hals, hoewel het niet koud is. Het wordt eigenlijk alleen maar donker, en het waait. Ze denkt dat ze de stad in zal gaan, ja zeker, maar wat zal ze er gaan doen? De winkels worden nu al aangeveegd en staan op het punt te sluiten. Ze passeert een paar, een man en een vrouw, jonger dan zijzelf, die samen ontspannen wandelen en zich in de zachte, citroenkleurige gloed van een straatlantaarn naar elkaar toe buigen en praten (ze hoort de man zeggen: 'zei mompel mompel mompel in die zaak, mompel mompel, ahum, ja zeker'); zowel de man als de vrouw draagt een modieuze hoed; het franjeachtige eind van een mosterdkleurige sjaal (van wie?) wappert als een vlag achter hen aan; beiden lopen lichtjes naar voren en naar elkaar toe gebogen de heuvel op, houden hun hoed vast tegen de wind, doelbewust maar ongehaast, terug van een dagje Londen (het meest waarschijnlijke), en hij zegt nu: 'En daarom moet ik het jou vragen,' waarna hij zijn stem laat dalen – Virginia kan nu echt niets meer verstaan – en de vrouw slaakt een vrolijk gilletje, toont heel even haar witte tanden, en de man lacht, stevig voortstappend, waarbij hij vol vertrouwen de ene perfect gepoetste, bruine schoenneus voor de andere zet.

Ik ben alleen, denkt Virginia, wanneer de man en de vrouw verder de heuvel oplopen en zij hem afdaalt. Ze is uiteraard niet alleen, niet op een manier die anderen zouden herkennen, maar toch voelt ze op dit moment, terwijl ze door de wind naar de lichten van het Quadrant loopt, de nabijheid van de oude duivel (hoe moet ze het anders noemen?), en weet ze dat ze volslagen alleen zal zijn als de oude duivel besluit weer op te duiken. De duivel is hoofdpijn; de duivel is een stem in een muur; de duivel is een vin die door de donkere golven scheert. De duivel is het korte, kwetterende niets dat het leven van een lijster was. De duivel zuigt alle schoonheid uit de wereld weg, alle hoop, en wat overblijft als de duivel klaar is, is het domein van de levende dood – vreugdeloos, verstikkend. Virginia voelt op dat moment een zekere tragische grandeur, want de duivel is van alles, maar zeker niet onbeduidend, niet sentimenteel; er zindert een dodelijke, intolerante waarheid in hem. Op dit moment, nu ze loopt, zonder hoofdpijn, zonder stemmen, kan ze de duivel wel aan, maar ze moet blijven lopen, ze moet niet teruggaan.

Als ze bij het Quadrant is gekomen (de slager en de groenteman hebben hun markiezen al opgetrokken), loopt ze in de richting van het station. Ze denkt dat ze naar Londen zal gaan; ze zal gewoon naar Londen gaan, net als Nelly voor haar boodschap, hoewel Virginia's boodschap de reis zelf zal zijn, het halfuur in de trein, het uitstappen op Paddington, de mogelijkheid van de ene straat de andere in te lopen, en dan misschien nog wel een. Wat een feest! Wat een duik! Het lijkt erop dat ze kan overleven, kan opbloeien, als ze Londen om zich heen heeft, als ze maar een poosje in de ontzagwekkendheid ervan kan onderduiken, schitterend en lawaaierig nu onder een lucht zonder dreiging, al die vensters met opengeschoven gordijnen (hier het ernstige profiel van een vrouw, daar het bovenste gedeelte van een bewerkte stoel), het verkeer, mannen en vrouwen die opgewekt in avondkleding voorbijgaan; de geur van was en benzine, van parfum, terwijl iemand, ergens (op een van deze brede lanen, in een van deze witte huizen met overdekte portiek) pianospeelt; terwijl claxons toeteren en honden blaffen; terwijl de schetterende kermis maar doordraait, verblindend, flakkerend; terwijl de Big Ben de uren slaat die in loden kringen op de feestgangers en de bussen neerdalen, op de stenen koningin Victoria die voor het paleis op haar borders vol geraniums zit, over de parken die achter ijzeren hekwerken verzonken liggen in hun duistere plechtstatigheid.

Virginia gaat de trap naar het station af. Het station van Richmond is zowel toegangspoort als bestemming. Onder de met zuilen geschraagde overkapping hangt een lichte brandgeur, en het is er een beetje troosteloos, ook als het druk is (zoals nu); rondom staan gele houten banken die niet uitnodigen er lang te blijven zitten. Ze kijkt op de klok en ziet dat er net een trein is vertrokken en dat de volgende pas over vijfentwintig minuten gaat. Ze verstijft. Ze had (dom genoeg) verwacht zo op de trein te kunnen stappen, of op z'n hoogst vijf tot tien minuten te moeten wachten. Ze staat ongedurig voor de klok, loopt vervolgens langzaam over het perron. Als ze dit doorzet, als ze de trein neemt die over, hoeveel nu, drieëntwintig minuten vertrekt, als ze naar Londen gaat, in Londen wat rondloopt en de laatste trein terug neemt (die haar om tien over elf weer in Richmond terugbrengt), zal Leonard radeloos van angst zijn. Als ze hem belt (er is onlangs een telefooncel op het station geïnstalleerd), zal hij woedend zijn en eisen dat ze onmiddellijk terugkomt; hij zal impliceren (hij zou het nooit met zo veel woorden zeggen) dat ze het aan zichzelf te danken heeft als ze uitgeput en overstuur raakt, als ze weer ziek wordt. En daar ligt uiteraard het dilemma: hij heeft volkomen gelijk en zit er tegelijk verschrikkelijk naast. Ze voelt zich beter en veiliger als ze rust neemt in Richmond, als ze niet te veel praat, niet te veel schrijft, niet te veel voelt, als ze niet impulsief naar Londen reist om door de straten te zwerven, maar tegelijkertijd gaat ze op deze manier dood, gaat ze langzaam dood op een bed van rozen. Het is eigenlijk beter met de vin in het water te worden geconfronteerd dan onder te duiken alsof het nog steeds oorlog was (vreemd, dat de eerste herinnering die na dat alles naar boven komt is: het eindeloos wachten in de kelder, het hele huishouden op een kluitje, en urenlang gesprekken met Nelly en Lottie te moeten voeren). Haar leven (de veertig al gepasseerd!) wordt geleidelijk afgepast, maatbeker na maatbeker, en de praalwagen die Vanessa meevoert – dat bonte feest in zijn totaliteit, dat veelomvattende leven, de kinderen, de verf en de geliefden, het schitterende, overvolle huis met zijn nagalm van cimbalen en accordeonklanken – is met het rollen van de wielen over het wegdek opgegaan in de nacht. Nee, ze zal niet vanaf het station bellen; ze belt wel zo gauw ze in Londen is, want als ze eenmaal in Londen is, valt er niets meer aan te doen. Ze zal haar straf op de koop toe nemen.

Ze koopt een kaartje bij de man met het rode gezicht achter het loket. Ze gaat keurig rechtop op een houten bank zitten. Nog achttien minuten. Ze zit op de bank en kijkt recht voor zich uit (had ze maar iets te lezen) tot ze het niet meer uithoudt (nog vijftien minuten). Ze staat op en loopt het station uit. Als ze op Kew Road een ommetje maakt, is ze precies op tijd terug voor haar trein.

Ze komt langs haar gefragmenteerde gouden weerspiegeling in de vergulde naam op de ruit van de slagerij, boven het karkas van een lam (er zit nog een pluk lichte wol aan zijn kootbeen), als ze ziet dat Leonard haar tegemoet komt lopen. Even overweegt ze rechtsomkeert te maken en naar het station terug te rennen; ze denkt dat ze een soort catastrofe kan ontlopen. Ze doet echter niets van dit alles. Ze blijft Leonard tegemoet lopen, die duidelijk gehaast het huis heeft verlaten, zijn leren sloffen nog aan, en die er met zijn vest, corduroy jasje en open kraag vreselijk mager uitziet – uitgemergeld. Hoewel hij achter haar aan komt als een politieagent of surveillant, een verontwaardigd mens, ontgaat het haar niet hoe klein hij is, met zijn pantoffels aan op Kew Road, hoe gewoon en van middelbare leeftijd. Ze ziet hem even zoals een vreemde hem zou kunnen zien: gewoon een van de vele mannen die over straat lopen. Ze heeft medelijden met hem en voelt zich op een eigenaardige manier ontroerd. Ze weet een ironische glimlach te voorschijn te toveren.

'Mr. Woolf,' zegt ze. 'Wat een onverwacht genoegen.'

Hij zegt: 'Zou je me alsjeblieft willen vertellen wat je aan het doen bent?'

'Ik ben aan het wandelen. Is dat zo vreemd?'

'Wel als je vlak voor het eten zonder iets te zeggen het huis uitloopt.'

'Ik wilde je niet storen. Ik wist dat je aan het werk was.'

'Dat was ik ook.'

'Nu dan.'

'Je moet niet zo plotseling weggaan. Dat vind ik niet prettig.'

'Leonard, je gedraagt je heel raar.'

Hij kijkt nors. 'Is dat zo? Ik weet eigenlijk niet wat er is. Ik ging kijken waar je was, maar je was er niet. Ik dacht dat er iets was gebeurd. Ik weet niet waarom.'

Ze stelt zich voor hoe hij in huis naar haar heeft gezocht, de tuin heeft afgezocht. Ze ziet hem naar buiten rennen, langs het lijkje van de lijster, door de poort, de heuvel af. Ze heeft plotseling enorm medelijden met hem. Ze weet dat ze hem zou moeten vertellen dat zijn voorgevoel niet geheel misplaatst was, dat ze in feite van plan was ervandoor te gaan en dat het inderdaad haar bedoeling was geweest te verdwijnen, al was het maar voor een paar uur.

'Er is niets gebeurd,' zegt ze. 'Gewoon op straat even uitwaaien. Daar is het echt een avond voor.'

'Ik was zo bezorgd,' zegt hij. 'Ik weet niet waarom.'

Ze staan even ongemakkelijk zwijgend tegenover elkaar. Ze kijken in de etalage van de slagerij, waar ze gefragmenteerd in de vergulde letters worden weerspiegeld.

Leonard zegt: 'We moeten terug voor Nelly's braadvlees. We hebben nog ongeveer vijftien minuten voor ze door het lint gaat en het huis afbrandt.'

Virginia aarzelt. Maar Londen dan! Ze wil nog steeds wanhopig graag op de trein stappen.

'Je zult wel honger hebben,' zegt ze.

'Een beetje, ja. Jij natuurlijk ook?'

Ze denkt er ineens aan hoe zwak mannen zijn, zo vol van angsten. Ze denkt aan Quentin, die het huis binnenging om de dood van de lijster van zijn handen te wassen. Op dat moment lijkt het of ze zich schrijlings op een onzichtbare lijn bevindt, een voet aan de ene, een aan de andere kant. Aan deze kant staat de strenge, bezorgde Leonard, de rij gesloten winkels, de donkere helling die terugvoert naar Hogarth House, waar Nelly met ongeduld, bijna opgewekt wacht op deze gelegenheid tot nog meer misnoegen. Aan de andere kant bevindt zich de trein. Aan de andere kant ligt Londen en alles wat Londen aan vrijheid te bieden heeft, aan kussen, aan de mogelijkheden van kunst en de geniepige, duistere schittering van de waanzin. Mrs. Dalloway is een huis op een heuvel waar een feest gaat beginnen, denkt ze; de dood is de stad daar beneden, die Mrs. Dalloway vreest en liefheeft en waarin ze in zekere zin wandelend zo diep wil doordringen dat ze de weg nooit meer zal terugvinden.

Virginia zegt: 'Het wordt tijd dat we weer naar Londen verhuizen. Vind je niet?'

'Dat weet ik nog zo net niet,' antwoordt hij.

'Ik voel me nu alweer een hele tijd beter. We kunnen toch niet altijd in zo'n voorstad blijven rondhangen?'

'Zullen we er tijdens het eten over doorpraten?'

'Goed dan.'

'Zou je zo graag in Londen willen wonen?' vraagt hij.

'Ja zeker,' zegt ze. 'Ik wou dat het anders was. Ik wou dat ik tevreden was met een rustig leven.'

'Net als ik.'

'Kom mee,' zegt ze.

Ze houdt het kaartje in haar tas. Ze zal Leonard nooit vertellen dat ze van plan was te vluchten, al was het maar voor een paar uur. Alsof hij degene is die behoefte aan zorg en troost heeft – alsof hij degene is die gevaar loopt – haakt Virginia haar arm door de zijne en geeft ze een liefdevol kneepje in zijn elleboog. Arm in arm lopen ze de helling op naar Hogarth House, als een gewoon echtpaar op middelbare leeftijd dat op huis aan gaat.

Mrs. Brown **Mrs. Dalloway** Mrs. Woolf

‘Wil je nog wat koffie?’ vraagt Oliver aan Sally.

‘Graag.’ Sally geeft haar koffiekopje aan Olivers assistent, een verrassend alledaagse jongeman, lichtblond, ingevallen wangen, die, hoewel voorgesteld als zijn assistent, met het inschenken van de koffie schijnt te zijn belast. Sally had een onberispelijke jonge dekhengst verwacht, een en al kaak en spierballen. Deze slungelige, nijvere jongen zou niet misstaan achter de toonbank van de parfumerieafdeling van een warenhuis.

‘Wat vind je ervan?’ zegt Oliver.

Om niet naar Oliver te hoeven kijken volgt Sally het inschenken van haar koffie. Als de kop voor haar staat, kijkt ze naar Walter Hardy, die niets verraadt. Walter beschikt over een op zich opmerkelijk talent om er aandachtig en tegelijk volkomen wezenloos uit te zien, als een hagedis die op een zonnig rotsblok is geklommen.

‘Interessant,’ zegt Sally.

‘Ja,’ antwoordt Oliver.

Sally knikt bedachtzaam en neemt een slok van haar koffie. ‘Ik vraag me af,’ zegt ze, ‘of het echt haalbaar is.’

‘Ik denk dat het tijd wordt,’ antwoordt Oliver. ‘Ik denk dat de mensen eraan toe zijn.’

'Denk je dat echt?'

Sally kijkt vragend naar Walter, zonder iets te zeggen. *Zeg eens wat, klootzak.* Walter knikt alleen maar, met knipperende oogleden, zich koesterend, alert op eventueel gevaar en op hetzelfde moment gehypnotiseerd door de warmte die uitgaat van Oliver St. Ives, goedverzorgd en gerimpeld, midden vijftig, een heldere blik achter zijn bescheiden goudomrande bril; zijn imago op het celluloid heeft ontelbare pogingen van andere mannen weerstaan om hem te vermoorden, te bedriegen, zwart te maken, zijn gezin te ruïneren; hij is met godinnen naar bed geweest, altijd met dezelfde ingetogen hartstocht, alsof hij zijn geluk niet op kon.

'Ja,' zegt Oliver, met een hoorbaar toenemend ongeduld in zijn stem.

'Het klinkt inderdaad, eh, interessant,' zegt Sally, en ze moet onwillekeurig lachen.

'Walter zou het kunnen,' zegt Oliver. 'Walter zou het zeker lukken.'

Bij het horen van zijn naam veert Walter op, knippert sneller, gaat op het puntje van zijn stoel zitten, bloost bijna. 'Ik zou het leuk vinden een poging te wagen,' zegt hij.

Oliver laat zijn beroemde glimlach zien. Sally is nog steeds verrast over het feit dat Oliver zo op zichzelf lijkt. Behoren filmsterren in de regel niet klein van stuk te zijn, vulgair en slechtgehumeurd? Zijn ze dat tegenover ons niet verplicht? Oliver St. Ives moet al van jongs af aan iets van een filmster hebben uitgestraald. Hij glundert, hij heeft iets van Paul Bunyan. Hij kan niet veel kleiner dan één meter negentig zijn, en zijn volmaakt gevormde, met licht haar bedekte handen, zouden makkelijk de hoofden van de meeste andere mannen kunnen omvatten. Hij heeft krachtige gelaatstrekken, een plat gezicht, en hoewel hij in werkelijkheid lang niet zo knap is als op het scherm, bezit hij in alle opzichten die mysterieuze en onmiskenbare individualiteit, een persoonlijkheid die niet alleen uit zijn karakter, maar ook uit zijn fysieke verschijning blijkt, alsof alle andere gespierde, uitbundige, onverschillig kijkende Amerikanen op een of andere manier een kopie van hem zijn, of ze nu goed of slordig zijn geschapen.

'Doen,' zegt Oliver tegen Walter. 'Ik heb een groot vertrouwen in je kunnen. Tenslotte heb jij met één klein verhaal een eind aan mijn carrière gemaakt.'

Walter probeert veelbetekenend te lachen, maar het ziet er vreselijk gemeen uit, een en al haat. Sally ziet hem ineens heel duidelijk voor zich toen hij tien was. Hij moet dik zijn geweest, wanhopig vriendelijk, in staat de sociale status van andere tienjarigen tot op de millimeter te bepalen. Hij moet tot bijna elke vorm van verraad in staat zijn geweest.

'Begin daar nu maar niet over,' zegt Walter grijnzend. 'Ik heb toch geprobeerd het uit je hoofd te praten? Hoe vaak heb ik je niet gebeld?'

'Maak je geen zorgen, beste vriend, ik plaag je maar wat,' zegt Oliver. 'Ik heb nergens spijt van, van niets. Wat vind je van het filmscript?'

'Ik heb nog nooit een thriller geprobeerd,' zegt Walter.

'Het is eenvoudig. Niets is eenvoudiger dan dat. Huur een stuk of zes films die een kassucces waren, dan weet je alles wat je moet weten.'

'Deze zou wel een beetje anders worden,' zegt Sally.

'Nee,' antwoordt Oliver glimlachend, maar met zichtbaar ongeduld. 'Niet anders. In deze thriller zou de held een homo zijn. Dat is het enige verschil, en het stelt weinig voor. Hij wordt niet gekweld door zijn seksuele geaardheid. Hij heeft geen HIV. Hij zal gewoon een homo zijn die zijn werk doet. Die op de een of andere manier de wereld redt.'

'Mm-hm,' zegt Walter. 'Ik denk dat het me wel zal lukken. Ik zou het graag proberen.'

'Mooi. Uitstekend.'

Sally neemt een slok koffie terwijl ze weg wil gaan, wil blijven, niet wil dat ze wil dat Oliver St. Ives haar bewondert. Er is geen grotere macht in de wereld dan beroemdheid, denkt ze. Om haar evenwicht te bewaren kijkt ze het appartement rond dat een jaar voordat Oliver voor zijn homoseksualiteit uitkwam, op het omslag van *Architectural Design* heeft gestaan, en dat, om wat Olivers seksuele geaardheid nu over zijn smaak impliceert, waarschijnlijk nooit meer in een tijdschrift zal verschijnen. De ironie, denkt Sally, is dat het appartement lelijk is op een manier die zij met machogedrag associeert, met zijn perspex koffietafel en bruin gelakte muren, zijn met spotjes verlichte nissen met Aziatische en Afrikaanse objecten die (Oliver zal ze ongetwijfeld voor dramatisch verlicht houden) ondanks hun smetteloze en eerbiedige presentatie niet zozeer kunstzinnigheid maar roofzucht suggereren. Dit is de derde keer dat Sally hier is, en telkens kreeg ze de neiging om de schatten in beslag te nemen en aan hun rechtmatige eigenaar terug te geven. Ze doet of ze naar Oliver luistert terwijl ze zich voorstelt dat ze, te midden van hoerageroep en gejuich, een afgelegen dorp binnenkomt met in haar handen het door ouderdom zwart geworden antilopenmasker of de lichtgroene, vaag oplichtende porseleinen kom waarin al tien eeuwen lang twee geschilderde karpers hebben rondgezwommen.

'Jij bent er niet zo zeker van, Sal?' vraagt Oliver.

'Hm?'

'Je bent er niet van overtuigd?'

'Ach, nou ja, overtuigd, niet overtuigd, dit is mijn vakgebied niet. Wat weet ik nu van Hollywood?'

'Je bent intelligenter dan de meeste types hier. Je bent een van de weinige mensen in deze branche die ik respecteer.'

'Ik heb helemaal niets met deze branche te maken. In het geheel niet; je weet toch wat ik doe...'

'Jij bent er niet van overtuigd.'

'Eh, nee, ik niet,' zegt ze. 'Maar wie kan dat nou iets schelen?'

Oliver zucht en schuift zijn bril hoger op zijn neus, een gebaar dat Sally zich met stelligheid herinnert uit een van zijn films, die ging over een zachtaardige (accountant? advocaat? kan het een televisieproducent zijn geweest?) die er, om zijn tienerdochter te redden, uiteindelijk toe wordt gedreven op een wrede manier een legertje drugshandelaars uit te moorden.

'Ik geef toe dat we het heel goed moeten aanpakken,' zegt Oliver aarzelend. 'Ik heb beslist niet de illusie dat het zonder meer een succes wordt.'

'Krijgt hij een geliefde?'

'Een kameraad. Een assistent. Zoiets als Batman en Robin.'

'Gaan ze met elkaar naar bed?'

'Er zit geen seks in een thriller. Dat vertraagt de actie te veel. Dan verliest het jonge publiek zijn interesse. Hooguit een kus aan het eind.'

'Zullen ze elkaar dan aan het eind kussen?'

'Dat is Walters afdeling.'

'Walter?'

Walter komt oogknipperend in beweging. 'Hoor eens,' zegt hij, 'ik heb drie minuten geleden pas gezegd dat ik denk dat ik het misschien wel kan. Verwacht niet te veel van me, wil je.'

Oliver zegt: 'We mogen er niet te veel op rekenen. Ik heb al zo veel mensen gezien die een succes wilden, en dat werden altijd flops. Daar schijnt een soort vloek op te rusten.'

'Denk je dat het de mensen zal interesseren?' vraagt Sally. 'Ik bedoel, genoeg mensen?'

Oliver zucht weer, en deze zucht klinkt duidelijk anders dan de vorige. Dit is een berustende en laatste zucht, die naar het nasale register neigt, betekenisvol door zijn gebrek aan drama. Hij is als de eerste ongeïnteresseerde zucht die een geliefde over de telefoon laat horen, de zucht die het allereerste begin van het einde inluidt. Heeft Oliver die zucht in een film gebruikt? Of heeft iemand anders, een bestaand iemand, lang geleden zo in Sally's oor gezucht?

'Goed,' zegt Oliver. Hij plaatst zijn handen met de handpalmen naar beneden op het tafelkleed. 'Walter, zullen jij en ik over een paar dagen eens verderbabbelen, als je de kans hebt gehad er eens goed over na te denken?'

'Uitstekend,' zegt Walter. 'Klinkt goed.'

Sally neemt een laatste slok van haar koffie. Het is uiteraard een mannenspel; een grote begoocheling. Ze hadden haar van het begin af aan niet nodig gehad, niet echt. Nadat Oliver in haar show had opgetreden, had Oliver het in zijn hoofd gehaald (en laten we wel zijn: hij is geen Einstein) dat Sally zijn muze en mentor was, een soort Sappho die vanaf haar eiland droevige wijsheden verkondigt. Daar kan ze beter maar meteen een eind aan maken.

Toch verlangt ze er nog zo verschrikkelijk naar dat Oliver St. Ives van haar zal houden. Toch is er nog de angst om te worden achtergelaten.

'Bedankt voor je komst,' zegt Oliver, en Sally overwint de neiging toe te geven, om zich over de tafel en de restanten van de lunch naar Oliver toe te buigen en te zeggen: *Ik heb er nog eens over nagedacht, en ik denk dat een thriller met een homo als held een succes kan worden.*

Tot ziens maar weer. Tijd om weer de straat op te gaan.

Sally staat met Walter op de hoek van Madison en Seventieth. Ze praten niet over Oliver St. Ives. Ze begrijpen ieder voor zich dat Walter is geslaagd en Sally heeft gefaald, en dat Sally is geslaagd en Walter heeft gefaald. Ze vinden andere dingen om over te praten.

‘Ik denk dat ik je vanavond nog wel zie,’ zegt Walter.

‘Mm-mm,’ antwoordt Sally. Wie heeft Walter uitgenodigd?

‘Hoe gaat het met Richard?’ vraagt Walter. Hij buigt zijn hoofd onhandig, eerbiedig, de klep van zijn pet wijst naar de sigarettenpeuken en grijze plakken kauwgum, de verfrommelde wikkel die, ziet Sally onwillekeurig, van een Quarter Pounder is. Ze heeft nog nooit een Quarter Pounder gegeten.

Het licht springt op groen. Ze steken over.

‘Het gaat wel,’ zegt Sally. ‘Nou ja, hij is behoorlijk ziek.’

‘Wat een tijd,’ zegt Walter. ‘God, wat een tijd.’

Sally wordt nogmaals overvallen door een golf van verontwaardiging die vanuit haar buik opstijgt en haar een waas voor ogen bezorgt. Walters ijdelheid is onuitstaanbaar. Het besef dat hij zelfs als hij de juiste en van eerbied getuigende dingen zegt – zelfs als hij naar alle waarschijnlijkheid de juiste en van eerbied getuigende dingen voelt – tegelijk denkt hoe fijn het is de min of meer beroemde schrijver Walter Hardy te zijn, vriend van filmsterren en dichters, die na zijn veertigste nog altijd gezond en gespierd is. Hij zou komischer zijn als hij minder invloed in de wereld had.

‘Tja,’ zegt Sally aan de overkant, maar voor ze afscheid kan nemen, loopt Walter naar een etalage waar hij met zijn neus vlak voor de ruit blijft staan.

‘Moet je dit zien,’ zegt hij. ‘Prachtig.’

In de etalage hangen drie overhemden, elk gedrapeerd over een gipsen kopie van een klassiek Grieks beeld. Een van de overhemden is licht abrikooskleurig, een ander smaragdgroen, de derde diep marineblauw. Elk heeft langs de boord en de sluiting een ander motief van ragfijn zilverdraad. Alle drie hangen ze soepel en stralend over de welgevormde torso’s van de beelden, en uit elk van de kragen steekt een verheven wit hoofd met volle lippen, een rechte neus en lege, witte ogen.

'Mm,' zegt Sally. 'Inderdaad prachtig.'

'Misschien dat ik er een voor Evan koop. Hij kan vandaag wel een cadeautje gebruiken. Kom mee.'

Sally aarzelt, loopt dan achter Walter aan de winkel in, tegen haar zin, hulpeloos voortgedreven door een onverwacht gevoel van wroeging. Ja, Walter is ridicuul, maar naast verachting blijkt Sally een enorme, onvermijdelijke tederheid voor de arme zak te voelen, die de laatste jaren heeft doorgebracht in de verwachting dat zijn mooie, oerdomme vriendje, zijn verovering, zal doodgaan, en die nu ineens wordt geconfronteerd met het vooruitzicht (heeft hij daar gemengde gevoelens over?) dat zijn vriendje zal blijven leven. Dood en opstanding zijn altijd fascinerend, denkt Sally, en het schijnt er niet veel toe te doen of het om de held, de schurk of de clown gaat.

De winkel is een en al gebeitst essenhout en zwart graniet. Op de een of andere manier ruikt het er een beetje naar eucalyptus. De overhemden zijn op glanzende zwarte toonbanken uitgespreid.

'Ik denk het blauwe,' zegt Walter bij het naar binnen gaan. 'Blauw staat Evan goed.'

Sally laat Walter met de knappe jonge verkoper met het glad achterovergekamde haar praten. Ze loopt peinzend tussen de overhemden, kijkt naar het prijskaartje van een crèmekleurig overhemd met parelmoeren knopen. Het kost vierhonderd dollar. Is het meelijwekkend of heroïsch, vraagt ze zich af, om een schitterend, afgrijselijk duur overhemd te kopen voor je voorzichtig herstellende geliefde? Is het beide? Zelf heeft Sally nooit de kunst geleerd cadeautjes voor Clarissa te kopen. Zelfs na al die jaren weet ze nog steeds niet precies wat Clarissa leuk zal vinden. Ze heeft weleens raak geschoten – de chocoladekleurige kasjmieren sjaal met de afgelopen kerst, het antieke gelakte kistje waarin ze haar brieven bewaart – maar er zaten minstens evenveel missers bij. Bijvoorbeeld dat buitensporige horloge van Tiffany (te formeel, naar het schijnt), de gele trui (was het de kleur of de hals?), de zwartleren handtas (gewoon verkeerd, onmogelijk te zeggen waarom). Ondanks Sally's aansporingen weigert Clarissa het te zeggen wanneer een geschenk haar niet bevalt. Elk geschenk is perfect, volgens Clarissa, precies wat ze hoopte, en het enige wat de ongelukkige schenker rest, is afwachten of het horloge 'te mooi voor dagelijks gebruik' wordt bevonden, en of de trui één keer naar een onbeduidend feestje wordt gedragen en daarna nooit meer wordt gezien. Sally begint zich aan Clarissa, Walter Hardy en Oliver St. Ives te ergeren, aan al die optimistische, oneerlijke mensen, maar dan kijkt ze naar Walter die bezig is een schitterend blauw overhemd voor zijn geliefde te kopen, en wordt ze daarentegen vervuld met verlangen. Clarissa is op dit moment waarschijnlijk thuis.

Sally wil ineens snel naar huis. Ze zegt tegen Walter: 'Ik moet ervandoor. Het is later dan ik dacht.'

'Ik ben zo klaar,' zegt Walter.

'Ik ga vast. Ik zie je straks.'

'Vind je het een mooi overhemd?'

Sally voelt aan de stof, die soepel is, heel fijn van structuur, een beetje als huid. 'Ik vind het prachtig,' zegt ze. 'Het is een fantastisch overhemd.'

De verkoper glimlacht dankbaar, verlegen, alsof hij persoonlijk verantwoordelijk is voor de schoonheid van het overhemd. Hij is niet afstandelijk of neerbuigend, zoals je zou verwachten van een knappe jongeman die in een dergelijke winkel werkt. Waar komen ze toch vandaan, deze smetteloze schoonheden die als verkoper werken? Waar hopen ze op?

'Ja,' zegt Walter. 'Het is een geweldig overhemd, hè?'

'Tot ziens.'

'Dag, tot straks.'

Sally verlaat de winkel zo snel mogelijk en loopt vastberaden naar de ondergrondse in Sixty-Eighth Street. Ze zou graag met een cadeautje voor Clarissa zijn thuisgekomen, maar heeft geen idee wat. Ze zou Clarissa graag iets vertellen, iets belangrijks, maar ze kan het niet onder woorden brengen. 'Ik hou van je' is makkelijk genoeg. 'Ik hou van je' is bijna gewoon geworden, en wordt niet alleen gezegd op verjaardagen en bij andere feestelijke gelegenheden, maar ook spontaan, in bed of bij het aanrecht en zelfs in taxi's binnen gehoorsafstand van buitenlandse taxichauffeurs die vinden dat vrouwen drie passen achter hun man moeten lopen. Sally en Clarissa zijn niet zuinig in hun genegenheid, en dat is natuurlijk goed, maar nu ontdekt Sally dat ze naar huis wil en iets meer zeggen, iets wat niet alleen verdergaat dan het lieve en vertroostende, maar verdergaat dan hartstocht. Wat ze wil zeggen heeft te maken met alle mensen die zijn doodgegaan; het heeft te maken met haar eigen gevoelens van bijzonder groot geluk en dreigend, afgrijselijk verlies. Als Clarissa iets overkomt, zal zij, Sally, verderleven, maar ze zal niet, zoals dat heet, overleven. Het zal niet goed met haar gaan. Wat ze wil zeggen heeft niet alleen met vreugde te maken, maar met het indringende, voortdurende verdriet dat de keerzijde van vreugde is. Ze kan de gedachte aan haar eigen dood wel verdragen, maar niet de gedachte aan Clarissa's dood. Deze liefde van hen, met haar vertrouwenwekkende huiselijkheid en ontspannen stiltes, haar duurzaamheid, heeft Sally direct verbonden met het mechanisme van de sterfelijkheid zelf. Nu is er een onvoorstelbaar verlies. Nu is er een snoer dat ze voortaan kan volgen, naar de ondergrondse van Upper East Side, tot morgen en de volgende dag en die daarna, helemaal tot het eind van haar leven en dat van Clarissa.

Ze neemt de ondergrondse naar het centrum en gaat naar de bloemenstal die bij de Koreaanse markt op de hoek hoort. Het is het gebruikelijke aanbod: anjers en chrysanten, een paar troosteloze lelies, fresia's, margrieten, boeketten kastulpen in wit, geel en rood, met bladeren die aan het eind leerachtig worden. Zombiebloemen, denkt ze, gewoon koopwaar, geforceerd tot leven gewekt zoals kippen waarvan de poten van het ei tot de slacht nooit de grond aanraken. Sally staat fronsend voor de bloemen op hun oplopende, houten plateaus en ziet zichzelf en de bloemen weerkaatst in de spiegeltegelwand achter in de koelcel (kijk eens: grijze haren, scherpe trekken, grauw [hoe is ze toch zo oud geworden?], ze moet beslist vaker in de zon komen) en bedenkt dat er niets in de wereld is dat ze voor zichzelf of Clarissa zou willen, geen vierhonderd dollar kostende overhemden, niet deze armetierige bloemen, helemaal niets. Ze staat op het punt met lege handen weg te gaan als ze in de hoek in een bruine, rubberen emmer een enkel boeket gele rozen ziet. Ze komen net uit. Aan de basis van de bloembladeren glanst een donkerder geel, bijna oranje, een mangokleurige blos die naar boven toe uitloopt in haarfijne adertjes. Ze lijken zo overtuigend op echte bloemen die in een tuin uit de grond zijn gekomen, dat het is alsof ze per abuis in de koelcel zijn terechtgekomen. Sally koopt ze meteen, bijna heimelijk, alsof ze bang is dat de Koreaanse bloemenvrouw zich zal realiseren dat er sprake is van een vergissing en haar ernstig kijkend zal laten weten dat deze rozen niet te koop zijn. Met de rozen in haar hand loopt ze uitgelaten door Tenth Street, en als ze het appartement binnengaat, is ze een beetje opgewonden. Hoe lang is het geleden dat ze met elkaar naar bed zijn geweest?

'Hallo,' roept ze. 'Ben je thuis?'

'Ik ben hier,' antwoordt Clarissa, en Sally kan aan haar stem horen dat er iets mis is. Staat ze op het punt in een van die valstrikken te lopen waar hun leven zo mee is bezaaid? Is ze, met haar boeket en opkomende begeerte, binnengestapt in een tafereel van huiselijke misère, een wereld die grauw en somber is geworden omdat ze weer eens blijk heeft gegeven van egoïsme en iets heeft nagelaten; is ze vergeten iets schoon te maken of een belangrijk telefoontje door te geven? Haar vreugde verdwijnt; haar begeerte vervliegt. Ze gaat met de rozen de woonkamer binnen.

'Wat is er?' vraagt ze aan Clarissa, die op de bank zit, daar gewoon zit, alsof ze in de wachtkamer van de dokter is. Ze kijkt met een eigenaardige uitdrukking naar Sally, meer verward dan geslagen, alsof ze niet precies weet wie ze is, en Sally krijgt heel even een voorproefje van het verval dat hen te wachten staat. Als ze allebei lang genoeg in leven blijven, als ze bij elkaar blijven (en hoe zouden ze na alles nog uit elkaar kunnen gaan?), zullen ze elkaar zien aftakelen.

'Niets,' zegt ze.

'Voel je je wel goed?'

'Hm? O ja. Ik weet het niet. Louis is in de stad. Hij is terug.'

'Dat was uiteindelijk te verwachten.'

'Hij kwam even langs, belde gewoon aan. We hebben een tijdje gepraat, en toen begon hij te huilen.'

'Echt?'

'Ja. Om niets eigenlijk. Toen kwam Julia langs en ging hij ervandoor.'

'Louis. Wie had dat gedacht?'

'Hij heeft een nieuwe jongen. Een student.'

'Mooi. Tja.'

'En Julia had Mary bij zich...'

'Lieve hemel. Het hele circus is hier geweest.'

'Ach, kijk, Sally, je hebt rozen meegebracht.'

'Wat? Ach ja. Inderdaad.'

Sally houdt haar de rozen voor en ziet tegelijk de vaas vol rozen die Clarissa op tafel heeft gezet. Ze moeten allebei lachen.

'Dit is zoiets als een O. Henry-moment, vind je niet?' zegt Sally.

'Je kunt anders nooit te veel rozen hebben,' zegt Clarissa.

Sally geeft haar de bloemen en heel even zijn ze allebei gewoon volmaakt gelukkig. Ze zijn er, op dit moment, en het is ze op de een of andere manier gelukt om achttien jaar lang van elkaar te blijven houden. Dat is genoeg. Op dit moment is het genoeg.

Mrs. Woolf **Mrs. Brown** Mrs. Dalloway

Ze is later dan de bedoeling was, maar niet echt te laat, niet zo laat dat ze uitleg zou moeten geven. Het is bijna zes uur. Ze is tot de helft van het boek gekomen. Terwijl ze naar het huis van Mrs. Latch rijdt, is ze vol van wat ze heeft gelezen: Clarissa en de waanzinnige Septimus, de bloemen, het feest. Er gaan beelden door haar hoofd: de persoon in de auto, het vliegtuig met zijn reclameboodschap. Terwijl ze door deze vertrouwde straat rijdt, bevindt Laura zich in een soort niemandsland, een wereld die bestaat uit Londen in de jaren twintig, een turkooise hotelkamer, en deze auto. Ze is zichzelf en niet zichzelf. Ze is een vrouw in Londen, een aristocrate, bleek en charmant, een beetje onecht; ze is Virginia Woolf, en ze is die ander, het ongeorganiseerde, blunderende ding dat als zijzelf bekendstaat, een moeder, een automobiliste, een op de melkweg lijkende, kolkende flits zuiver leven, een vriendin van Kitty (die ze kuste, die misschien doodgaat), handen met koraalrode vingernagels (één afgebroken) en een diamanten trouwring, die het stuur van een Chevrolet omklemmen, terwijl een lichtblauwe Plymouth voor haar even de remlichten laat oplichten, terwijl een late namiddagse zomerzon zijn schitterende intensiteit krijgt, terwijl een eekhoorn over een telefoondraad rent, zijn staart een lichtgrijs vraagteken.

Ze stopt voor het huis van Mrs. Latch, waar aan de gevel van de garage twee beschilderde gipsen eekhoorns zijn bevestigd. Ze stapt uit haar auto en blijft met de autosleutels nog in haar hand even staan, kijkt omhoog naar de gipsen eekhoorns. Naast haar maakt de auto een vreemd tikkend geluid (hij doet dit nu al een paar dagen; ze zal hem naar de garage moeten brengen). Ze wordt overspoeld door een gevoel van niet-zijn. Er is geen ander woord voor. Zoals ze hier naast haar tikkende auto staat met haar gezicht naar de garage van Mrs. Latch (de gipsen eekhoorns werpen lange schaduwen), is ze niemand, is ze niets. Het lijkt heel even dat ze, door naar het hotel te gaan, uit haar leven is weggeglipt, en dat deze oprit, deze garage, haar totaal vreemd zijn. Ze is weg geweest. Ze heeft met genoegen, met verlangen zelfs, aan de dood gedacht. Het schiet haar hier te binnen, op de oprit van Mrs. Latch: ze heeft met verlangen aan de dood gedacht. Ze is stiekem naar een hotel gegaan, zoals ze zou doen om een geliefde te ontmoeten. Ze staat met haar autosleutels en haar handtas in haar hand naar de garage van Mrs. Latch te kijken. De deur is wit geschilderd en heeft een klein venster met groene luiken, alsof de garage als een miniatuurhuisje aan het grote huis vastzit. Laura's ademhaling is ineens moeizaam geworden. Ze is een beetje duizelig; het lijkt of ze gaat struikelen en op het gladde beton van de oprit van Mrs. Latch zal vallen. Ze overweegt weer in haar auto te stappen en weg te rijden. Ze dwingt zich verder te lopen. Ze prent zich in dat ze haar kind moet ophalen, hem mee naar huis moet nemen, en dat ze het verjaardagsetentje voor haar man moet aanrichten. Die eenvoudige dingen moet ze doen.

Met enige moeite haalt ze diep adem en loopt ze naar de smalle veranda bij de voordeur van Mrs. Latch. Het komt door het stiekeme, houdt ze zichzelf voor; het is het ongewone van wat ze zojuist heeft gedaan, hoewel het toch niet echt kwaad kon, of wel? Ze heeft geen minnaar ontmoet, zoals een vrouw uit een goedkoop romannetje. Ze is alleen maar een paar uur weg geweest om haar boek te lezen en is weer teruggekomen. Het is alleen maar een geheim omdat ze niet precies weet hoe ze hier ook maar iets van kan uitleggen: de kus, de taart, het moment van paniek toen ze met haar auto over Chavez Ravine reed. Ze weet echt niet hoe ze tweeënhalf uur lezen in een gehuurde kamer moet verklaren.

Ze haalt nog eens diep adem. Ze drukt op de rechthoekige, verlichte deurbel van Mrs. Latch, die in de late namiddagzon oranje oplicht.

Mrs. Latch doet vrijwel meteen open, alsof ze erachter had staan wachten. Mrs. Latch staat daar uiterst vriendelijk en blozend, haar enorme heupen in een bermudashort; haar huis is gevuld met een rijke, bruine geur, iets van geroosterd vlees, die achter haar aan komt.

'Hé, hallo,' zegt ze.

'Hoi,' antwoordt Laura. 'Sorry dat ik wat laat ben.'

'Geeft niets. We hebben het leuk gehad. Kom binnen.'

Richie komt vanuit de woonkamer aangerend. Hij is uitgelaten, verontrust, bijna helemaal overmand door liefde en opluchting. Laura heeft het gevoel dat ze hem en Mrs. Latch op iets heeft betrapt, het gevoel dat ze allebei zijn opgehouden met wat ze deden en haastig een of ander bewijs hebben verstopt. Nee, ze heeft vandaag een schuldig geweten; het komt gewoon omdat hij in de war is, denkt ze. Hij heeft de afgelopen uren nu eenmaal in een andere wereld doorgebracht. Alleen al door die paar uur in het huis van Mrs. Latch door te brengen is hij de greep op zijn eigen leven gaan verliezen. Hij is, zij het niet van harte, gaan denken dat hij hier woont, hier misschien altijd heeft gewoond, tussen deze enorme gele meubelen, deze met grasbehang beklede wanden.

Richie barst in huilen uit en rent op haar toe.

'Kom, kom,' zegt Laura, terwijl ze hem optilt. Ze snuift zijn geur op, de diepe essentie van hem, een grondige zindelijkheid, ondefinieerbaar. Nu ze hem vasthoudt en zijn geur opsnuift, voelt ze zich beter.

'Hij is blij u te zien,' zegt Mrs. Latch met een gemaakt hartelijke, verbitterde opgewektheid. Had ze gedacht dat ze iets bijzonders voor hem was, een favoriet, en dat haar huis een sprookjeshuis was? Ja, dat was waarschijnlijk het geval. Neemt ze het hem ineens kwalijk dat hij een moederskindje is? Waarschijnlijk wel.

'Hallo, ukkie,' zegt Laura, vlak bij het kleine roze oor van haar zoon. Ze is trots op haar moederlijke rust, haar aanspraak op haar zoon. Ze is verlegen met zijn tranen. Zouden mensen denken dat ze te beschermend is? Waarom doet hij dit zo vaak?

'Is het u allemaal gelukt?' vraagt Mrs. Latch.

'Ja. Min of meer. Wat fijn dat u op hem wilde passen.'

'Ach, we hebben het leuk gehad samen,' zegt ze oprecht, bozig. 'U kunt hem brengen wanneer u maar wilt.'

'Heb je het leuk gehad?' vraagt Laura.

'Uh-hu,' zegt Richie, zijn tranen onderdrukkend. Zijn gezicht is een miniatuur waarop bange verwachting, verdriet en verwarring met elkaar strijden.

'Ben je lief geweest?'

Hij knikt.

'Heb je me gemist?'

'Ja!' zegt hij.

'Tja, ik moest een heleboel doen,' zegt Laura. 'We moeten er toch voor zorgen dat we er voor je vader een echte verjaardag van maken, vind je niet?'

Hij knikt. Hij blijft haar met een betraand en ingehouden wantrouwen aankijken, alsof ze misschien wel helemaal niet zijn moeder is.

Laura betaalt Mrs. Latch, accepteert een paradijsvogelbloem uit haar tuin. Mrs. Latch geeft altijd iets – een bloem, koekjes – alsof daarvoor wordt betaald en het oppassen gratis is. Laura maakt een eind aan het gesprek dat gewoonlijk een kwartier duurt door zich opnieuw te verontschuldigen voor haar te laat komen en erop te wijzen dat haar man zo zal thuiskomen; ze zet Richie in de auto en rijdt weg nadat ze nog eens overdreven heeft gezwaaid. Haar drie ivoren armbanden tikken tegen elkaar.

Zodra ze bij Mrs. Latch weg zijn, zegt Laura tegen Richie: 'Tjongejonge, we zitten in de problemen. We moeten snel naar huis om het eten klaar te maken. We hadden er al een uur geleden moeten zijn.'

Hij knikt ernstig. De dagelijkse werkelijkheid dringt zich op; het gevoel van vervreemding verdwijnt. Dit moment, nu, halverwege de straat, terwijl de auto het stoplicht nadert, duurt onverwacht lang en is stil, vredig; Laura betreedt het zoals ze van een drukke straat een kerk zou binnengaan. Aan weerskanten werpen tuinsproeiers fonkelende kegels van mist over de gazons. Het late zonlicht verguldt een aluminium garagedeur. Het is onbeschrijflijk echt. Ze weet dat ze een vrouw en moeder is die, opnieuw zwanger, naar huis rijdt, terwijl sluiers water de lucht in worden geworpen.

Richie zegt niets. Hij kijkt naar haar. Laura remt voor het stoplicht. Ze zegt: 'Het is maar goed dat pappa zo laat doorwerkt. We zullen het allemaal nog wel op tijd klaar krijgen, denk je niet?'

Ze kijkt naar hem. Ze ontmoet zijn blik en ziet daarin iets wat ze niet helemaal kan thuisbrengen. Zijn ogen, zijn hele gezicht, lijken van binnenuit op te lichten; hij lijkt voor het eerst te lijden onder een gevoel dat ze niet kan plaatsen.

'Wat is er, schatje?' vraagt ze.

Hij zegt luider dan nodig is: 'Ik hou van je, mamma.'

Er klinkt iets vreemds in zijn stem door, iets beklemmends. Het is een toon die ze nog niet eerder van hem heeft gehoord. Hij klinkt raar, uitheems. Hij zou een vluchteling kunnen zijn, iemand die nauwelijks Engels kent en wanhopig probeert een behoefte over te brengen waarvoor hij niet de juiste formulering kent.

'Ik hou ook van jou, lieverd,' antwoordt ze, en hoewel ze deze woorden duizenden keren heeft gezegd, hoort ze dat de verhulde nervositeit zich in haar keel nestelt, dat ze moeite moet doen om gewoon te klinken. Voorbij het kruispunt geeft ze gas. Ze rijdt voorzichtig, met beide handen precies aan weerskanten van het stuur.

Het lijkt of de jongen weer zal gaan huilen, zoals hij zo vaak, zo onverklaarbaar doet, maar zijn ogen blijven helder en droog en hij knippert niet met zijn ogen.

'Wat is er aan de hand?' vraagt ze.

Hij blijft haar aankijken. Hij knippert niet.

Hij weet het. Hij moet het weten. De kleine jongen weet dat ze stiekem ergens is geweest; hij weet dat ze liegt. Hij kijkt voortdurend naar haar, brengt vrijwel elk wakend uur in haar nabijheid door. Hij heeft haar met Kitty gezien. Hij heeft haar een tweede taart zien maken en heeft gezien dat ze de eerste onder ander afval in de vuilnisbak naast de garage heeft weggestopt. Hij heeft zich geheel gewijd aan het observeren en ontraadselen van haar, omdat er zonder haar helemaal geen wereld is.

Natuurlijk weet hij wanneer ze liegt.

Ze zegt: 'Maak je geen zorgen, schatje. Er is niets aan de hand. We gaan vanavond een leuk feestje van pappa's verjaardag maken. Weet je wel hoe blij hij zal zijn? We hebben al die cadeautjes voor hem en we hebben zo'n mooie taart voor hem gemaakt.'

Richie knikt zonder met zijn ogen te knipperen. Hij wiegt

zachtjes heen en weer. Omdat hij liever heeft dat ze het toevallig opvangt dan goed verstaat, zegt hij zacht: 'Ja, we hebben een heel mooie taart voor hem gemaakt.' Er klinkt een verrassend volwassen onoprechtheid in zijn stem door.

Hij zal altijd op haar blijven letten. Hij zal altijd weten wanneer er iets mis is. Hij zal altijd precies weten wanneer en in welke mate ze heeft gefaald.

'Ik hou van je, lieverd,' zegt ze. 'Je bent alles voor me.' Heel even verandert de jongen van vorm. Heel even straalt hij, lijkbleek. Laura blijft niet-boos. Ze vergeet niet te glimlachen. Ze houdt beide handen aan het stuur.

Ze is gekomen om Richard te helpen bij het omkleden voor het feest, maar Richard reageert niet op haar kloppen. Ze klopt nog eens, harder, en doet dan snel en nerveus de deur van het slot.

Het appartement is een en al licht. Op de drempel valt Clarissa's mond bijna open. Alle zonweringen zijn opgehaald en de ramen staan open. Hoewel de ruimte slechts gevuld is met het gewone daglicht dat op een zonnige namiddag in elke huurwoning binnenvalt, lijkt het in Richards kamers een stille explosie. Zijn kartonnen dozen, zijn badkuip (vuiler dan ze zich had gerealiseerd), de stoffige spiegel en het dure espresso-apparaat, worden allemaal onthuld in hun ware aandoenlijkheid, hun alledaagse nietigheid. Het is zonder meer het huurappartement van een geschift iemand.

'Richard!' roept Clarissa.

'Mrs. Dalloway. O, Mrs. Dalloway, ben jij het?'

Ze rent de andere kamer in en treft Richard nog steeds in zijn kamerjas aan, gezeten op de vensterbank van het open raam, schrijlings, met één been nog in het vertrek en het andere, voor haar niet te zien, bungelend boven een hoogte van vijf verdiepingen.

'Richard,' zegt ze streng. 'Kom daarvan af.'

‘Het is zo mooi buiten,’ zegt hij. ‘Wat een dag.’

Hij ziet er gestoord en opgetogen uit, zowel stokoud als kinderlijk, en zit schrijlings op de vensterbank als een kruising tussen een vogelverschrikker en een ruiter, een tuinbeeld van Giacometti. Hier en daar plakt zijn haar aan zijn schedel, op andere plaatsen staat het piekerig en zwierig overeind. De blauwwitte binnenkant van zijn been, naakt tot boven zijn knie, is broodmager, maar met een verrassend stevige kuit die als een vuist nog altijd koppig het bot omklemt. Om de voet slobbert een grijze wollen sok.

‘Je maakt me bang,’ zegt Clarissa. ‘Ik wil dat je daarmee ophoudt en naar binnen komt. Nu.’

Als ze naar hem toe loopt, zet hij het binnenste been op de vensterbank. Alleen nog de hiel van die voet, een hand, en een vleesloze bil blijven in contact met de afgesleten sponning. De rode, met vinnen uitgeruste raketten op zijn kamerjas schieten schitterende oranje pijnappels van vuur af. Gehelmde astronauten, wit en opgeblazen als het Michelinmannetje, gezichtsloos achter hun donkere vizier, brengen een verstard saluut met witte handschoenen.

Richard zegt: ‘Ik heb de Xanax én de Ritalin ingenomen. Die doen het goed samen. Ik voel me heerlijk. Ik heb alle zonweringen opgehaald, maar wilde nog meer lucht en licht. Het was een hele klus hierbovenop te komen, dat kan ik je wel vertellen.’

‘Lieverd, zet alsjeblieft je been weer op de grond. Wil je dat voor me doen?’

‘Ik denk niet dat ik naar het feest kan komen,’ zegt hij. ‘Het spijt me.’

‘Je hoeft niet per se. Je hoeft helemaal niets te doen waar je geen zin in hebt.’

‘Wat een dag. Wat een prachtige, prachtige dag.’

Clarissa haalt diep adem, en nog eens. Ze is verrassend

kalm – ze voelt dat ze goed met een moeilijke situatie omgaat – maar tegelijkertijd is er afstand tussen haarzelf en de kamer, alsof ze getuige is van iets wat al is gebeurd. Het lijkt een herinnering. Iets in haar, iets wat op een stem lijkt maar het niet is, een innerlijk weten dat vrijwel niet van het kloppen van haar hart is te onderscheiden, zegt: *Op een keer trof ik Richard aan terwijl hij vijf verdiepingen hoog op een vensterbank zat.*

Ze zegt: 'Kom er alsjeblieft van af.'

Richards gezicht betrekt en hij fronst alsof Clarissa hem een moeilijke vraag heeft gesteld. Zijn lege stoel, goed zichtbaar in het volle licht – met naden waar de vulling uitkomt, en met de dunne gele handdoek op de zitting waar de roestige spiralen hun stempel hebben gedrukt – zou de absurditeit, de kenmerkende onwaardigheid van een ongeneeslijke ziekte zelf kunnen zijn.

'Ga daar *weg*,' zegt Clarissa. Ze praat langzaam en luid, als tegen een buitenlander.

Richard knikt maar geeft geen krimp. Het volle daglicht valt op zijn verwoeste hoofd dat gepokt en gemazeld is. Zijn huid is even gegroefd, getekend en verweerd als een steen in de woestijn.

Hij zegt: 'Ik weet niet of ik dit aankan. Je weet wel. Het feest en de plechtigheid en het uur daarna, en het uur daarna.'

'Je hoeft niet naar het feest te gaan. Je hoeft niet naar de plechtigheid te gaan. Je hoeft helemaal niets.'

'Maar dan zijn er nog altijd de uren, nietwaar? Eerst een en dan nog een, en als je er een bent doorgekomen, dan volgt er verdomme nog een. Ik ben zo ziek.'

'Je hebt nog steeds goede dagen. Dat weet je best.'

'Niet echt. Het is lief van je dat je het zegt, maar ik voel nu al een poos dat het zich om mij heen sluit als de kaken van een reusachtige bloem. Is dat geen vreemde analogie? Toch voelt het zo. Het heeft een zekere plantaardige onvermijdelijkheid.

Denk maar aan de venusvliegenvanger. Denk aan de kudzuplant die het bos verstikt. Het is een soort sappig, groen groeiproces. Naar je weet wel. De groene stilte. Is het niet grappig dat het zelfs nu nog moeilijk is het woord "dood" te zeggen?'

'Hoor je ze, Richard?'

'Wie? O, de stemmen? De stemmen zijn er altijd.'

'Ik bedoel: hoor je ze heel duidelijk?'

'Nee. Ik hoor jou. Het is altijd heerlijk je te horen, Mrs. D. Vind je het erg dat ik je nog steeds zo noem?'

'Helemaal niet. Kom naar binnen. Nu.'

'Herinner je je haar nog? Je alter ego? Wat is er toch van haar geworden?'

'Dit is ze. Ik ben haar. Ik wil dat je naar binnen komt. Zou je alsjeblieft zo goed willen zijn?'

'Het is hier zo prettig. Ik voel me zo vrij. Zul je mijn moeder opbellen. Ze is zo helemaal alleen, weet je.'

'Richard...'

'Vertel me een verhaaltje, wil je?'

'Wat voor verhaaltje?'

'Iets over je dag. Over vandaag. Het mag iets heel gewoons zijn. Dat zou eigenlijk beter zijn. Het meest alledaagse wat je kunt bedenken.'

'Richard...'

'Iets. Zomaar iets.'

'Goed, vanochtend, voordat ik hiernaar toe kwam, heb ik bloemen gekocht voor het feest.'

'O ja?'

'Ja. Het was een prachtige ochtend.'

'Is dat zo?'

'Ja. Het was prachtig. Het was zo... fris. Ik heb de bloemen gekocht en heb ze mee naar huis genomen om ze in het water te zetten. Zo. Eind van het verhaal. Kom nu naar binnen.'

'Fris zoals kinderen op een strand het beleven,' zegt Richard.

'Ja, zoiets.'

'Zoals een ochtend toen we allebei nog jong waren.'

'Ja. Zoiets.'

'Zoals de ochtend dat je het oude huis uitkwam, toen je achttien was, en ik, geloof ik, net negentien was geworden. Ik was negentien jaar en ik was verliefd op Louis en ik was verliefd op jou, en ik vond dat ik nog nooit zoiets moois had gezien als dat beeld van hoe jij in de vroege ochtend in je ondergoed door een glazen deur naar buiten kwam, slaperig nog. Is dat niet vreemd?'

'Ja,' zegt Clarissa. 'Ja, dat is vreemd.'

'Ik heb gefaald.'

'Dat moet je niet zeggen. Je hebt niet gefaald.'

'Toch wel. Ik ben niet op medeleven uit. Niet echt. Ik voel me gewoon zo triest. Wat ik wilde leek zo eenvoudig. Ik wilde iets creëren wat levensecht en schokkend genoeg was dat het kon opwegen tegen een ochtend in iemands leven. Een doodnormale ochtend. Stel je voor, zoiets te proberen. Belachelijk.'

'Het is allesbehalve belachelijk.'

'Ik ben bang dat ik niet naar het feest kan komen.'

'Alsjeblieft, maak je alsjeblieft geen zorgen over het feest. Denk niet aan het feest. Geef me je hand.'

'Je bent zo lief voor me geweest, Mrs. Dalloway.'

'Richard...'

'Ik hou van je. Klinkt dat niet wat afgezaagd?'

'Nee.'

Richard glimlacht. Hij schudt zijn hoofd. Hij zegt: 'Ik geloof niet dat twee mensen gelukkiger kunnen zijn geweest dan wij.'

Hij schuift naar voren, glijdt langzaam van de vensterbank af en valt.

Clarissa gilt: 'Nee!'

Hij lijkt zo zeker, zo kalm, dat ze heel even denkt dat het helemaal niet heeft plaatsgevonden. Ze komt op tijd bij het raam om Richard nog te zien vallen, met bollende kamerjas, en zelfs nu nog lijkt het alsof het een ongelukje is, iets herstelbaars. Ze ziet hem vijf verdiepingen lager de grond raken, ziet hem op het beton knielen, ziet zijn hoofd neerslaan, hoort het geluid dat hij maakt. En terwijl ze over de vensterbank leunt, denkt ze toch, althans heel even, dat hij weer zal opstaan, duizelig misschien, buiten adem, maar nog steeds zichzelf, nog intact, nog in staat tot praten.

Ze roept hem een keer bij zijn naam. Het komt er uit als een vraag, veel zachter dan ze bedoelde. Hij ligt waar hij neerkwam, zijn gezicht omlaag, de kamerjas over zijn hoofd en zijn blote benen duidelijk zichtbaar tegen het donkere beton.

Ze rent de kamer uit, de deur uit, die ze achter zich laat openstaan. Ze rent de trap af. Ze overweegt hulp te roepen, maar doet het niet. De lucht zelf lijkt te zijn veranderd, enigszins gespleten, alsof de atmosfeer tastbaar uit materie en haar tegendeel bestaat. Terwijl ze de trap afrent is ze zich ervan bewust (hier zal ze zich later voor schamen) dat ze een vrouw is die ongedeerd, nog in leven, een reeks trappen afrent.

In de hal weet ze even niet hoe ze bij de luchtkoker moet komen waar Richard ligt, en heel even heeft ze het gevoel in de hel te zijn beland. De hel is een bedompt geel piepklein vertrek zonder uitgang, overschaduwd door een kunstboom, met rondom stalen deuren (op een ervan zit een plakplaatje van Grateful Dead, een met gele rozen bekroonde schedel).

In het halfduister van de trappenhal leidt een deur, smaller dan de andere, naar buiten en geeft via een trap van afgebrokkelde betonnen treden toegang tot de plek waar Richard ligt. Nog voor ze deze laatste trap afdaalt, weet ze dat hij dood is. Zijn hoofd gaat schuil tussen de plooien van de kamerjas, maar ze ziet de bloedplas, donker, bijna zwart, die is ontstaan waar zich zijn hoofd moet bevinden. Ze ziet de absolute roerloosheid van zijn lichaam, een arm gestrekt in een onmogelijke houding, de handpalm naar boven, en beide benen, wit en naakt als de dood zelf. Hij heeft nog steeds de grijze vilten pantoffels aan die ze voor hem heeft gekocht.

Ze daalt de laatste trap af en ziet dat Richard tussen bruine glasscherven ligt, en het duurt even voordat ze begrijpt dat het gewoon de restanten zijn van een kapotte bierfles die al op het beton lag, en dat het niet een gevolg van Richards val is. Er gaat door haar heen dat ze hem meteen moet optillen om hem van het glas af te halen.

Ze knielt naast hem neer en legt een hand op zijn roerloze schouder. Zachtjes, heel zachtjes, alsof ze bang is hem wakker te maken, trekt ze zijn kamerjas weg van zijn hoofd. Het enige wat ze herkent in deze glinsterende rode, purperen en witte massa, is zijn geopende mond en een open oog. Ze realiseert zich dat ze een geluid heeft gemaakt, een schrille uitroep van schrik en verdriet. Ze bedekt zijn hoofd weer met de kamerjas.

Ze blijft geknield naast hem zitten, niet wetend wat ze verder moet doen. Ze legt haar hand weer op zijn schouder. Ze streelt hem niet; ze laat haar hand er gewoon rusten. Ze houdt zich voor dat ze de politie moet gaan bellen, maar ze wil Richard niet alleen laten. Ze wacht tot iemand van boven naar haar zal roepen. Ze kijkt omhoog naar de reeks ramen die oprijst, het wasgoed dat er hangt, het volmaakte vierkant lucht dat door een dunne, blauwwitte lemmetvormige wolk wordt doorsneden, en begint te beseffen dat niemand nog van iets weet. Niemand heeft Richard zien of horen vallen.

Ze verroert zich niet. Ze zoekt het raam van de oude vrouw, waar de drie keramische beeldjes staan (van zo laag af niet te zien). De oude vrouw moet thuis zijn; ze gaat maar zelden naar buiten. Clarissa heeft de neiging haar iets toe te roepen, alsof ze zoiets als een familielid was, alsof ze op de hoogte moest worden gebracht. Clarissa stelt de onvermijdelijke volgende stap uit, al was het maar voor een of twee minuten. Ze blijft bij Richard, met haar hand op zijn schouder. Ze voelt zich (en staat verbaasd over zichzelf) enigszins gegeneerd voor wat er is gebeurd. Ze vraagt zich af waarom ze niet huilt. Ze is zich het geluid van haar ademhaling bewust. Ze is zich bewust van de pantoffels die nog aan Richards voeten zitten, van de lucht die zich weerspiegelt in de groter wordende plas bloed.

Hier houdt het dus op, op een bed van beton, onder de waslijnen, tussen glasscherven. Ze laat haar hand van zijn schouder langs de magere curve van zijn rug glijden. Met een schuldig gevoel, alsof ze iets doet wat verboden is, leunt ze voorover en laat haar voorhoofd tegen zijn ruggengraat rusten nu hij nog in zekere zin de zijne is, nu hij nog in zekere zin Richard Worthington Brown is. Ze ruikt het muffe flanel van zijn kamerjas, de penetrante, bedwelmende geur van zijn ongewassen lichaam. Ze zou graag tegen hem praten, maar kan het niet. Ze laat slechts lichtjes haar hoofd tegen zijn rug rusten. Als ze in staat was te praten, zou ze iets zeggen – ze weet niet precies wat – over dat hij de moed had te scheppen, en dat hij de moed had om, wat misschien nog belangrijker is, in de loop van tientallen jaren op zijn manier en tegen alle rede in lief te hebben. Ze zou hem vertellen dat zij, Clarissa, hem op haar beurt liefhad, enorm liefhad, maar hem ruim dertig jaar geleden op een straathoek heeft achtergelaten (want, heus, wat had ze anders kunnen doen?). Ze zou haar behoefte aan een relatief alledaags leven opbiechten (niet meer of minder dan wat de meeste mensen willen), en hoe graag ze had gewild dat hij naar haar feest was gekomen om in aanwezigheid van haar gasten met zijn verknochtheid te kunnen pronken. Ze zou hem vergiffenis vragen omdat ze ervoor was teruggedeinsd hem op de mond te kussen, op wat zijn sterfdag zou blijken te zijn, en voor het feit dat ze zich had wijsgemaakt dat ze dat alleen maar om zijn gezondheid had gedaan.

Mrs. Woolf **Mrs. Brown** Mrs. Dalloway

De kaarsjes zijn aangestoken. Het lied is gezongen. Dan, die de kaarsjes uitblaast, sproeit een paar druppeltjes helder speeksel op de gladde glazuurlaag van de taart. Laura applaudisseert en, even later, ook Richie.

'Hartelijk gefeliciteerd, schat,' zegt ze.

Onverwacht rijst er een golf van woede in haar op die haar bij de keel grijpt. Hij is ordinair, grof, stom; hij heeft speeksel op de taart gesproeid. Zelf zit zij hier, zich voordoend als echtgenote, voorgoed vast. Ze moet deze avond zien door te komen, en dan morgenochtend, en dan weer een avond, hier, in deze kamers, zonder ergens anders naar toe te kunnen. Ze moet behagen; ze moet volharden.

Het zou kunnen zijn als een veld vol helderwitte sneeuw inlopen. Het zou zowel beangstigend als prachtig kunnen zijn. *We dachten dat haar leed klein leed was; we hadden geen idee.*

De woede zakt. Ze houdt zich voor dat er niets aan de hand is. Er is niets aan de hand. Wees toch eens flink, verdomme.

Dan slaat zijn armen om haar heupen. Laura voelt zijn vlezige stevigheid. Ze heeft spijt. Ze is zich meer dan ooit bewust van zijn goedheid.

Hij zegt: 'Dit is geweldig. Dit is perfect.'

Ze streelt zijn achterhoofd. Zijn haar is vettig van de Vitalis, een beetje stug, zoals de pels van een otter. Zijn inmiddels stoppelige gezicht heeft een zweterige glans, en zijn goedverzorgde haar zit zo nonchalant dat er een enkele vettige haarlok ter breedte van een grasspriet is ontstaan, die tot vlak boven zijn wenkbrauwen komt. Hij heeft zijn stropdas afgedaan en zijn boordje losgemaakt; hij geeft een complexe geur af die bestaat uit zweet, Old Spice, het leer van zijn schoenen, en zijn niet te preciseren, zeer vertrouwde lichaamsgeur – een geur die is samengesteld uit ijzer, een beetje bleekmiddel en een vage etensgeur, alsof in het diepste van zijn lichaam iets vochtigs en vettigs werd gebakken.

Laura vraagt aan Richie: 'Heb jij ook een wens gedaan?'

Hij knikt, hoewel de mogelijkheid niet bij hem was opgekomen. Het is alsof hij voortdurend iets wenst, elk moment, en dat zijn wensen, net als die van zijn vader, voornamelijk te maken hebben met continuïteit. Waar hij net als zijn vader het vurigst naar verlangt, is meer van wat hij al heeft (maar als je hem zou vragen wat hij eigenlijk wil, zou hij natuurlijk onmiddellijk een lange lijst speelgoed afratelen, zowel bestaand als gefantaseerd). Net als zijn vader voelt hij aan dat meer van dit nu precies is wat ze waarschijnlijk niet zullen krijgen.

'Zou je me willen helpen de taart aan te snijden?' vraagt zijn vader.

'Ja,' antwoordt Richie.

Laura haalt de dessertbordjes en -vorkjes uit de keuken. Hier, in deze bescheiden eetkamer, is ze veilig, met haar man en kind, terwijl Kitty in een ziekenhuiskamer ligt te wachten op wat de artsen hebben gevonden. Hier is dan dit gezin, op deze plek. Overal in hun straat, overal in die veelheid aan straten links en rechts van hen, zijn de ramen verlicht. Er wordt een veelheid aan maaltijden geserveerd; er wordt verteld over de overwinningen en teleurstellingen van een veelheid aan dagen.

Als Laura de bordjes op tafel zet en de vorkjes ernaast legt – als ze zachtjes rinkelen op het gesteven witte tafelkleed – is het ineens alsof het op het laatste moment goedgekomen is, zoals een schilder een laatste streek kleur zou aanbrengen op een schilderij die het voor onsamenhangendheid behoedt, zoals een schrijver de zin zou kunnen neerschrijven die de onderliggende patronen en symmetrie van het drama aan het licht brengt. Het heeft op de een of andere manier te maken met het klaarzetten van bordjes en vorkjes op een wit kleed. Het is even onmiskenbaar als onverwacht.

Voor Dan de hand van zijn zoon leidt bij het aansnijden van de taart, laat hij Richie de uitgebrande kaarsjes verwijderen. Laura kijkt toe. De eetkamer lijkt, op dit moment, de meest ideale eetkamer die je je kunt voorstellen, met zijn jagersgroene wanden en de donkere essenhouten bergkast met zijn rijke bruidsschat aan zilver. De kamer lijkt bijna onmogelijk vol: vol van het leven van haar man en zoon; vol van de toekomst. Daar gaat het om; het straalt. Een groot deel van de wereld, hele landen, zijn gedecimeerd, maar een kracht die ontegenzeggelijk op goedheid lijkt, heeft gezegevierd; het ziet ernaar uit dat zelfs Kitty door de medische wetenschap zal worden genezen. Ze zal genezen. En als dat niet zo is, als ze niet meer te redden is, zullen hier nog altijd Dan en Laura en hun zoon en de belofte van een tweede kind zijn, in deze kamer, waar een kleine jongen ernstig geconcentreerd kijkt bij het verwijderen van de kaarsjes, en waar zijn vader er een voor zijn mond houdt en hem aanspoort het glazuur er af te likken.

Laura interpreteert het moment terwijl het verstrijkt. Dit is het, denkt ze, daar gaat het. De bladzijde zal zo worden omgeslagen.

Van een afstand glimlacht ze kalm naar haar zoon. Hij glimlacht terug. Hij likt de onderkant van een uitgedoofd kaarsje schoon. Hij doet nog een wens.

Mrs. Dalloway **Mrs. Woolf** Mrs. Brown

Ze probeert haar aandacht te houden bij het boek dat op haar schoot ligt. Binnenkort zullen Leonard en zij Hogarth House verlaten en naar Londen verhuizen. Het besluit is genomen. Virginia heeft gewonnen. Ze heeft moeite zich te concentreren. De vleesresten zijn weggeschraapt, de tafel is afgeruimd, de afwas is gedaan.

Ze zal naar toneelvoorstellingen en concerten gaan. Ze zal naar feesten gaan. Ze zal over straat zwerven, alles zien, verhalen in zich opnemen.

... het leven; Londen...

Ze zal schrijven en schrijven. Ze zal dit boek afmaken, en er nog een schrijven. Ze zal gezond blijven en ze zal leven zoals ze hoort te leven, vol en intens, tussen haar gelijken, met de volledige beschikking en zeggenschap over haar gaven.

Ze denkt ineens aan de kus van Vanessa.

De kus was onschuldig – onschuldig genoeg – maar hij was ook vol van iets wat doet denken aan hetgeen Virginia van Londen verwacht, van het leven; hij was vervuld van een complexe, hunkerende liefde, klassiek, het een noch het ander. Hij zal dienen als de manifestatie van het belangrijkste geheim van deze middag, de vluchtige helderheid die uit de begrenzing van sommige dromen straalt; een helderheid die als we wakker worden al uit onze gedachten verdwijnt, en die we verheffen in de hoop misschien vandaag die nieuwe dag aan te treffen waarin alles zou kunnen gebeuren, alles. Zij, Virginia, heeft niet geheel onschuldig achter Nelly's brede, humeurige rug om haar zus gekust en nu zit ze in een kamer met een boek op haar schoot. Ze is een vrouw die naar Londen gaat verhuizen.

Clarissa Dalloway zal toen ze jong was van een vrouw hebben gehouden, inderdaad, een andere vrouw. De vrouw en zij zullen een kus hebben uitgewisseld, een kus, zoals de unieke betoverende kus in een sprookje, en Clarissa zal haar leven lang de herinnering aan die kus, de boven alles verheven belofte ervan, met zich meedragen. Ze zal nooit een liefde vinden zoals die ene kus leek te beloven.

Virginia staat opgewonden uit haar stoel op en legt haar boek op tafel. Leonard vraagt haar vanuit zijn eigen stoel: 'Ga je naar bed?'

'Nee. Daarvoor is het nog te vroeg, vind je niet?'

Hij kijkt fronsend op zijn horloge. 'Het is bijna halfelf,' zegt hij.

'Ik ben gewoon wat onrustig. Ik ben nog niet moe.'

'Ik zie graag dat je om elf uur naar bed gaat,' zegt hij.

Ze knikt. Nu ze besloten hebben naar Londen te gaan, zal ze zich oppassend blijven gedragen. Ze verlaat de salon, loopt de hal door en gaat de donkere eetkamer in. Lange rechthoeken maanlicht die vermengd met straatlantaarnlicht door de ramen op het tafelblad vallen, worden door windbewogen takken weggevaagd, komen weer terug en worden nogmaals weggevaagd. Virginia staat in de deuropening en kijkt naar de wisselende patronen zoals ze zou kijken naar het breken van de golven op het strand. Ja, Clarissa zal van een vrouw hebben gehouden. Clarissa zal een vrouw hebben gekust, één keer slechts. Clarissa zal diepbedroefd zijn, heel eenzaam, maar ze zal niet doodgaan. Ze zal te veel van het leven en van Londen houden. Virginia stelt zich iemand anders voor, ja, iemand met een sterk lichaam maar een zwakke geest, iemand die niet van genialiteit en een poëtische geest gespeend is, verpletterd door de raderen van de wereld, door oorlog en overheid, door artsen; iemand die feitelijk gek is, omdat die persoon overal betekenis in ziet, weet dat bomen bewuste schepsels zijn en mussen Grieks zingen. Ja, zo iemand. Clarissa, de gezonde Clarissa - de opgetogen, doodgewone Clarissa - zal verderleven, Londen liefhebben, haar leven van alledaagse genoegens liefhebben, en iemand anders, een waanzinnige dichter, een profeet, zal degene zijn die doodgaat.

Mrs. Woolf **Mrs. Brown** Mrs. Dalloway

Ze is klaar met tandenpoetsen. De afwas is klaar en opgeruimd, Richie ligt in bed, haar man wacht. Ze spoelt haar tandenborstel uit onder de kraan, spoelt haar mond, spuugt in de wasbak. Haar man zal op zijn helft van het bed liggen en met zijn handen achter zijn nek gevouwen naar het plafond liggen staren. Als ze de kamer binnengaat, zal hij naar haar kijken alsof hij verrast is en blij haar hier te zien, zijn vrouw nota bene, op het punt haar peignoir uit te trekken, die over de stoel te hangen en bij hem in bed te kruipen. Dat is zijn manier van doen: jongensachtige verbazing, een milde, lichtelijk verlegen vreugde, een diepgewortelde en verbaasde onschuld waarin seks als een springveer ligt besloten. Soms denkt ze, onwillekeurig, aan die pindablikjes die in cadeauwinkels worden verkocht, met zo'n papieren slang erin die naar buiten springt als je het deksel er afhaalt. Vanavond zal er niet worden gelezen.

Ze zet de tandenborstel terug in de daarvoor bestemde opening in de porseleinen houder.

Als ze in de spiegel van het medicijnkastje kijkt, meent ze even dat er iemand achter haar staat. Er is uiteraard niemand; het is maar een speling van het licht. Een moment, nee, langer dan dat, heeft ze zich een soort spookversie van zichzelf verbeeld, een tweede versie van haar, die vlak achter haar stond en toekeek. Niets bijzonders. Ze opent het medicijnkastje en bergt de tandpasta op. Hier, op de glazen schappen, staan allerlei lotions en sprays, verband en zalfjes, de medicijnen. Hier staat ook de plastic pot met voorgeschreven slaappillen. Deze pot, pas bijgevuld, is bijna vol; zolang ze zwanger is kan ze ze uiteraard niet gebruiken.

Ze pakt de pot van het schap en houdt hem tegen het licht. Er zitten zeker zo'n dertig pillen in, misschien wel meer. Ze zet de pot terug op het schap.

Het zou net zo makkelijk zijn als een hotelkamer boeken. Zo eenvoudig zou het zijn. Stel je voor hoe heerlijk het zou zijn niet langer van belang te zijn. Stel je voor hoe heerlijk het zou zijn je niet langer zorgen te hoeven maken, te vechten of te falen.

Stel dat dat moment tijdens het eten – dat evenwicht, die kleine volmaaktheid – genoeg zou zijn? Stel dat je besloot dat je niet meer nodig had?

Ze sluit de deur van het medicijnkastje dat met een stevige, afdoende, metaalachtige klik in de omlijsting sluit. Ze denkt aan de spullen in het kastje, op de schappen, in het donker nu. Ze gaat naar de slaapkamer, waar haar man wacht. Ze trekt haar peignoir uit.

'Hallo,' zegt hij vol zelfvertrouwen, teder, vanaf zijn helft van het bed.

'Heb je een fijne verjaardag gehad?' vraagt ze.

'Fantastisch.' Hij slaat het laken voor haar terug, maar ze blijft in haar ragfijne blauwe nachtpon naast het bed staan en aarzelt. Ze lijkt haar lichaam niet te voelen, hoewel ze weet dat het er is.

'Dat is fijn,' zegt ze. 'Ik ben blij dat je het leuk hebt gevonden.'

'Kom je in bed?' vraagt hij.

'Ja,' zegt ze, maar ze blijft staan. Ze zou, op dit ogenblik, niets meer dan een zwevende intelligentie kunnen zijn; zelfs geen hersens in haar schedel, slechts een aanwezigheid die waarneemt, zoals een geest dat zou kunnen. Ja, denkt ze, zo zal een geest zich waarschijnlijk voelen. Het is een beetje als lezen, nietwaar; hetzelfde gevoel mensen, omgevingen, situaties te kennen, zonder een bepaalde rol te spelen die verdergaat dan die van bereidwillige waarnemer.

'En,' vraagt Dan na een tijdje. 'Kom je in bed?'

'Ja,' zegt ze.

Heel in de verte hoort ze een hond blaffen.

Clarissa legt haar hand op de schouder van de oude vrouw, alsof ze haar op een nieuwe schok wil voorbereiden. Sally, die hun in de hal was voorgegaan, opent de deur.

'We zijn er,' zegt Clarissa.

'Ja,' antwoordt Laura.

Als ze het appartement binnengaan, is Clarissa opgelucht te zien dat Julia de hors d'oeuvres heeft weggeborgen. De bloemen staan er uiteraard nog; ze springen weelderig en onschuldig uit de vazen in een rijke nonchalante overdaad, want Clarissa houdt niet van bloemschikken. Ze heeft liever dat de bloemen de indruk wekken dat ze zojuist met armen vol van het veld zijn gekomen.

Julia zit op de bank, naast de vaas met rozen te slapen met een opengeslagen boek op haar schoot. In haar slaap zit ze er met een verrassende waardigheid bij, autoritair zelfs, breed en hoekig, de schouders ontspannen en beide voeten op de grond, het hoofd licht gebogen, als in gebed. Op dit moment zou ze een halfgodin kunnen zijn die zich over sterfelijke zorgen komt buigen; die is gekomen om vanuit haar trance degenen die binnenkomen met een ernstige, liefdevolle zekerheid toe te fluisteren: het is in orde, wees niet bevreesd, het enige wat u moet doen is sterven.

'We zijn terug,' zegt Sally.

Julia schrikt wakker, knippert met haar ogen en staat op. De betovering is verbroken; Julia is weer een meisje. Sally komt de kamer binnenlopen, terwijl ze zich van haar jasje ontdoet, en heel even ontstaat de indruk dat Clarissa en de oude vrouw verlegen en terughoudend in de vestibule staan waar ze bedachtzaam hun handschoenen uittrekken, hoewel er geen vestibule is en ze geen handschoenen dragen.

Clarissa zegt: 'Julia, mag ik je Laura Brown voorstellen.'

Julia stapt naar voren, maar blijft op een respectabele afstand van Laura en Clarissa staan. Waar heeft ze die waardigheid en tegenwoordigheid van geest vandaan, vraagt Clarissa zich af. Ze is nog steeds een kind.

'Gecondoleerd,' zegt Julia.

Laura zegt: 'Dank je,' met een stem die helderder en krachtiger is dan Clarissa van haar had verwacht.

Laura is een grote, enigszins gebogen vrouw van om en nabij de tachtig. Ze heeft licht, staalgrijs haar; haar huid is transparant, perkamentkleurig en vol met bruine sproetjes zo groot als speldenprikken. Ze draagt een donkere bloemetjesjurk en zachte, soepele oudedamesschoenen met crêpezolen.

Clarissa leidt haar de kamer in. Het blijft even stil. Uit die stilte ontstaat de indruk dat Clarissa, Sally en zelfs Laura nerveus en gespannen, zonder iemand te kennen en veel te informeel gekleed, op een door Julia georganiseerd feest zijn verschenen.

'Bedankt voor het opruimen, Julie,' zegt Sally.

'Ik heb bijna iedereen die op de lijst stond kunnen bereiken,' zegt Julia. 'Er zijn een paar mensen gekomen. Louis Waters.'

'Lieve god. Dan heeft hij mijn boodschap niet gekregen.'

'En er waren twee vrouwen van wie ik me de namen niet

meer herinner. En nog iemand, een zwarte man, Gerry nog wat.'

'Gerry Jarman,' zegt Clarissa. 'Was het erg vervelend?'

'Gerry Jarman viel wel mee. Louis, nou, die stortte zo'n beetje in. Hij is bijna een uur gebleven. Ik heb een lang gesprek met hem gehad. Hij leek zich een stuk beter te voelen toen hij wegging. Iets beter.'

'Het spijt me, Julia. Het spijt me dat je dit allemaal moest afhandelen.'

'Het ging uitstekend. Maak je over mij alsjeblieft geen zorgen.'

Clarissa knikt. Ze zegt tegen Laura: 'Je zult wel uitgeput zijn.'

'Ik weet niet precies hoe ik me voel,' zegt Laura.

'Ga toch zitten,' zegt Clarissa. 'Denk je dat je iets zou kunnen eten?'

'Ach, ik denk het niet. Dankjewel.'

Clarissa brengt Laura naar de bank. Laura gaat dankbaar maar voorzichtig zitten, alsof ze heel moe is, maar niet zeker weet of de bank wel stabiel genoeg is.

Julia gaat voor Laura staan en buigt zich dicht naar haar oor.

'Ik ga een kop thee voor u zetten,' zegt ze. 'Er is ook koffie. Of cognac.'

'Een kop thee zou ik wel fijn vinden. Graag.'

'U zou ook iets moeten eten,' zegt Julia. 'Ik wed dat u niet meer hebt gegeten sinds u van huis bent gegaan, klopt dat?'

'Ach...'

Julia zegt: 'Ik zet gewoon het een en ander klaar in de keuken.'

'Dat is heel aardig, liefje,' zegt Laura.

Julia kijkt naar Clarissa. 'Mam,' zegt ze, 'blijf jij maar bij Mrs. Brown. Sally en ik zullen eens kijken wat er is.'

'Goed,' zegt Clarissa. Ze gaat naast Laura op de bank zitten. Ze doet gewoon wat haar dochter zegt dat ze moet doen, en ze ervaart het verrassend genoeg als een opluchting. Misschien, denkt ze, zou iemand op deze basis kunnen sterven: de goede zorgen van een volwassen dochter, het gemak van een kamer. Dit is dus ouderdom. Dit zijn de kleine vertroostingen, de lamp en het boek. Dit is de wereld, in toenemende mate geleid door andere mensen dan jij, die het goed of slecht zullen doen, die je niet zullen aankijken als ze je op straat voorbijlopen.

Sally vraagt aan Clarissa: 'Is het nou niet wat morbide om het eten van het feest te gebruiken? Het is er nog allemaal.'

'Ik denk van niet,' zegt Clarissa. 'Ik denk dat Richard dat waarschijnlijk wel zou hebben gewaardeerd.'

Ze kijkt nerveus naar Laura. Laura glimlacht, heeft haar handen om haar ellebogen geslagen en lijkt iets op de neuzen van haar schoenen te zien.

'Ja,' zegt Laura. 'Dat denk ik ook.'

'Goed dan,' zegt Sally. Julia en zij gaan naar de keuken.

Volgens de klok is het tien minuten na middernacht. Laura zit erbij met een soort kordate zelfbeheersing, de lippen samengeknepen, de ogen half gesloten. Ze zit gewoon te wachten tot dit uur voorbij is, denkt Clarissa. Ze wacht tot ze naar bed kan, alleen kan zijn.

Clarissa zegt: 'Je kunt ook meteen naar bed gaan, als je wilt, Laura. De logeerkamer is meteen aan het eind van de gang.'

'Dank je,' zegt Laura. 'Straks graag.'

Er valt weer een stilte, een die intiem noch bijzonder onbehaaglijk is. Dit is ze dan, denkt Clarissa, dit is de vrouw uit Richards gedichten. Dit is de verloren moeder, de verijdelde zelfmoord; dit is de vrouw die is weggelopen. Het is zowel schokkend als troostrijk dat zo iemand in feite een normaal uitziende oude vrouw blijkt te zijn die met haar handen op haar schoot op een bank zit.

Clarissa zegt: 'Richard was een prachtig mens.'

Ze heeft er meteen spijt van. Hiermee zijn de tot mislukking gedoemde lofredes al begonnen; nu al wordt iemand die dood is geherwaardeerd als een eerzaam burger, iemand die goede daden verrichtte, een prachtig mens. Waarom zei ze dit toch? Feitelijk om een oude vrouw te troosten en zelf in het gevlei te komen. En, goed, ze zei het om haar aanspraak op het stoffelijk overschot te doen gelden: *ik heb hem het beste gekend; ik ben degene die hem als eerste zal beoordelen.* Ze zou op dit moment het liefst tegen Laura zeggen dat ze naar bed moet gaan, de deur sluiten en tot de ochtend in haar kamer blijven.

'Ja,' zegt Laura. 'En hij was een geweldig schrijver, vind je niet?'

'Heb je de gedichten gelezen?'

'Ja. En de roman.'

Ze is dus op de hoogte. Ze weet alles over Clarissa, en ze weet dat zijzelf, Laura Brown, de geest en godin is van een kleine, publiekelijk uitgebrachte verzameling mythen (als 'publiekelijk' niet een te groot woord is voor een kleine, koppige groep overgebleven poëzielezers). Ze weet dat ze is aanbeden en veracht; ze weet dat ze een obsessie was voor een man die misschien een groot kunstenaar zal blijken te zijn. Hier zit ze dan met haar sproeten, in een bloemetjesjurk. Ze zegt in alle rust van haar zoon dat hij een geweldig schrijver was.

'Ja,' zegt Clarissa hulpeloos. 'Hij was een geweldig schrijver.' Wat moet ze anders zeggen?

'Je hebt zijn werk nooit geredigeerd, is het wel?'

'Nee. Daarvoor kenden we elkaar te goed. Dat zou te gecompliceerd zijn geweest.'

'Ja. Dat begrijp ik.'

'Redacteurs hebben een zekere objectiviteit nodig.'

'Natuurlijk.'

Clarissa heeft het gevoel te stikken. Waarom is dit zo moeilijk? Waarom is het onmogelijk om gewoon met Laura Brown te praten, de vragen te stellen die van belang zijn? Wat zíjn de vragen die van belang zijn?

Clarissa zegt: 'Ik heb zo goed mogelijk voor hem gezorgd.'

Laura knikt. Ze zegt: 'Ik wou dat ik het beter had kunnen doen.'

'Dat denk ik over mezelf ook.'

Laura buigt zich naar haar toe en pakt Clarissa's hand. Onder de zachte, losse huid van Laura's hand liggen tastbaar de kootjes en verdikkingen van het gebeente, de koordvormige aderen.

Laura zegt: 'We hebben ons best gedaan. Meer kan een mens immers niet doen?'

'Dat is waar,' zegt Clarissa.

Dus Laura Brown, de vrouw die vergeefs probeerde te sterven, de vrouw die haar gezin ontvluchtte, leeft, terwijl al die anderen, al degenen die hun best hebben gedaan om naar haar voorbeeld te overleven, gestorven zijn. Zij is nog in leven, nadat haar man aan leverkanker is bezweken, nadat haar dochter door een dronken automobilist is doodgereden. Zij leeft nadat Richard uit het raam is gesprongen en op een bed van glasscherven neerkwam.

Clarissa houdt de hand van de oude vrouw vast. Wat moet ze anders doen?

Clarissa zegt: 'Ik vraag me af of Julia nog aan je thee heeft gedacht.'

'Maar natuurlijk, lieverd.'

Clarissa werpt een blik op de glazen deuren die naar de bescheiden tuin leiden. Zij en Laura worden misvormd weerspiegeld in het zwarte glas. Clarissa denkt aan Richard op de vensterbank, Richard die loslaat, niet wat je noemt springt, maar zich laat afglijden als van een rotsblok in het water. Hoe moet dat zijn geweest, het moment waarop hij het onherroepelijk had gedaan; het moment waarop hij zijn donkere appartement had verlaten en het luchtruim had gekozen? Hoe moet het zijn geweest om de luchtkoker onder zich te zien met zijn blauwe en bruine vuilnisbakken, het verspreide geelbruine glas dat op hem afkwam? Zou het – mogelijk – een soort genot zijn geweest om tegen het plaveisel te slaan en te voelen (had hij het moment beleefd?) hoe zijn schedel zich spleet, waarbij al zijn impulsen, die minieme lichtjes, naar buiten stroomden? Het kan niet veel pijn hebben gedaan, denkt Clarissa. Er zal de idee van pijn zijn geweest, de eerste golf ervan, en toen – wat er ook gevolgd was.

'Ik ga even kijken,' zegt ze tegen Laura. 'Ik ben zo terug.'

'Goed,' zegt Laura.

Clarissa staat een beetje onzeker op en gaat naar de keuken; Sally en Julia hebben het eten uit de koelkast gehaald en op het aanrecht uitgestald. Er zijn spiraalsgewijs opgetaste gebraden kippenborsten, zwart gevlekt, hier en daar glimmend geel, met een prikkertje erin rond een kommetje satésaus geschikt. Er zijn kleine uientaartjes. Er zijn gestoomde garnalen en glinsterende, helderrode blokjes rauwe tonijn met likjes wasabisaus; er zijn donkere driehoekjes geroosterde aubergine, en ronde volkorensandwiches, andijviebladeren die aan het einde bescheiden met een mengsel van geitenkaas en gehakte walnoten zijn besmeerd. Er zijn ondiepe kommetjes met rauwe groente. En in een aardewerken schaal de krabschotel die Clarissa zelf voor Richard heeft bereid, omdat Richard daar zo van hield.

'Lieve hemel,' roept Clarissa uit. 'Kijk toch eens aan!'

'We hadden vijftig mensen verwacht,' zegt Sally.

Even staan ze met z'n drieën voor de schalen met eten. Het eten ziet er ongerept en onaanraakbaar uit; het zou een uitstalling van relieken kunnen zijn. Clarissa heeft even de indruk dat het eten – het minst houdbare van alle dingen – hier zal achterblijven nadat zij en de anderen zijn verdwenen, nadat ze allemaal, zelfs Julia, zijn gestorven. Clarissa stelt zich voor dat het eten er nog zal zijn, op de een of andere manier nog vers, onaangeraakt, als zij en de anderen één voor één en voor altijd deze kamers verlaten.

Sally neemt Clarissa's hoofd in haar handen. Ze geeft een stevige, doelmatige kus op Clarissa's voorhoofd, op een manier die Clarissa doet denken aan een postzegel op een brief plakken.

'Laten we allemaal wat eten en naar bed gaan,' zegt Sally zachtjes, dicht bij Clarissa's oor. 'Het is tijd dat er een eind aan deze dag komt.'

Clarissa knijpt in Sally's schouder. Ze zou willen zeggen: Ik hou van je, maar dat weet Sally natuurlijk wel. Sally beantwoordt het gebaar met een kneep in Clarissa's bovenarm.

'Ja,' zegt Clarissa. 'Het is tijd.'

Het lijkt op dat moment of Richard nu echt de wereld verlaat. Voor Clarissa is het een bijna fysieke ervaring, een geleidelijk maar onomkeerbaar wegtrekken, zoals een grasspriet uit de grond wordt getrokken. Straks zal Clarissa slapen, straks zal iedereen die hem kende slapen, en ze zullen morgenochtend allemaal wakker worden in het besef dat hij het rijk van de dood is binnengegaan. Ze vraagt zich af of morgenochtend niet alleen het eind van Richards leven op aarde zal markeren, maar ook van zijn poëzie. Er zijn immers zo veel goede boeken. Een paar van zijn gedichten, een handjevol, zijn goed, en van dat handjevol zullen er maar een paar overblijven. Het is mogelijk dat de bewoners van de toekomst, mensen die nog niet zijn geboren, Richards elegieën zullen willen lezen, zijn prachtige ritmische klaagzangen, zijn nauwgezette, van sentiment gespeende offergaven van liefde en razernij, maar het zal eerder zo zijn dat zijn boeken met vrijwel al het andere zullen verdwijnen. Clarissa als personage in een boek zal verdwijnen, en dat geldt ook voor Laura Brown, de verloren moeder, de martelares en kwade geest.

Ja, denkt Clarissa, de dag zit er wel zo'n beetje op. We geven onze feesten; we verlaten onze gezinnen om alleen in Canada te gaan wonen; we schrijven met moeite boeken die de wereld niet veranderen, ondanks onze gaven en onze onophoudelijke inspanningen, onze uiterst overdreven verwachtingen. We leiden ons bestaan, doen wat we moeten doen en dan gaan we slapen; zo simpel en gewoon als dat. Sommige mensen springen uit een raam, verdrinken zich, of slikken pillen; er sterven er nog meer door ongelukken, en de meesten van ons, de overgrote meerderheid, worden langzaam verteerd door een of andere ziekte of, als we veel geluk hebben, door de tijd zelf. Er is slechts deze vertroosting: een uur hier of daar waarin ons leven, tegen alle waarschijnlijkheid en verwachting in, lijkt open te barsten en ons alles geeft wat we ooit hebben gewild, hoewel iedereen behalve kinderen (en misschien zelfs zij) weet dat deze uren onvermijdelijk gevolgd worden door andere, die veel zwaarder en moeilijker zijn. Niettemin houden we van de stad, de ochtend, hopen we vooral op meer.

De hemel mag weten waarom we er zo van houden.

Hier is dan nog steeds het feest zoals het was aangericht; de bloemen, nog vers; alles in gereedheid voor de gasten, waarvan er uiteindelijk maar vier aanwezig zijn. Vergeef ons, Richard. Het is eigenlijk toch een feest. Het is een feest voor de nog niet gestorvenen, voor de relatief onbeschadigden, voor hen die om onduidelijke redenen het geluk hebben in leven te zijn.

Dat is absoluut een heel groot geluk.

Julia zegt: 'Wat vind je; moet ik voor Richards moeder wat op een bord doen?'

'Nee,' zegt Clarissa. 'Ik ga haar wel halen.'

Ze gaat terug naar de woonkamer, naar Laura Brown. Laura

glimlacht vermoeid naar Clarissa; wie zou in vredesnaam kunnen weten wat ze denkt of voelt? Daar zit ze dan: de vrouw van woede en smarten, van medelijden, van verbluffende charme; de vrouw die de dood liefheeft; het slachtoffer en de beul die rondwaarden in Richards werk. Hier, in deze kamer, is de geliefde, de verraadster. Hier is een oude vrouw, een gepensioneerde bibliothecaresse uit Toronto die oudedamesschoenen draagt.

En hier is zijzelf, Clarissa, nu niet meer Mrs. Dalloway; er is nu niemand meer die haar zo kan noemen. Hier is ze dan met nog een uur te gaan.

'Gaat u mee, Mrs. Brown?' vraagt ze. 'Alles staat klaar.'

Woord van dank

Bij het corrigeren van dit boek heb ik veel hulp gekregen van Jill Ciment, Judy Clain, Joel Conarroe, Stacey D'Erasmo, Bonnie Friedman, Marie Howe en Adam Ross. Voor hun genereuze bijdrage aan onderzoek, technisch advies en andere vormen van hulp bedank ik Dennis Dermody, Paul Elie, Carmen Gomezplata, Bill Hamilton, Ladd Spiegel, John Waters en Wendy Welker. Mijn agent, Gail Hochman, en mijn redacteur, Jonathan Galassi, zijn heiligen op aarde. Tracy O'Dwyer en Patrick Giles hebben me door hun belezenheid en ruime belangstelling meer geïnspireerd dan ze misschien weten. Ook mijn ouders en zus zijn grote lezers, hoewel hun bijdrage daarmee niet ophoudt. Donna Lee en Cristine Thorson zijn belangrijk op meer manieren dan ik hier kan opsommen.

Three Lives and Company, de boekwinkel van Jill Dunbar en Jenny Feder, is een heiligdom en, voor mij, het centrum van de beschaafde wereld. Het is al sinds tijden de betrouwbaarste plaats om naar toe te gaan als ik wil weten waarom het nog steeds de moeite waard is om romans te schrijven.

Ik heb een verblijfsstipendium van de Engelhard Foundation gekregen en een beurs van de Mrs. Giles Whiting Foundation, die beide voor mij van groot belang waren.

Ik ben ze allen heel dankbaar.

Bronnen

Hoewel Virginia Woolf, Leonard Woolf, Vanessa Bell, Nelly Boxall en anderen die echt hebben bestaan in dit boek als fictieve personages worden opgevoerd, heb ik geprobeerd zo goed mogelijk de uiterlijke bijzonderheden van hun leven te beschrijven zoals die geweest zouden kunnen zijn op een door mij verzonnen dag in 1923. Voor die gegevens was ik van meerdere bronnen afhankelijk, in het bijzonder van twee schitterend evenwichtige en inzicht gevende biografieën: *Virginia Woolf. A Biography* van Quentin Bell, en *Virginia Woolf* van Hermione Lee. Ook van belang waren: *Virginia Woolf. The Impact of Childhood Sexual Abuse on Her Life and Work* van Louise de Salvo, *Virginia Woolf* van James King, *Selected Letters of Vanessa Bell* onder redactie van Regina Marler, *Woman of Letters. A Life of Virginia Woolf* van Phyllis Rose, *A Marriage of True Minds. An Intimate Portrait of Leonard and Virginia Woolf* van George Spater en Ian Parsons, en *Beginning Again. An Autobiography of the Years 1911 to 1918* en *Downhill All the Way. An Autobiography of the Years 1919 to 1939* van Leonard Woolf. Een hoofdstuk over *Mrs. Dalloway* in *Libidinal Currents. Sexuality and the Shaping of Modernism* van Joseph Boone, bleek heel verhelderend. Hetzelfde geldt voor een artikel van Janet Malcolm, 'A House of One's Own', dat in 1995 in *The New Yorker* verscheen. Ook heb ik veel opgestoken uit de voorwoorden bij de verschillende uitgaven van *Mrs. Dalloway*: die van Maureen Howard in de uitgave van Harcourt Brace & Co., van Elaine Showalter in de Penguin-uitgave, en van Claire Tomalin in de Oxford-uitgave. Veel dank ben ik verschuldigd aan Anne Olivier Bell en haar assistent, Andrew McNeillie, voor het bezorgen en redigeren van Woolfs dagboeken, en aan Nigel Nicolson en Joanne Trautmann voor het verzamelen en redigeren van Woolfs brieven. Heel hartelijk en leerzaam was de ontvangst van Joan Jones bij mijn bezoek aan Monk's House in Rodmell. Ik ben al deze mensen zeer dankbaar.

Noot van de vertaler

Voor de citaten uit *Mrs. Dalloway* is gebruikgemaakt van de Nederlandse vertaling van Nini Brunt uit 1996, een heruitgave van de herziene vertaling uit 1980.

Nawoord

Wat *The Hours* betreft, een gevoel van trots vermengd met twijfel

Het ene moment zat ik me achter mijn bureau af te vragen of iemand *The Hours* zou willen lezen, mijn onorthodoxe roman waarin Virginia Woolf zo'n belangrijke rol speelt, en het volgende moment bevond ik me op een set buiten Londen, waar een assistent-regisseur me vroeg of ik nog even wilde blijven om Nicole Kidman met haar Virginia Woolf-neus te zien. Zoals van een redelijk mens mag worden verwacht, zei ik ja.

Ik heb de laatste anderhalf jaar de duidelijk surrealistische ervaring gehad *The Hours* te zien veranderen in een film met een aantal van de allergrootste acteurs. De cast is duizelingwekkend: Nicole Kidman, Meryl Streep, Julianne Moore, Ed Harris, Toni Collette, Claire Danes, Jeff Daniels, Stephen Dillane, Allison Janney, John C. Reilly, Miranda Richardson en, heel even, als verkoopster in een bloemenzaak, de grote Eileen Atkins, van wie de vertolking van Virginia Woolf in het toneelstuk *Vita and Virginia* me hielp de vorm te vinden bij het schrijven over Woolf.

Zoals elke belangrijke beleving, was deze heftig, vreemd en een beetje verontrustend. Voordat de overeenkomst voor de film werd gesloten, had men mij gevraagd welke acteurs ik voor ogen had om mijn personages te vertolken, en het enige antwoord dat ik hun kon geven was: ik heb zo'n krachtige voorstelling van deze mensen dat ze zichzelf zullen moeten spelen. Ik kan ze me niet anders voorstellen dan op hun eigen voorwaarden. Wie zou uiteindelijk je moeder moeten spelen in een filmversie van haar leven? Dat zal je moeder moeten doen. Geen ander mens lijkt ook maar in de verste verte op haar.

Het was dan ook met een mengeling van trots en onzekerheid dat ik het nieuws begroette dat de drie belangrijkste personages in *The Hours* vertolkt zouden worden door Nicole Kidman, Meryl Streep en Julianne Moore. Ik twijfelde niet aan het talent van deze vrouwen, maar vroeg me af of ze niet te veel zichzelf zouden zijn, hoe bekwaam ook hun vertolking.

The Hours, zowel het boek als de film, gaat over drie vrouwen die op verschillende tijden in de twintigste eeuw leefden, alledrie verbonden door Woolfs onsterfelijke roman uit 1925, *Mrs. Dalloway*. *Mrs. Dalloway* veranderde, samen met Joyces *Ulysses*, de roman voorgoed door ervan uit te gaan dat elke dag van elk leven literatuur kan opleveren; dat het hele verhaal van de mensheid besloten ligt in elke dag van elk leven, min of meer zoals de blauwdruk voor een compleet organisme in elke streng van zijn DNA is te vinden. Woolfs roman speelt zich af op één dag, waarop Clarissa Dalloway, een 52-jarige Londense gastvrouw uit de betere kringen, boodschappen doet, de man ontmoet met wie ze zou trouwen maar dat niet deed, een middagslaapje doet, en een nogal saai feestje geeft. Nochtans begrijpen we aan het eind van het boek, omdat het een gewone dag is in het leven van een gewoon mens zoals door een genie beschreven, dat Mrs. Dalloway niet alleen tot de belangrijkste personages uit de wereldliteratuur behoort, maar dat, als gevolg daarvan, ieder van ons daartoe kan behoren, wanneer er maar een briljant schrijver met voldoende diepgang en inlevingsvermogen naar ons zou kijken.

The Hours (hetgeen Woolfs oorspronkelijke titel voor *Mrs. Dalloway* was) betreft drie dagen in het leven van drie vrouwen. Er is een hedendaagse Clarissa, in de film door Meryl Streep vertolkt, die veel overeenkomst met Mrs. Dalloway vertoont, maar vrij is van de sociale beperkingen waaraan Woolfs Clarissa was onderworpen. Dan is er Laura Brown, een echtgenote en moeder aan het eind van de Tweede Wereldoorlog, gespeeld door Julianne Moore, die *Mrs. Dalloway* leest en zich in het boek herkent. En ten slotte is er een willekeurige dag in het leven van Virginia Woolf zelf, gespeeld door Nicole Kidman, waarop ze aan het schrijven van *Mrs. Dalloway* begon – toen ze, nog deels in de veronderstelling dat ze niet meer was dan een excentriek en marginaal talent, de eerste regels schreef van een boek dat zolang er boeken zijn zal worden gelezen.

Mijn aanvankelijke vrees over de mate waarin de personages in mijn boek door een filmversie aan kracht zouden verliezen, verdween grotendeels door Kidmans bereidheid om voor de rol van Woolf een pruik en een prothetische neus te dragen. Ik bezocht de Engelse set, waar een bouwvallig landhuis stond in plaats van het huis in de voorstad waarin Woolf woonde toen ze *Mrs. Dalloway* schreef. Ik ontmoette Nicole Kidman, sprak kort met haar over Woolf, en werd gevraagd of ik haar met de Neus wilde zien, de eerste keer dat ik vernam dat Kidman met een andere neus dan die van haar zou verschijnen. Ze werd naar de make-upkamer begeleid, van waaruit ze een uur later als een totaal ander mens te voorschijn kwam. Niet alleen was haar gezicht onherkenbaar, ook haar houding was veranderd. Ze hield haar hoofd gebiedender, en haar schouders hield ze iets naar voren, alsof ze het feit probeerde te verbergen dat ze elk moment een dreun van achteren kon verwachten.

Ik leerde van iedere acteur dat het proces van gedaanteverandering al even ongrijpbaar en persoonlijk is als het scheppen van personages in fictie. Kidman vertelde me dat ze ondanks haar bijzonder zorgvuldige voorbereiding – ze las alles van Woolf, leerde haar handschrift imiteren en had uiteraard die opvallend aristocratische neus – dat wat haar tot het wezen van Woolf deed doordringen, was te leren haar eigen sigaretten te draaien, zoals Woolf had gedaan, in combinatie met een bescheiden wit zakdoekje dat Ann Roth, de kostuumontwerpster, in de zak van haar jurk had gestopt. Op de een of andere manier zorgden die twee onbelangrijke componenten, de cowboyachtige sigaretten en het witte zakdoekje, voor de frictie die ze als uitgangspunt nodig had.

Julianne Moore bereidt zich het liefst zo min mogelijk voor en repeteert niet graag. Ze werkt intuïtief; ze weet gewoon wat ze moet doen als het zover is. Voor ze haar scènes speelde, spraken we kort over het ontstaan van Laura Brown, haar personage. Ik vertelde haar dat ik bij het schrijven van het boek had ontdekt dat Laura het moeilijkst op te roepen karakter had, deels omdat zij van de drie vrouwen degene was die het meest naar het stereotype neigde. We hebben zo vaak de ongelukkige huisvrouw uit de jaren vijftig gezien, en hoewel Laura in mijn ogen allesbehalve stereotiep was, had ik toch moeite de juiste vorm voor haar te vinden. Ze kwam pas echt tot leven op de dag dat ik besloot haar als een kunstenares te zien, als iemand die al even gedreven op zoek was naar het scheppen van perfectie als Woolf zelf. Laura's middel daartoe was bescheiden en vergankelijk. Ze wilde een huis zo schoon hebben dat niets binnen de muren ooit mis kon gaan; ze wilde voor haar man een verjaardagstaart bakken die even groots (even onsterfelijk) zou zijn als die in de bladen. Toen ik haar in dat licht zag en begreep dat ze in alle opzichten evenveel recht had op vervoering en verdriet als Woolf, werd ze een personage.

Toen Meryl Streep en ik elkaar op de set in New York ontmoetten (ik ben in de film te zien, en wisselde twee regels tekst met Streep, die uit de definitieve versie zijn geschrapt, en waarvoor ik de filmmakers nooit zal vergeven), wilde ze weten naar wat voor muziek Clarissa luisterde. Klassieke jazz, zei ik, zoals Miles Davis en John Coltrane, en een paar van de klankrijke Europeanen, zoals Strauss en Schubert, in het bijzonder Schuberts *Lieder*. Ze vroeg me, ter zake kundig, aan welke opnamen van Schuberts *Lieder* Clarissa de voorkeur zou geven, en ik antwoordde met een naar mijn mening uiterst waardige blik voor iemand die het niet begrijpt.

Terwijl ik de vrouwen hun werk zag doen, en toen ik de uiteindelijke film zag, begreep ik dat wat je bij het verfilmen van fictie verliest – de mogelijkheid in de geest van je personages te kruipen en in hun verleden naar verklaringen voor hun toekomst te zoeken – door de acteurs kan worden gecompenseerd. Je verliest aan innerlijk. Je wint Streeps talent om eiwit en dooier te scheiden met die fanatieke precisie die meer over Clarissa's achtergrond en huidige gemoedstoestand vertelt dan in een aantal pagina's proza mogelijk is. Je wint Julianne Moores gezicht als ze met een mengeling van aanbidding en angst naar haar zoon kijkt, in de wetenschap dat ze hem schade zal berokkenen, wat ze ook doet.

Daarbij kunnen acteurs, als ze dermate goed zijn, details inbrengen die je niet op papier kunt zetten, al was het maar omdat je ze door ze op te schrijven te doorzichtig maakt. Acteurs hebben het toeval ter beschikking. Streeps Clarissa is verbazingwekkend complex, deels omdat ze een volledig personage neerzet door middel van beweging, uitdrukking en stembuiging. Als ze tegen Louis (Jeff Daniels), een vroegere vriend die onverwacht langskomt, zegt: 'But I never see you', heeft die zin een monotone kwaliteit. De zin rijst geleidelijk naar het woord 'see' en daalt dan naar 'you'. Ze is laconiek, meisjesachtig, venijnig, gekweld. En als ze ten slotte haar krampachtige zelfbeheersing begint te verliezen, is er een moment – minder dan een moment, je mist het als je met je ogen knippert – dat ze daadwerkelijk haar evenwicht verliest, iets naar links helt, en zich onmiddellijk herstelt. Als er een manier zou zijn om dat op papier te doen, heb ik die niet gevonden.

Opmerkelijk is ook, tussen de vele compensaties in deze film, het gemak waarmee Kidman Woolfs immense charme en onberekenbare geest met evenredige perfectie weet te brengen. Woolf is vaak afgeschilderd als de duistere dame van de Engelse literatuur, een spookachtige gedaante die ons vertoornd aanziet vanuit het duistere gebied waar genialiteit en waanzin elkaar ontmoeten. Ze leed inderdaad aan vlagen van diepgaande depressie, en ze maakte op 59-jarige leeftijd een einde aan haar leven door een steen in de zak van haar jas te stoppen en de rivier in te lopen. Ze schreef echter ook directer en verfijnder dan elke schrijver die ik ken over de pure, simpele vreugde van het leven. Daarom houd ik zo van haar. Niemand kon beter vertrouwd zijn met de gevaren en demonen van de wereld, terwijl een deel van wat ze ons naliet toch romans zijn die op bijna elke bladzijde getuigen van de extatische, overweldigende genietingen van het leven. Haar liefde voor het leven kwam niet vanzelf en was absoluut vrij van sentiment. Die overleefde haar wanhoop. Haar optimisme is er een dat we kunnen vertrouwen.

Ik was blij te zien hoe goed Kidman dat wist, en hoe ogenschijnlijk gemakkelijk ze een Woolf wist neer te zetten die complex, verontrustend en beangstigend kwetsbaar was, en tegelijk de innemendste persoon in de kamer, geestig en scherpzinnig, een vrouw die zo propvol leven zit dat ze aan het contact ermee net niet barst.

Aldus bevind ik me in de benijdenswaardige, zij het enigszins gênante positie de enige Amerikaanse schrijver te zijn die gelukkig is met zijn ervaring met Hollywood. Deze actrices zijn niet degenen die ik me voorstelde toen ik het boek schreef, maar ze geven me het gevoel reïncarnaties te zijn van mensen die ik goed heb gekend. Het is alsof mensen die ik liefheb zijn gestorven, waarna ik ze later weer ontmoet, in andere lichamen, en dankzij hun gebaren en hun ogen, en door een of andere onontkoombare vertrouwdheid, eenvoudigweg weet dat zij het zijn, wedergeboren.

En dan nog dit. Mijn moeder stierf oktober vorig jaar, nogal plotseling, aan kanker. Ik was bij haar in Los Angeles. Zij is Laura Brown niet, Laura Brown is Laura Brown en mijn moeder is mijn moeder, maar iemand gebruikt wat hij weet. Ik heb een paar van mijn moeders eigenschappen in Laura's karakter verwerkt, en werd bij het schrijven van mijn roman geïnspireerd door wat ik als mijn moeders wezen zag. Toen mijn moeder ernstig achteruit ging, belde ik Scott Rudin, de producent van *The Hours*, en ik vertelde hem dat ik dacht dat mijn moeder de uiteindelijke film niet meer zou kunnen zien, maar dat ik haar toch graag íets wilde laten zien, het deed er niet toe wat. Scott regelde een koerier die twintig minuten aan scènes op videoband van de Paramount-studio's naar het huis van mijn ouders bracht. Ik zat op de bank die we sinds mijn jongensjaren bezitten, hield de hand vast van mijn moeder, die binnen twee weken zou sterven, en zag Julianne Moore iemand als mijn moeder spelen, iemand die niet had kunnen bestaan als mijn moeder niet had bestaan. Het was alsof mijn moeder tijdens haar leven reïncarneerde. Het is geen wonder dat we zoveel van films houden.

Inhoud